이현주와
만난
사람들

이현주와
만난
사람들

2023년 12월 7일 초판 1쇄 펴냄
지은이 이정배 외
다듬은이 김수진
펴낸이 신길순
펴낸곳 (주)도서출판 삼인
전화 02-322-1845
팩스 02-322-1846
이메일 saminbooks@naver.com
등록 1996년 9월 16일 제25100-2012-000046호
주소 (03716) 서울시 서대문구 성산로 312 북산빌딩 1층

디자인 끄레디자인
인쇄 수이북스
제책 은정

ISBN 978-89-6436-254-9 03810
값 16,000원

이현주와 만난 사람들

이정배와 스물일곱 사람 씀

삼인

'이현주와 만난 사람들'을 펴내며

    동서를 아우른 기독교인으로서 사유의 지경을 넓혔고 뭇사람의 길잡이가 되셨던 이현주 목사, 그분의 팔십 년 생애를 축하하고 감사하는 마음으로 모인 후학들이 이 책을 기획하게 되었습니다. 그의 삶이 그랬던 것처럼, 이 책의 필자 모두가 정말 뜨겁고 진하게 그와의 만남을 추억하며 오롯하게 그 마음을 담았습니다.

    그의 삶을 흠모하고 따른 사람들, '이현주와 만난 사람들'이 비단 여기 스물여덟뿐이었겠습니까? 이 순간에도 함께 하지 못한 여러 얼굴이 떠올라 책을 기획한 사람 중 하나로 송구한 마음입니다. 그분들께는 이후라도 이 책의 스물아홉 번째 필자가 되어 마음의 글을 써주시기를 간곡히 청하고 싶습니다.

    저는 일아─雅 변선환 선생의 제자이자 북산北山 최완택 목사의 친구로 이현주 목사를 처음 만났습니다. 변선환 선생님 댁에서 이 목사를 뵈었고, 선생님 사후 추모 행사에 여러 차례 모신 적도 있습니다. "교회 밖에도 구원은 있다"는 말로 종교재판을 앞둔 시점, 일아 선생께서 제자 이현주의 '선생님, 그냥 죽으시라'고 한 조언을 듣고 재판에 임하셨다는 전설 같은 이야기를 후학들에게 전하는 것이 제 몫이라 생각했습니다. 친구의 글을 필사해 민들레홀씨처럼 날려 보내며 '부르고 답하는' 최완택 목사와의 우정을 경외했고, 저런 친구 하나 있으면 좋겠다 부러워했습니다. 그러나 정작 이현주 목사와의 직접적인 관계는 부족한 제가 이렇게 필자 대표로 머리글을 쓰고 있다는 점이 참 송구스럽습니다.

책의 성격과 방향을 논하는 기획모임에서 저는 이현주 목사에 대한 추억을 나열하는 데 그칠 것이 아니라, 각자 그분의 저서 중 한 권을 읽고 정리하며 자신과의 관계를 풀어놓는 방식을 더하면 어떻겠느냐고 제안했습니다. 그리하여 책의 앞부분은 좀더 자유로운 관점에서 이현주 목사와의 관계를 풀어나간 회고담, 뒷부분은 그분의 저서를 텍스트로 각자의 생각과 경험을 쓴 글이 담기게 되었습니다.

이 책을 준비하며 저는 이 목사의 저서가 여러 분야에 걸쳐 사십여 권을 능가한다는 데 놀랐습니다. 시詩와 신학서적, 다양한 영성가들의 이야기와 동양고전 풀이에 이르기까지 다방면에 걸쳐있는데, 향후 누군가 이 저작들을 연대기순으로 정리해 이현주 목사의 사상적 발전을 추적하고 연구해주기를 희망해봅니다. 또한 이 책을 통해 이현주 목사 스스로도 지난 글들을 반추하며 새로운 영감을 얻으시면 좋겠습니다.

이현주 목사는 이 책의 필자들을 아주 깊고 넓게 만났습니다. 필자 다수가 그의 제자임을 자처한 목회자들이지만 불교 스님, 언론인, 생태활동가, 시인, 정치인 등 여러 분야의 사람들이기도 합니다.

책의 첫머리는 이 목사처럼 어른을 위한 동화작가로 살았던 강정규의 고백입니다. 그는 이현주 목사로 인해 오늘의 자신이 있었다며 글벗이 길벗이 되었음에 감사했습니다. 제주4·3평화재단 이사장인 고희범은 '공존교회'를 통해 이 목사와 교감했던 삶을 회고하며, 변선환 선생의 말처럼 그가 이 시대의 '노다지'였다고 술회합니다. 실상사 주지 도법은 허상을 따르지 않고 실상을 찾아 예수의 길, 참된 길을 걸었던 분으로 이 목사를 이해했습니다. 성공회 신부이자 정치가로 살았던 이재정은 '현주賢周가 현자賢者가 되었다'고 했습니다. 목포에 설립된 개신교수도회 디아코니아 자매회와 이 목사의 이야기도 아름답고, 그의 첫 목회지였던 '죽변교회'의 역사를 서술한 글도 흥미로웠습니다.

평소 알지 못했던 이 목사의 가정사와 오빠에 대한 진심을 읽어볼 수 있었던 누이동생의 글도 참 좋았습니다. 시인이자 생태활동가인 이병철은 이 목사를 같은 스승(무위당 장일순)을 모신 사형師兄으로 여긴다는 이야기를 털어놓았습니다. 아동문학평론가 이재복은 동화작가 이현주를 조망하고 그를 통해 유머를 발견했다고 전합니다. 언제 어디서나 거침없는 임락경 목사의 글에는 동료였던 이현주, 최완택 목사를 사랑하고 존경하되 나름 평가하는 준엄함도 슬쩍 드러나 있네요. 종교전문기자 조현이 바라보는 영성가 이현주를 다룬 글과 천주교 시인 김유철의 글도 음미해볼 지점이 많습니다. 머리글에서 필자 스물여덟 분 모두를 언급하는 일이 쉽지 않아 이만큼 줄이는 것에 양해를 부탁드리겠습니다.

또한 이종철 목사를 비롯한 여러 필자의 글에 수년 전 세상을 떠난 북산北山 최완택이 이오二吾 이현주와 함께 언급되었는데, 서로에게 참된 벗이 되어준 두 분의 우정이 제자들뿐 아니라 이 글을 읽는 독자들께도 오랫동안 아름답게 기억되기를 바라는 마음입니다.

책을 기획하면서 아쉬운 점도 있습니다. 여러 분야의 다양한 필자를 모시고 싶었으나 불가피하게 기독교인과 목사가 많습니다. 이웃종교인이나 교회 밖의 벗들, 여러 분야의 동료들과 이현주 목사의 벗이었던 여성 필자들의 글이 충분치 못한 것에 송구한 마음입니다. 그리고 필자들이 오래된 기억을 서술하는 과정에서 사실이 다소 부정확하거나 주관적인 견해가 강하게 드러난 경우도 있었는데, 전체적인 맥락에 큰 무리가 없다면 그냥 두었습니다. 각 글은 하나의 퍼즐조각처럼 이현주라는 인물을 온전히 드러내기에는 어려울 수 있지만, 책을 읽어가는 동안 그 조각들이 한데 모이면서 이현주 목사의 삶과 사상이 조금 더 입체적으로 조망되기를 바라는 마음입니다.

이 책을 통해 한국 교회가 감당할 수 없는 지혜자, 현자, 영성가, 사상가 이현주의 면모와 체취가 충분히 느껴지실 것이라 믿습니다. 이현주라는 걸출한 인물을 한국 교회와 사회가 제대로 품었다면 세상이 좀더 달라졌을 것이라 생각합니다.

그리고 이 책이 부디 이현주 목사께도 큰 위로와 용기가 되기를 바랍니다. 팔순을 앞두고 화재로 집이 전소全燒되는 일은 정말 힘들고 안타까운 상황이지만, 이렇게 당신을 바라보는 여러 눈길에서 힘을 얻으셨으면 합니다.

끝으로 이 목사와의 오랜 우정을 담아 책의 표지를 아름답게 만들어주신 판화가 이철수 화백을 비롯하여 사진을 보태주신 이슬기, 장용기, 순천 사랑어린마을배움터 여러분께 깊이 감사드립니다. 삼인출판사 홍승권 선생도 수고하셨습니다. 이 책은 이현주 목사에 대한 존경과 사랑이 담긴 그의 열정에 여러 사람의 마음이 움직인 결과입니다. 필자들과 소통하며 원고를 다듬어 책의 꼴로 갖춰준 김수진 선생도 있습니다. 책 후반에 실린 그의 글을 읽어보면 그가 이 책에 열심을 냈던 뜻을 알 수 있습니다. 모두 크게 감사할 일입니다. 2023년을 마무리할 무렵에 나오는 이 책이 모두에게 성탄 선물이 되기를, 또한 2024년을 살아가는 힘이 되기를 바랍니다.

2023년 10월
이정배 두손모음

차례

글을 통해

지혜의 샘으로

청
년
시
절
에

신학대 졸업식 날, 왼쪽 최완택, 가운데 이현주, 오른쪽 김순남

당신을 만나지 못했다면,
지금의 나는 없습니다

강정규

작가, 《시와 동화》 발행인, 권정생어린이문화재단 이사

이현주, 그때 거기서 당신을 만나지 못했다면 지금 여기에 나는 없습니다.

당신을 만나기 전

1960년대 초, 제대 후 나는 수복지구 철원에 있었다. 낮이면 고물상에 소속된 엿장수, 밤이면 예배당에서 청소년들에게 중학과정을 가르치는 '오뚜기학교'의 선생이었다. 국가재건최고회의 의장이 대통령이 된 후, 민간기구가 된 재건국민운동본부가 개설한 '재건학교'가 '오뚜기학교'를 흡수했다. 그러나 선거철이 되자 그들은 가정방문을 강요했고, 나는 그것을 거부해 한밤중 집권당 청년당원들에게 린치를 당했다.

이후 서울 구로공단 근처 마을 공회당에 갈 곳 없는 4·19 참여 세대들이 '한국청년학교'라는 이름으로 모여들었다. 재학생은 주로 구로공단에서 일하는 청소년들이었고, 선생들은 군소정당의 대변인, 연극배우, 현역 군인, 야당 국회의원 비서, 대학원생 등으로 다양했다.

내게는 진정한 존중과 사랑을 나눌 첫사랑도 있었다. 청혼까지 하러 갔으나 내 형편과 처지 때문에 반대하시는 그녀 아버지의 말에 두말없이 물러나왔다. 60년 만의 폭설이 내린 그 밤, 집으로 가는 버스마저 끊겨 눈 덮인 도로변을 걷다가 눈구덩이에 빠져 혼절한 나를 인근 교회 목사가 구해주었다. 거기서 세 번째 재건학교를 만났다.

　그렇게 마을 이장 댁 문간방에 거처를 정하고, 1969년 2월 그간의 수기를 써 동아일보로 보냈다. 제목은 〈방화放火〉.

　'가난, 질병, 세파의 비정에도 불구하고 불우 청소년 교육의 일념으로 수복지구, 서울, 농어촌을 전전하며 인생의 참뜻을 찾아 유전하는 한 젊은이의 외침'

　당선된 수기가 이런 소개글과 더불어 그해 12월 잡지 《신동아新東亞》에 발표되자 여기저기서 연락이 왔다. 원고 청탁도 있고 인터뷰 요청도 있었다. 생면부지였던 이현주, 당신이 물어물어 나를 찾아온 것은 그로부터 1~2년 후였던 것 같다. 이쯤에서 나에 관해 쓴 그의 글을 읽어본다.

만남

　내가 작가 강정규를 처음 만난 것은 1971년인가 72년인가, 그 무렵이었다. 그러니 벌써 20년 전 얘기가 되는 셈이다. 나로서는 그 무렵이 학교를 나와 막 세상에 뛰어든 때였고, 그래서 약간의 낭만과 순수함이 남아있었던 모양이다. 《새가정》이라는 잡지에 실린 그의 글을 읽고, 잃어버린 어린 시절의 애틋한 정情을 가슴 뭉클하게 느꼈는데, 도무지 그냥 있을 수가 없었다. 잡지사에 전화를 걸었더니 그렇잖아도 여러 독자들한테서 그 글이 좋았다는 말을 듣고 있다며 그의 주소를 일러주었다. 내 기억으로는 경기도 안산인가 반월인가 아무튼 그 부근 어디에 있는 무슨 재건학교였다. 지금은 없어졌지만 그 재건학교라는 것이 이른바 정규 학교를 다니지 못하는 청소년들을 위해 설립 허가를 받은, 말하자면 일종의 사설 학원 비슷한 교육 기관이었는데, 강정규라는 아름답고 다정다감한 글의 작가가 그 재건학교의 교감 겸 교사였던 것이다.

한번도 가 보지 않았던 길이기에 물어물어 가자니 해는 저물고 버스는 갈수록 후미진 산골짜기로 들어가고, 자못 겁이 나고 걱정했던 일이 기억에 새롭다. 첫 대면은 가슴 설레는 경험이었다. 하룻밤, 그의 하숙집에 머물며 문학과 삶에 대하여 이런 저런 얘기를 나누었는데, 그 뒤로도 친구인 최완택과 동행하여 한두 번 더 그곳을 찾았던 기억이 난다. 그중 한번은 주인이 부재중이라 헛걸음이 된 일도 있다. 전화 같은 것이 있어서 사전에 약속을 하고 갈 그런 시절이 아니었던 것이다.

그러나 문학에 뜻을 둔 이십대 청년들이 터덜거리는 버스로 몇 시간씩 걸리는 산골길을 오가며 피차 정을 깊게 하고 작품에 대한 평도 나누며 사귐을 가졌다는 사실 자체가 나로서는 그립고 그리운 낭만이 아닐 수 없다. (이현주, 「주머니 속에 송곳을 감추고」, 『한국문학전집』 제20권[계몽사, 1991])

'선線' 동인 이야기

당시 당신은 이미 《조선일보》 신춘문예에 동화 〈밤비〉가 당선돼 정식 등단한 작가였다. 당신은 감리교신학대학을 졸업한 전도사 동기들과 동인 활동 중이었는데, 그 모임 이름이 '선線'이었다. 당신은 나를 곧바로 동인에 끼워주었는데, 신학대학 문 앞에도 못 가본 작가지망생이었던 나는 무한 감격했다.

그들은 정기적으로 모일 때마다 원고를 하나씩 들고 나왔다. 그리 시답지 않은 시, 소설답지 못한 소설, 때로 제법 묵직한 논문 따위 글들이 적잖이 모이면 등사판이나마 잡지 비슷한 것을 만들어 동료들과 나누고 교수님들께 우송하는 재미를 만끽했다. 이때의 내 염원이 부풀어 나중에 그들이 다닌 감리교신학대학에 편입해 변선환, 신옥희, 민영진, 김용옥, 송길섭 등 같은 교수님들의 강의를 들었고, 계속된 작가수업을 통해 결국 《현대문학(現代文學)》 소설추천으로 이어졌던 게 아닌가 싶다.

이때 그 동인지에 게재된 누군가의 글에는 이런 구절도 있었다.

"선線은 한번 그어지면 함부로 다룰 수가 없다. 왜냐하면 거기 위엄이 깃들기 때문이다. 나라와 나라 사이에 선線이 그어지면 국경이 되고, 생각에 선線이 그어지면 이념이 되고 철학이 된다. 이러한 선線은 이왕이면 곧아야 한다. 곡선은 그어지다 보면 제자리를 맴돌게 되지만, 직선은 영원을 동경하고…"

이런 기억까지도 가능한 것은, 앞서 얘기한 동인 중 고故 최완택 목사 덕분이다. (그는 총각으로 내 결혼식 주례를 맡았고, 나중에 권정생어린이문화재단 초대 이사장이 되었을 때 나를 이사직에 넣어주었다.) 어느 날 모임에서 최완택 목사가 느닷없이 던진 'KAL기 납북사건'이 모티프가 되어 쓴 소설이 〈선線〉이었고, 1975년 《현대문학》 4월호 안수길 선생의 초회 추천작으로 발표되었다. 드디어 나도 작가가 된 것이다.

《크리스찬신문》에서의 20년

내가 《크리스찬신문》 편집자가 된 것도 당신 덕분이다. 앞서 인용한 당신의 글 「주머니 속에 송곳을 감추고」에서 이어지는 부분을 읽어보겠다.

> 1973년인가 《크리스찬신문》이라는 직장에, 말하자면 스카우트되어 들어갔는데, 들어간 지 보름 만에 사표를 썼다. 아무튼 여기는 나의 적성에 맞지 않는 이방 지대라는 느낌 때문에 하루라도 더 있고 싶은 마음이 없었다. 갑자기 자리를 비우겠다니 신문사 쪽에서는 누굴 대신 앉혀놓고 가라는 주문이었다. 최완택과 상의 끝에 강 교감을 끌고 오자고 했다. 그래서 결국 그가 오늘 《크리스찬신문》 주필이라는 직함을 가지게 된 것이다.
>
> 자세한 내막은 모르겠지만 그의 직장인 《크리스찬신문》은 그간에 사주가 두 번이나 바뀌는 등 상당한 고비를 겪었다. 그런데 그 풍파를 모두 견디고 살아남은 것이다. 강정규가 킷대를 잡고 있었다. 무슨 말을 더 하겠는가?

당신 곁에는 최완택이 있었다. 그는 앞서 말했다시피 총각신분으로 내 결혼식 주례를 섰고, 야학에서 얻은 아내와 함께 살 거처를 미아리고개 너머에 마련해주었다. 당신은 또 최완택의 주례를 섰으며 《크리스찬신문》의 중요한 필자가 되었다. 당신은 매주 원고지 두세 장짜리 동화를 썼는데, 그건 독자들이 가장 기다리는 코너였다. 〈청대문집 개〉라는 손바닥동화가 있었는데, 정보부 담당이 나를 불러 그 의미를 캐물은 일도 있다. 최완택도 질세라 훌륭한 필자로 참여하였는데, 그가 연재하던 꼭지 명칭

이 〈아름다운 순간들〉로, 나중에 출판되어 쇄를 거듭하기도 했다. 그렇다고 늘 좋은 일만 있었던 것은 아니었다.

《크리스찬신문》은 4.19혁명 직후 창간되어 20년 가까이 가정문서선교회 미국 본부의 지원을 받았다. 그러나 1980년대 초, 미국 선교부의 지원이 끊기면서 재정적인 압박을 받게 되었다. 그 여파로 신문사는 당시 부상하던 신흥기업 '명성그룹'으로 운영권이 넘어갔고, 이내 '명성사태'가 터져 사주는 경제사범 구속이 되고, 내가 상임이사 직책을 맡게 되었다.

사주 부재중에도 10년에 걸쳐 회사는 사옥을 신축하는 등 자립의 바탕을 다져갔지만, 복역을 마치고 돌아온 사주는 사옥을 팔아버렸고, 뿔뿔이 흩어지는 사우들의 퇴직금을 해결하느라 힘에 부쳤던 나는 맨땅에 주저앉고 말았다.

1996년 말, 동화작가 신지식 선생이 나를 불러내 봉투 하나를 건네주셨는데, 그것이 이듬해 창간된 《시와 동화》의 씨앗이 되었다. 만일 내가 퇴직금을 받았다면 궁색한 집안 형편을 메우려고 했겠지만, 신 선생이 주신 돈이었기에 잡지 창간이 가능했다. 더구나 그 돈은 내가 받지 못한 퇴직금 액수와 거의 같았다.

어느 해, 당신은 종로 YMCA에서 강연이 끝난 뒤 한 여인이 '언제 포항에 오시면 한번 들르시라'며 명함을 한 장 건네주었노라고 했다. 얼마 후, 마침 근처를 다녀오는 길에 찾아갔더니 작은 약국이었단다. 잠시 기다리라며 가게에 딸린 방안에 다녀온 그녀가 봉투 하나를 전하며, '목사님을 처음 뵌 이후 약을 팔고 받은 오천 원짜리만 모았다'면서 용처가 생기는 대로 쓰시라 했다고 한다. 그녀와 헤어져 귀가하던 중 당신은 교회를 개

척하는 후배에게 들러 그 봉투를 건네고 왔는데, 집에 도착하니 마침 어느 출판사에서 인세가 와있었고, 그 액수가 포항의 약사가 건네준 봉투 부피 쯤 되었더라고.

나도 최근 시답잖은 시집을 한 권 냈는데, 표제작이 〈돌아온 사탕〉이다. 전문을 소개하면 아래와 같다.

전철을 탔는데 마른기침
참으려 해도 멎지 않았다
앞에 앉은 할머니가 사탕 하나 주신다.

언젠가, 전철에서
우는 아기에게
사탕 하나 준 게 생각났다

그리고 어디선가 읽었는데, 당신이 대학 4학년 무렵 어느 잡지사에서 수습기자로 일할 때, 명절을 앞두고 직원들은 모두 상여금을 탔는데 당신만 빠졌더란다. 서운한 마음으로 퇴근하는데, 마침 마주친 어떤 교수님께서 보너스 봉투를 꺼내시더니 헤아려볼 것도 없이 반쯤 쪼개 주시더란다. 가끔 생각나는 얘기다.

글벗으로 만나 길벗으로

길을 가는데, 누굴 만나느냐에 따라 삶은 얼마든지 바뀔 수 있다. 거듭 말하지만, 내가 그때 당신을 만나지 못했더라면 오늘의 나는 없다. 그보다 앞서, 만약에 방앗간을 했던 우리집이 5.16과 함께 망하지 않았더라면 나는 엿장수 야학선생이 되지 않았을 것이고, 수기 〈방화放火〉도 태어나지 못했을 것이고, 당신도 만나지 못했을 것이다.

여하튼《시와 동화》도 그렇게 창간되고, 나는 아주 신나는 나날을 보냈다. 소설 〈춤추는 신과 우는 하느님〉으로 상도 많이 받았다. 한국아동문학인협회 회장이 되고, 단국대학교 문예창작학과 초빙교수도 되었다. 나는 우쭐했다.《시와 동화》창간 10주년 기념식에 당신을 초청해 한 마디 부탁드리니 이렇게 말씀하셨다.

"방금 내빈소개를 했는데, 소개되어 박수를 받은 분보다 박수 치신 분들을 더 귀하게 대접하시오.《시와 동화》잡지보다 그것을 읽는 사람을 더 귀하게 여기시오.《시와 동화》는 강정규의 잡지가 아닙니다."

너무 직설적인 그 말씀에 솔직히 나는 좀 오그라들었다. 그런데 어느 날, 당신의 어느 책 앞날개에 나온 당신 사진을 보았는데, 다시 보아도 예수님을 많이 닮아있어 놀랐고, 약간은 부럽기도 했다. 당신이 맨 처음 낸 책으로 알고 있는, 『웃음의 총』(기독교서회, 1970)을 보면, 책머리에 이런 말이 있다.

…어떻게 하면 당신을 좀 더 잘 얘기할 수 있을까, 이것이 제 소원이거든요. 그렇습니다. 나는 나의 짧은 이야기 속에서 하느님의 손바닥에 흐르는 땀이나, 향기로운 바람 같은 하느님의 냄새를 그려 보고 싶었습니다. 그러나 그것은 어려운 일이었어요. 아직도 내 마음의 거울에는 많은 먼지가 묻어 있기 때문일 것입니다. 그러나 한 가지, 아주 신기한 것을 발견했지요. 그것은 우리가 마음을 모아 아

름답고 진실한 사람들에 대해 얘기할 때면 하느님은 언제나 그 이야기 속에서 흐뭇한 얼굴로 서성거리신다는 사실입니다. 그래서 나는 힘을 얻었습니다. 앞으로 하느님이 그만두라고 하실 때까지 나는 쉬지 않고 하느님의 이야기를, 사람들의 진실한 이야기를 할 마음입니다. 물론, 쉬운 일은 아닙니다. 그러나 세상에 어디 쉽게 넘어가는 것 치고 값있는 게 있나요?

그렇다. 당신은 당신 말대로 지난 50여 년, 쉬지 않고 하느님 이야기를 해왔다. 당신을 생각하면, 프랑스 소설가 장 지오노Jean Giono(1895-1970)의 〈나무를 심은 사람〉이 떠오른다. 아시다시피 이 작품은 자신의 체험을 바탕으로, 뒷날을 살아갈 사람들을 위해 아무런 보상도 바라지 않고 헌신적으로 자기를 바쳐 나무를 심은 사람의 이야기다.

우리는 한창 때 나름대로 나무를 심으며 만났다. 우리는 한창 때 글벗으로 만나, 반생을 길벗으로 살아왔다. 어쩌다보니 우리는 나무를 '심는' 사람이 아니라 나무를 '심은' 사람이 되었다.

아니, 당신은 오늘도 여전히 나무를 '심는' 사람이다. 흰 고무신에 호미를 들고 나무를 심으며 한 걸음 두 걸음 걷고 있다. 저만치 앞서가는 당신을 따라가고 싶지만, 이제 나는 기력이 달린다.

그러나 끝으로 다시 한 번 말하고 싶다.

"그때 거기서 당신을 만나지 못했으면 지금 여기 나는 없습니다. 고맙습니다."

본질과 핵심을 놓치지 않는
구도자의 삶

고희범

제주4·3평화재단 이사장

교인 열 명이 채 안되는 규모에, 건물이 없는 것은 물론이고, 이름도 없는 교회가 있었다. 한참 뒤에 '공존교회'라는 이름이 붙었다. 남들이 붙여줘서 생긴 것이었다. 교회에서 나눈 얘기들과 교인들의 기고로 한 달에 한 번 발행한 인쇄물의 제호가 《공존共存》이어서 그렇게 불렸다.

1980년대 초 '교회에 대해 비난만 할 게 아니라 제대로 된 교회를 해보자'는 이현주 목사의 제의에 따라 알음알음으로 시작한 모임이었다. 교회성장학이 신학대학의 커리큘럼으로 자리잡기 시작하던 시절, 교회의 대형화와 자본주의의 논리에 물든 교회에 비판적이던 사람들이 모였다. 이 목사가 교회의 규칙으로 제시한 내용은 이런 것이었다.

- 교회는 건물을 소유하지 않는다
- 목사는 교회로부터 보수를 받지 않는다
- 목사의 일방적인 설교는 없다

- 모든 신도는 수입의 1/10을 세금으로 낸다
- 교회에 모인 돈은 그 돈이 당장 필요한 사람에게 즉각 전달한다

교회는 '하나님의 뜻이 이 땅에서 이루어지기를 바라는 사람들의 공동체'이다. '교회당'이 있어야 하는 것은 아니었다. 평소에는 텅 비어있고 일주일에 서너 번 이용하는 교회 건물을 건축하고 유지하는 데 들여야 하는 사회적·경제적 비용은 막대하다. 웅장한 교회당을 자랑하는 교회가 '가장 작은 자'에게 보여주는 관심이 건물의 크기에 비례한다면 모를까, 그렇지도 못한 건물 소유는 의미 없는 일이었다.

목사에게 보수를 지급하지 않는 것은 '가죽으로 천막 만드는 일'을 했던 사도 바울을 비롯해 초대교회 사도들이 다른 직업을 갖고 있었던 것과 상통한다. 현실적으로 목사가 다른 직업을 갖는 것은 쉬운 일이 아니어서 이를 일반화하기는 어려운 일이다. 다만 그것은 '제대로 된 교회'의 도전적인 시도였고, 이현주 목사의 경우 다행히 글쓰기와 강의 등으로 적은 수입이 있어 가능한 일이었다.

목사의 일방적인 설교를 거부한 것은 루터의 종교개혁에서 핵심에 해당하는 성서번역의 정신에 걸맞은 일이기도 했다. 중세 교회에서는 예배를 라틴어로 진행했고 성서도 라틴어로 읽었다. 평신도들은 성서를 읽을 수 없었고 당연히 그 의미도 이해할 수 없었다. 루터의 성서 번역으로 평신도들은 수도사들의 전유물이던 성서를 그들의 도움 없이 읽을 수 있게 됐고, 수도사들의 해석에만 의존하던 성서가 평신도들에게도 퍼져나갈 수 있었다. 평신도들이 성서 해석의 권리를 찾게 된 것이다.

또한 이 파격적인 제안은 교회에서 작동하는 목사의 '권력'에 대한 진

지한 물음이었다. 목사는 '기름부음 받은 자'의 권위로 신도들의 존경과 순종을 이끌어내 누구도 거부할 수 없는 힘이 있다. 목사의 설교는 하나님의 음성으로 받아들여져 절대적인 영향력을 행사한다. 그러나 공존교회의 새로운 시도는 교회에서 하나님 외에 어떤 권위도 인정될 수 없다는 인식에서 비롯된 것이었다.

십일조는 교인의 의무로 교회의 교육, 선교, 봉사 등 교회의 기능을 수행하는 데 사용된다. 사회의 구조적 모순으로 빚어지는 불평등과 복지에 대한 정부의 무관심으로 인한 소외계층의 경제적 어려움은 요즘도 마찬가지나 당시에도 매우 심각했다. 공존교회의 모금은 어려운 이들을 구제하겠다는 거창한 개념이라기보다는 이웃의 아픔에 공감하는 구체적인 방식이었다.

공존교회의 예배는 기도로 시작되었다. 각자가 돌아가면서 기도를 올렸다. 대표기도가 아니라 모든 구성원이 참여하는 기도는 각자의 신앙고백이었다. 목사의 일방적인 설교가 없는 것과 같은 맥락이라고 볼 수 있다.

이어 지난 일주일 동안 각자 겪었던 일과 경험, 생각을 나눈다. 교회 공동체 구성원에 대한 깊은 이해와 친교를 위한 기본적인 단계일 뿐 아니라 각자의 고민을 공유하고 함께 대안을 모색하는 기회로 작용하는 효과도 적지 않았다.

찬송가 한 곡을 부르고 난 뒤에는 목사가 선택한 성경구절을 돌아가며 읽었다. 이날 낭독한 성경말씀을 놓고 각자의 해석과 생각, 관련되는 경험 등을 자유롭게 이야기했다. 어떤 경우는 두세 시간씩 토론으로 이어지기도 했다. 목사는 논의가 엉뚱한 방향으로 흐르지 않도록 하거나 모이는 결론을 정리하는 역할을 했다. 물론 결말이 나지 않는 경우도 있었다. 반드시 합의에 이르지 않아도 무방했다. 그곳에서는 성서를 받아들이는 방식이나 해석이 얼마나 다양한지를 확인할 수 있었다.

교인들 대부분이 월급 생활자들이어서 매달 한 번씩 '세금'을 냈다. 모인 돈은 교인들이 찾아낸 대상자들에게 전달했다. 이 과정에서 교회 내부적으로 가장 심각하게 회의를 느낀 내용은 헌금 사용의 목적에 대한 것이었다. '구조적인 문제를 방치하고 사회사업을 하자는 것인가?', '어려운 사람들에게 넉넉하지 않은 돈을 전하는 것은 임시방편에 불과한 것 아닌가?', '도덕적 면피 같은 느낌을 버릴 수 없다'는 등의 의견이 있었다. 그러나 우리 사회에는 이것저것 따질 새 없이 당장 도움의 손길이 필요한 물에 빠진 사람들이 너무 많았다. 우리는 언제 그들에게 관심이나 보인 적이 있었는가?

공사장에서 일하다 추락사고로 부상을 당했으나 사업주가 산재보상에 협조하지 않고 방치하는 바람에 입원비를 내지 못해 병원에 볼모로 붙잡힌 노동자, 중동 건설현장에서 수년 동안 노동해서 번 돈을 부인이 들고 잠적해 갈 곳이 없어진 사람, 만성 결핵으로 가족들로부터 버림을 받고 더는 치료할 길도 없어 죽을 날만 기다리는 사람 등 소외계층의 아픔은 크고도 심각했다.

교회당으로 이용할 건물이 없으니 교인들 집에서 모임을 갖는 것은 당연했다. 간혹 봄날에는 야외나 고궁을 찾기도 했다. 덕수궁 한 귀퉁이에 모여 드린 예배에서 이 목사는 뜻밖의 제안을 했다. 오늘은 눈을 뜨고 기도를 해보자는 것이었다. 아주 어색하고 부자연스러운 기도였다. 시선을 어디다 두어야 할지 모르는 상황이어서 대부분 땅 바닥을 내려다보면서 차례로 기도를 이어갔다. 그러나 그것은 놀라운 경험이었다. 눈을 감고 기도할 때는 하나님이 저 멀리, 아주 높은 곳에 계셔서 거리감이 엄청났다면, 눈을 뜨고 기도했더니 바로 내 옆에 우리와 함께 계신 하나님과 만나는 느낌이었다. 아주 가깝고 친근해서 조용하게 대화를 나누는 자리가 된 것이다. 단지 눈을 떴을 뿐인데 소통의 깊이는 상상 이상이었다. 진짜 기도였다.

한적한 교외로 나간 어느 여름날 이 목사는 '주의 깊게 들여다보기'를 주문했다. 돌이든 풀잎이든 어떤 것이라도 하나를 골라 주의 깊게 들여다보고 나서 그 느낌을 얘기해보자는 것이었다. 길바닥에 아무렇게나 굴러다니는 돌멩이 하나에, 길가 풀섶에 꽃도 피우지 않은 채 바람에 흔들리는 풀잎에 눈길이 닿고 한참을 들여다보는 사이 그것들은 특별해졌다. 큰 바위에서 떨어져 나와 길가에서 사람들의 발부리에 채이며 이리저리 굴러다녔을 돌멩이의 과거를 상상하게 되었다. 애틋하면서도 강인한 경력을 지닌 돌멩이는 그렇게 특별해졌다. 그렇게 주의 깊게 들여다본 대상이 사람이라면 그 감동은 적지 않을 터였다. 마침내 너와 나의 구별이 없어지고 하나임을 확인하게 될 것이었다. 그것은 또 하나의 예배였다.

전남 무안에 폐결핵 환자들의 요양시설인 '한산촌'이 있었다. 폐결핵 환자들을 위해 평생을 바친 여성숙 선생이 장기요양이 필요한 환자들을 위해 설립한 시설이었다. 여 선생은 하루 종일 목포의원에서 환자들을 진료하고 퇴근 후에는 한산촌에 입원한 환자들을 돌봤다. 여 선생은 한산촌의 토지와 건물 일체를 개신교 수녀회인 '한국디아코니아자매회'에 증여

해 한산촌의 운영을 맡겨놓고 있었다.

이 목사가 한산촌을 돕자고 나섰다. 서예나 회화 작품 등 기증품을 모아 바자회를 열자는 것이다. 나는 이 목사의 네트워크가 그렇게 폭 넓은 줄 미처 몰랐다. 고故 장일순 선생의 서예를 비롯해 고 김지하 시인의 난, 이철수 화백의 판화 등 30여 명의 기증품 100여 점을 모아 성공회 서울대성당 강당에서 전시회를 열었다. 판매수익금 전액을 한산촌에 기증해 교육관 건물 신축과 한산촌 이웃 부지 1킬로미터 남짓 진입로 포장에 사용했다.

이현주 목사는 글이나 쓰는 서생이 아니었다.

이렇게 2년여 지속되던 공존교회는 이 목사가 충주로 이주한 얼마 후 해산하고 말았다. 목사가 중심에 있지 않은 교회를 표방했음에도 이 목사가 떠난 뒤 문을 닫은 것은 그 공백을 메울 길이 없었기 때문이다. 그동안 이 목사가 앞에서 끌고 가지는 않았으나 언제나 그랬듯이 뒤에서 밀어주는 힘으로 우리가 버티고 있었음을 그제야 알게 되었다.

언젠가 이 목사는 이런 기도문을 쓴 적이 있다. 대강의 내용은 이렇다.

우리 조상들이 예수를 모를 때 샤머니즘을 통해 우리 조상들에게 위로를 주신 하나님께 감사합니다. 이 땅에 기독교가 들어오지 않았을 때 불교를 통해 붓다의 자비를 가르쳐주셔서 자비행을 하도록 인도하시고, 유교를 통해 도덕률에 맞는 삶을 살도록 가르쳐주신 하나님께 감사합니다. 그리고 선교사들을 통해 예수의 가르침을 접하게 해주신 하나님께 감사합니다.

그의 스승이신 변선환 교수는 감신대 학장 시절 "기독교 밖에도 구원이 있다"며 기독교인이 아니라 해도 구원 받을 수 있다는 발언으로 1991년 목사직을 박탈당했다. 이듬해에는 감리회 재판위원회로부터 감리교회 법상 최고형인 출교 처분을 받았다. 목사직 파면은 물론 신자 자격까지 박탈당한 것이다. 이 목사의 기도는 변 교수의 제자답게 '기독교 밖에도 구원이 있다'는 선언에 버금가는 내용이었다. 기독교 교리의 범주를 넘어서는 것처럼 보이지만 실은 가장 기독교적이다. 오히려 타종교의 시각에서는 기독교 우월주의로 읽힐 수 있다는 점이 문제라고도 할 수 있다.

이 목사는 본질에 대한 질문에서부터 시작해, 핵심을 놓치지 않으려는 모색과 사색에 치열했다고 생각한다. 그는 모든 사건과 사물에서 하나님의 음성을 듣고자 했다. 종국에는 모든 것을 하나님의 결정에 맡기는 순종에 이르렀다. 노자와 장자를 읽고 교단 내에서는 다소 불편할 수도 있는 주장을 펴기도 했다. 그러나 그의 삶과 사상은 진정한 기독인의 그것이었다.

변선환 교수는 서울 정동교회에서 마지막 설교 중에 "나는 죽지만, 내 제자들은 노다지"라고 말했다고 한다. 변 교수의 자신감 그대로 이현주 목사는 한국 교회는 물론 우리 사회의 빛나는 보석이다.

한국 디아코니아 자매회와 이현주

노종숙
한국디아코니아자매회 원장

이현주 목사와의 첫 만남

1984년 햇볕이 제법 따가운 어느 초여름 오후, 이곳 한산촌 결핵요양소에 입원 중인 환자를 찾아온 40대 중반의 어느 젊은이를 맞이하였다.

나이답지 않게 입은 흰 모시 바지 적삼에 자연스럽게 걷어올린 옷소매하며, 흰 고무신, 손에는 대나무피리 한 자루까지 평범하지 않은, 그러나 자유로움과 편안함이 느껴지는 방문객이었다.

　그는 서울에서 어느 기독인들 그룹의 성서읽기를 진행한다는 감리교 목사 이현주라고 자신을 소개하였다. 그 회원 중 한 사람이 두 달 전 우리 결핵요양원에 입원한 환자였다. 그가 당시 서울 모 신문사 편집장인 고 아무개 씨라는 것을 그때서야 알았다. 하얀 이가 드러나도록 밝게 웃는 표정이 인상적인 환자였다. 나중에 알고 보니 이현주 목사는 아동문학 작가이며 시인이었다. 이 목사는 병원장인 여성숙 선생과 그 이후로 몇번 더 만났고, 당시 만성결핵환자들이 지낼 자활촌自活村 설립을 위한 바자회를 기획하는 것까지 함께 하였다.

　만성결핵환자 자활촌은 여성숙 선생께서 디아코니아 자매회에 한산촌 결핵요양원('한산촌'은 '큰 삶을 사는 촌'이란 뜻)을 위임하시고, 함께 이루기를 원하셨던 첫 계획이었다. 바자회는 성공회대성당에서 성황리에 진행되었고, 순이익금 전액을 여성숙 선생께 기부하여 만성결핵환자 자활의 집을 설립하고 운영하기에 이르렀다.

만성결핵환자들의 '한삶의 집'

1985년 5월, 이현주 목사는 기공예배를 드리며 이렇게 낭송하였다.

　　"세상에서 얻을 수 없는 내적 평안을 얻고, 예수 그리스도 안에서 하나 되어 평화로운 생활을 할 집을 세우려고 우리가 이제 이 땅을 팝니다.

그 안에서 하나님의 사랑을 배우고, 흙을 사랑하며, 건강을 지향하고, 이웃을 섬기는 생활을 할 집을 세우려고 우리가 이 땅을 팝니다.

그 안에서 겸손히 엎디어 받은 바 각 사람의 재능을 살려나가는 사람들에게 한 삶(큰 삶)을 가져오게 할 집을 세우려고 우리가 이제 이 땅을 팝니다."

집이 완성되자 그곳에는 만성결핵 환자로 더 이상 치유가 어렵다는 진단을 받은 무의탁 환자들이 입소했다. 그들은 세상에서 소외되었으나 여기서는 한 가족이 되어 공동생활을 했다. 함께 아침저녁 예배를 드리고, 하나님의 사랑을 배우고, 서로 도우며, 무엇이든 해보고 싶고 할 수 있는

한삶의 집 봉헌예배를 인도하는 이현주 목사

일들을 하면서 하루하루 마음껏 한 삶을 살았다. 그러나 그들은 다음날을 기약할 수 없었기에 "간밤에 안녕히 주무셨습니까?" 하는 아침 인사를 한집에 사는 사람들과 나눌 수 있다는 데 가장 행복해했다. 이 목사님은 가끔 오셔서 장대長大같은 체구를 가졌으나 속은 병든, 그러나 아직도 젊은 환우들에게 오늘 하루 삶을 어찌 살아갈 것인지 관심하고, 또 낙심하는 그들의 등을 다독여주셨다. 활동성결핵 환자들과도 만나셨지만, 목사님의 사랑 앞에는 활동균도 힘을 쓰지 못한 것 같다. 지금은 모두들 주님 나라로 가셨지만, 목사님은 환자들이 마지막 한 삶을 잘 살도록 '친한 형'이 되어 그들의 가슴을 따뜻하게 품어주셨다.

한산촌 결핵요양원 환자들을 위한 여름성경학교

어느 해 여름, 하루 일과가 무료하기만 한 환자들을 위해 좋은 방법을 찾다가 목사님과 함께 하는 여름성경학교를 만들었다. 성경읽기와 성경이야기 듣기, 레크리에이션, 노래 배우기, 손 맞잡고 춤추기, 그리고 언제나 빠질 수 없는 간식이 있었다. 한산촌 요양원에는 다 함께 모일 만큼 너른 공간이 없어 교회당을 사용해야 했는데, 이곳은 종교를 초월한 환자들의 공간이기도 했다. 목사님은 폐결핵환자를 대할 때의 주의사항에도 불구하고 격의 없이 환자들을 대하셨다. 친형 같은 목사님을 모든 환자들이 정말로 좋아했다. 어떤 이는 목사님을 '현주 형'이라고도 불렀다.

어느 날 밤 환자들과 함께 드리는 기도시간에 자기 언어로 성경읽기를 했는데, 전라도 사투리로 성경을 읽은 어느 형제 덕분에 대폭소를 터뜨린 적이 있다. 그런데 다들 그렇게 성경을 읽으니 예수님이 옆집 아저씨처럼 훨씬 더 친근하고 가깝게 느껴져 신기한 경험이라고 했다.

성서를 학문으로 대할 것이 아니라 가슴으로 읽어야 한다

1980년 5월 1일, 한국 디아코니아 자매회가 설립된 지 5년째였다. 초창기엔 입회 자매들을 위한 커리큘럼이 있고, 수련기 자매들을 위한 3년 교육계획에 성서읽기가 필수였다. 자매회는 이현주 목사를 성서읽기 강사로 초청했는데, 단번에 수락해주셨다.

목사님은 '예수께서 성서 속 사람들과 어떻게 만나는지를 보시라. 꾸밈없이 깊은 자신의 가슴으로 보라'고 하셨는데 그때는 이 말의 의미를 잘 이해하지 못했다. 가슴으로 성서를 읽는다는 것이 무엇일까?

그러자 내 마음 깊이 내재하신 주님의 영을 통해 나의 혼돈과 애착을 먼저 보게 하시더니, 솔직하지 못한 나, 남을 비판하고 판단하는 나를 보게 하셨다. 다 들켰다. 훤히 알고 계신다. 부끄럽고, 죄스럽다. 통회의 눈물, 콧물…. 그런데 놀랍다. 이 평온함, 이 단순함!

아, 비움의 신비여.

이 비움을 통해 '오늘', '지금', '여기'에서 주님의 임재를 체험하기까지는 많은 기도와 기다림이 필요하다는 것을 조금씩 배워갔다. 말씀 속에 잠기면 말씀 안에서 내가 녹아 없어지고 말씀이 톡톡 살아 떠오르는 것이 신기하고 너무 놀라웠다. 처음에는 그 시간이 아주 진지하고 거룩하게 느껴졌다. 하나님께 내가 선택받았다는 사실이 얼마나 고귀한 일인지 느껴지는데, 나뿐만 아니라 함께 선택받은 다른 언님들도 얼마나 귀하고 사랑스러운지, 가슴이 벅차오르는 경험이었다. 내가 없으니 미움도 없어지고, 분별이 없어지니 내 안의 많은 불가능이 하나님 안에서는 가능성이 되었다.

아하! 이렇게 많은 세월이 지나서야 '상대가 원하는 대로 해주라'고 하신 그 말씀을 이해하게 되었다. 이것은 절대로 쉬운 일이 아니었다.

어느 날 공동체를 방문하신 목사님께서 공동체 안에서의 어려운 관계에 대해 묻는 우리에게 하신 말씀이다. 수십 년 지난 이야기지만, 이것만큼은 정말 실천하기 어려웠다. 이것은 첫 시작부터 나의 자존심과 대면해야 하는 일이었다. 시작부터 끝난 것이다. 공동체의 질서나 규율 앞에 서열은 분명하고, 에누리가 없다. 말씀을 사모하고 기도하며 애쓰는 우리에게는 그리 어렵지 않은 일이라고 생각했고 제법 잘되는 듯도 했다. 그러나 그뿐, 이것은 여전히 과제로 남아있다.

나의 마음길과 눈길을 안내해 주시는 분

목사님은 내가 디아코니아자매회의 수도자로 부푼 꿈을 안고 자매회를 방문한 첫날부터 36년이 넘도록 우리를 찾아주시어 내 마음과 시선이 어디로 소모되고 있는지를 보게 해주신다.

디아코니아 노인요양원 운영을 맡아 8년차, 힘들었던 그해 어느 날, 목사님은 요양원을 방문하셨다. 현관문을 들어오시며 아무 말씀 없이 그냥 안아주시는데 나는 눈물이 주루룩 흘러내렸다. 등을 다독이며 감싸 안아주는 그 손길과 그 시간 속에서 어느새 나의 눈자위는 맑아지고 선해지면서 하마터면 빛을 잃고 길을 잃을 뻔한 나의 마음길과 눈길을 환하게 차오르게 해주셨다.

"불러주지 않으면 나는 못 와"

어느 날 목사님께서 오랜만에 자매회에 오셨을 때였다. 왜 자주 안 오셨냐고 물었더니 "불러주지 않으면 나는 못 와"라고 하셨다. 30년 전에 하신 말씀인데, 지금도 적용되는 말이다.

개신교 안에서 수도공동체로 자리매김하는 일이 쉽지는 않았다. 에큐메니컬ecumenical 운동을 지향하는 초교파 공동체이기에 언님들도 장로교, 감리교, 성결교 등 각 교파에서 들어왔다. 목사님도 감리교에 속하셨지만, 그런 울타리 안에 갇혀있는 분이 아니셨기에 우리 공동체의 지향과 잘 맞았다고 생각한다. 목사님은 꾸준히 언님들에게 영성수련을 해주셨고, 신앙문제를 비롯한 개인상담도 해주셨다. 노자, 대학 등의 동양고전을 함께 읽고 나누며 공동성서 연구도 하고, 다양한 방법으로 기도수련을 인도해주시기도 했다. 또 목사님께서 개인적으로 디아코니아 피정집(retreat house)에서 1년여 침묵의 시간을 보내신 것은 우리에게도 직간접으로 많은 영향을 주었다.

건넌방과 안방

목사님은 강연, 저술 그리고 번역서를 통해 많은 사람들을 만나시는데, 개신교 신자보다는 가톨릭 신자들 사이에서 목사님이 더 많이 알려졌다고 한다. 그래서 언젠가 가톨릭 모임에서 누군가 목사님에게 개종을 권유했다는데, 목사님은 '건넌방에서 안방으로 건너가는 게 무슨 개종이냐'며 일축하셨다고 한다. 지금은 건넌방, 안방이 아니라 옆집, 아니 아예 집을 떠나신 게 아닌가 싶다. 그래도 때로는 어느 한계, 틀이 있으면 좋겠다고 생각했는데, 목사님은 이 시대에 그러한 자유가 절실히 필요함을 삶으로 보여주시는 듯하다. 수도복을 입은 우리와는 다른 자유로 살아가시는 분이다. 산 위에 고지는 보이지만, 이 골짝 저 골짝에서 올라가며 이 길이 옳니 저 길이 옳니 시시비비하는 우리를 옆에서 지켜보기만 하시는 목사님이 답답한 마음에 거리를 둔 적도 있었다. 하긴 말귀를 알아들을 때라야 지혜로운 분의 말이 들려오는 것을 그때는 어찌 알 수 있었을까. 넓은 바다를 향해가는 계곡물, 냇물의 다름도 그때는 어찌 이해할 수 있었을까.

지금도 공동체 안에서는 서로 다름에서 오는 시시비비가 끊임없지만, 머리로는 알아도 몸으로 알게 되기까지는 얼마나 더 긴 세월이 흘러야 할까?

이 짠한 누이들!

우리 디아코니아자매회와 이현주 목사님을 생각하면 '베다니 마을에 사는 마르다와 마리아를 사랑하시는 예수님'(요11;1) 이 본문이 떠오른다. 목사님은 우리들을 '누이'라고 하신다.

우리 또한 목사님이 오라버니처럼 편안하다. 목사님은 요즘 귀가 잘 들리지 않는다. 우리에게는 그것이 별로 불편하지 않다. 말로 표현하지 않아도 느낄 수 있다고나 할까? 말이 아니더라도 소통이 되고 알게 된다. 함께 한 시간들이 많았기 때문이다. 목사님께서 지난 6월호 《풍경소리》(이현주 목사와 그 제자들이 함께 만들어 무료로 나누는 마음공부 월간지-편집자)에 '이 짠한 누이들을 어떻게 사랑할 건가?'라고 쓰셨는데, 그 말에 우리를 바라보는 목사님의 마음이 그대로 전달되었다.

목사님과 소소한 추억이 참 많다. 한산촌 울 안에 함께 살던 시절, 며칠씩 먼 길 강연 다녀오실 때면 그 손에 따뜻한 붕어빵이 들려있었다. 식기 전에 받아먹는 그 맛이란! 또 가끔 목포 재가복지 사무실에 오셔서 이런저런 재가 가정들의 형편을 귀 기울여 들어주기도 하셨다.

'오는 사람 막지 말고, 가는 사람 잡지 말라'

아마도 개신교 안에 '디아코니아자매회'가 있다는 것을 많이 홍보해주신 분이 바로 목사님인 듯하다. 강연하실 때나, 글 쓰실 때 틈틈이 자매회 이야기를 하시면서 자연스럽게 우리를 세상에 드러내주신 셈이다.

더불어 사는 수도공동체의 삶에 사랑과 헌신의 기쁨도 있었지만, 우리에게는 아프고 힘든 시간도 있었다. 어느 해 수련기에 있는 자매들 서너 명이 탈회를 했다. 우리는 뜻밖의 이 일로 우울한 침묵 속에 있었다. 목사님께서는 그때 우리에게 편지 한 통을 보내셨다.

"나는 이래라 저래라 간섭할 마음이 조금도 없어요. 그럴 자격도 없고요. 오는 사람 막지 말고, 가는 사람 잡지 말라는 마음이에요."

목사님은 멀리서 혹은 가까이서 늘 우리와 함께 계셨다. 우리의 아프고 힘든 시간들을 묵묵히 곁에서 지켜봐주셨다. 언젠가 목사님이 한 달 침묵을 마치고 떠나시며 남긴 글이 있다.

눈길을 내려가다 뒤를 돌아다보니
뒤따라온 발자국
꼭 한 걸음이다
한 번에
한 걸음

그 한 걸음을 올곧게 옮길 수 있도록 여기까지 함께 해주신 목사님께 감사드린다.

글을 나가며

만성 결핵환자들이 살았던 여기 '한삶의 집' 자리, 지금은 그들을 함께 돌보던 언님들만 살고 있지만, 목사님은 아직도 이곳을 찾아오신다. 매월 첫 주말을 우리와 함께 보내고, 주일 예배에 말씀 한마디 주고 떠나신다. 목사님의 말씀은 평범하고 목에 힘도 전혀 안주시는데도, 듣고 나면 그냥 넘길 수 없는 의미와 물음이 남는다.

청년 목회자 이현주와 죽변교회

주승동
홍성 성호교회 담임목사

　우선 이 글은 47년 전 중3이었던 한 학생의 기억이기에 한계가 있음을 밝힌다. 언젠가 정용숙 사모님께서 "죽변교회 출신이니 네가 갖고 있으라"며 주신 죽변교회주보 일부와 생활성서사에서 나온 목사님의 책『돌아보면 발자국마다 은총이었네』를 참조했다. 죽변교회와 담장 하나 사이에 살면서 목사님의 심부름을 했다는 인연으로 이런 글을 쓰는 행복을 누리게 되어 감사하다.

죽변竹邊과의 만남

　죽변은 1960년 초까지 행정구역상 강원도였다가 이후 경상북도로 편입된 동해안의 작은 어촌이다. 오징어나 대게를 잡는 어부들에게는 바다에서 가까운 항구로 알려져 있었지만 일반인들에는 '울진·삼척 무장공비 침투사건'이 일어난 근처라면 머리를 끄덕일 정도다.

　죽변교회는 1951년 창립되었지만 교세가 약해 목회자의 시무기간이 2년을 넘기 어려웠다. 1976년 5월초, 이현주 전도사님이 13대 담임전도사로 부임했다. 삼십대 초반의 전도사를 학생들은 환영했지만 어른들은 그렇지 않았다. 지금껏 담임전도사로 오셨던 분들이 목사 안수를 받으면 다들 다른 곳으로 떠났기 때문이다. 더구나 서울에서 오셨으니 목사 안수를 받으면 전임자들처럼 교세가 더 나은 교회나 자녀들 교육을 위해 당연히 떠날 거라고 예상했다. 부임 후 1년 동안 『공동번역성서』일로 월요일이면 서울에 가셨다가 금요일이나 토요일에 내려오셨기에 교인들과 교제할 기회도 별로 없어 더더욱 마음 열기 어려웠던 것 같다.

부임 초기, 지금 하늘나라에 계시는 정용숙 사모님의 고생과 헌신을 잊을 수 없다. 사모님은 목사님이 서울 가신 월요일부터 금요일까지 어린 두 딸과 교회 안에서 생활하셨다. 사택은 오래된 목조 예배당 한 구석에 예배당과 벽 하나 사이 쪽문으로 연결되어 방음이 전혀 안되고, 천장에선 밤마다 쥐들이 축구를 할 정도였다. 재래식 부엌에선 연탄과 아궁이로 난방과 취사를 했고, 수도는 몇 년 뒤에야 설치되었다.

주중에 교인들이 갓 잡아온 싱싱한 생선이라며 살아서 펄떡거리는 것을 사모님께 갖다드렸는데, 생선을 만져본 적 없는 사모님이 어쩔 줄 몰라 하실 때가 한두 번이 아니었다. 교인들이 오징어, 꽁치, 명태 등을 갖다드리면 사람들에게 배워가며 상황을 해결하시고, 차차 스스로 오징어를 말리기도 하시며 어촌 생활에 적응하셨다. 이후 목사님의 목회가 본격적으로 진행되고 교회가 성장하면서 사모님은 세 아이를 돌보랴, 사모 역할에, 속회 인도자로 정신없이 활동하셨다. 특히 교회 건축 공사가 시작되면서는 사택과 임시 예배당이 멀어서 고생을 많이 하셨다.

1977년 3월, 목사님이 전도사에서 목사가 되시자 무엇보다 교인들이 크게 기뻐했다. 드디어 목사님으로부터 축복기도를 받게 된 것이다. 감리교회 〈교리와 장정〉에 따르면 전도사는 축복기도를 할 수 없어서 매번 목사의 축도 없이 주기도문을 외우고 폐회했다. 비로소 목사님으로부터 축복기도를 받는다는 게 큰 은혜이자 교회의 자부심으로 여겨졌다.

예배

주일 낮 예배는 순서부터 파격이었다. 준비찬송을 부른 후 묵상기도는 성경구절이나 성인들의 기도문을 낭송하거나 교독했으며, 설교 본문의 성경말씀은 구약과 신약을 교인이 봉독했다. 헌금은 모든 교인들이 찬송하며 행렬을 지어 강대상 앞으로 나와서 직접 드렸고, 성도의 사귐 시간에는 주보에 실린 속회보고를 속장들이 일어나 읽으며 속도원들의 상황을 직접 알렸다. 목회기도 후 축도하기 전에는 고백과 결단의 기도를 한 목소리로 꼭 올렸다. 예배 순서가 많다보니 목사님 설교는 짧았다. 죽변교회에서 예배는 목회자 한 사람이 주도하는 일방적인 예배, 구경하는 예배가 아니라 교인들의 영혼과 육신이 직접 참여하는 예배였다.

공동성서연구

일반 교회의 저녁 예배와는 달리 죽변교회의 주일과 수요일 저녁 예배는 성경공부와 강의로 이루어졌다. 목사님이 신약의 서신들과 요한계시록, 한국기독교회사 등을 체계적으로 강의하시는 한편, 다함께 공동성서연구를 하기도 했다. '몸으로 읽는 공동성서연구'는 예배에 참석한 중학생부터 장년까지 모둠을 지어 그날의 본문을 읽고 묵상한 뒤, 마음에 닿는 단어나 느낀 점을 나누고 전지에 기록해 발표하는 시간이었다. 이런 방식의 예배는 교인들에게 꽤나 충격적이었다.

수십 년 동안 성경말씀을 듣기만 하던 교인들은 자신에게 들려오는 하나님의 음성을 자기 목소리로 발표하고 마임이나 연극 등의 행위로 표현했다. 저녁 예배가 이렇게 진행되자 토론과 발표가 부담스러운 교인들은 한동안 저녁 예배에 나오지 않았다. 그러다 공동성서연구의 맛을 알고 나서는 열심히 참석했고 나중에는 평소에 참석하지 않던 교인들까지 왔다. 이때 사용한 성경이 한국 개신교회와 천주교회가 공동으로 번역하고 목사님이 번역위원으로 참가했던 『공동번역성서』였는데, 개역성경도 나란히 비교하며 읽었다. 『공동번역성서』는 한글세대인 학생들과, 개역성경의 난해한 내용을 무조건 들어왔던 장년들의 눈과 귀가 말씀을 향해 열리는 계기가 되었다.

특별한 절기에는 그에 맞는 프로그램이 있었다. 1979년 수난주간 특별 예배에서 매일 펼쳐진 다양한 행사들을 살펴보자면, 성경공동연구 프로그램으로 진행된 〈수난의 발자취〉, 청년과 학생 들이 출연한 연극 〈최대의 오판〉, 여선교회가 주최한 〈십자가 아래의 여인들〉이라는 프로그램을 비롯해, 성찬예배가 있었다. 무엇보다도 이 주간의 정점은 '십자가 행진'이었다. 죽변 중심가인 교회에서 출발해 옛 봉화대 자리 봉수동까지 한 시간 정도 나무십자가를 교대로 지고 가는 '십자가 행진'은 이웃 교회는 물론 죽변 시민들에게도 낯설고 놀라운 광경이었다.

예배를 통해 달라진 교인들은 교회 가는 날을 기다렸다. 부임 당시 이삼십이던 인원이 이듬해부터 늘어나 1978년 무렵 백 명이 넘었고, 어떤 날은 사람이 많아 서서 예배를 보기도 했다. 초대교회 상황을 기록한 "주께서 구원받을 사람을 날마다 늘려주셔서 신도들의 모임이 커갔다"(사 2:47)는 말씀이 죽변교회에서 일어난 것 같았다.

교회 조직의 변화

교인들의 변화는 교회 조직의 확대와 부흥으로 이어졌다. 성가대를 비롯해 선교위원회, 교육위원회, 건축위원회, 장학위원회, 주보사가 조직되었다. 선교위원회는 남선교회, 여선교회, 청년회, 속회로 구성되었다. 청년회, 고등부, 중등부, 유년부로 이루어진 교육위원회와 교회 건축을 준비하는 건축위원회도 있었다. 장학위원회는 초중고 학생에게 장학금을 전달하고, 주보사는 교회가 운영을 맡고 교인들이 편집과 발행을 주도했다. 재정은 매월 주보에 투명하게 보고했다. 교회 상황과 교인들의 삶이 주보에 자세히 기록되니 교회가 큰 가족처럼 느껴졌다. 죽변교회 주보를 받아보는 외부독자도 팔십여 명 정도 있었는데, 이들도 죽변교회 교인들과 함께 기도하는 마음을 편지로 전달해왔다. 이렇게 한 식구, 한 가족이 되도록 목사님은 속회보고를 신문기사처럼 작성하라고 속장들을 격려했다. 삶이 신앙이요 신앙이 곧 삶이라는 것을 속회를 통해 나누고 주보를 통해 공유했다.

목사님은 목사나 교인이 아닌, 오직 주님을 향한 사랑의 공동체로 협력하여 선을 이루는 목회를 지향하셨다. 이는 당시 교회 표어를 통해 엿볼 수 있다.

'나를 죽여 그리스도를 살리자!'(1979), '가난한 사람, 가난한 교회'(1980), '고난과 영광을 주님과 더불어'(1981).

죽변감리교회 주보週報

죽변교회가 전국에 알려진 것은 주보의 역할이 컸다. 목사님 부임 전 평범한 4면짜리 주보가 목사님 부임 후 1979년부터 8면으로, 나중에는 20면으로 증면되었다.

주보는 지금의 A4 비슷한 지면에 6~7포인트 크기로 8면이니 적은 분량이 아니었다. 탄피를 제거한 총탄을 펜 삼아 기름종이처럼 미끄럽고 찢어지기 쉬운 등사모눈원지를 긁어 원고를 작성했는데, 목사님이 토요일 밤까지 원고를 완성하시면 토요일에 학생부 모임을 마친 내가 지도교사의

1981년 10월 18일
죽변감리교회 주보

죽변감리교회 주보
합본(1979-1981년)

도움을 받아 새벽까지 인쇄를 했다. 등사기 인쇄는 롤러에 등사잉크를 고루 잘 묻혀서, 롤러를 밀 때 처음부터 끝까지 팔의 힘이 똑같아야 인쇄가 깨끗하고 등사원지가 찢기지 않았다. 겨울에는 등사잉크가 굳어버려서 잉크를 녹이려고 난로를 피워야 했다. 이런 과정을 거쳐 인쇄된 주보는 발행부수가 150~200부였고, 우편으로 발송하는 주보가 80부였다. 우편발송 주보는 두 번 접어 띠지를 두르고 주소를 쓴 뒤, 우표를 붙여 목사님 자가용인 자전거를 타고 우체국에 가져다주는 것으로 작업이 끝났다.

주보의 1면은 '명상의 글'로, 신문사설 같은 성격이었다. 2~4면은 다양한 프로그램으로 이루어진 예배순서, 5~6면은 교회소식과 속회보고, 7면에는 목사님의 번역문 연재, 8면에는 오늘의 설교 요약이 실렸다.

창립 30주년과 예배당 봉헌

죽변교회는 죽변 중심지에 위치한 오래된 목조 예배당으로, 1953년 감리교 총리원 지원으로 건축되었다. 세월이 흘러 울타리는 무너지고 예배당 내부의 나무 바닥 일부도 주저앉고 있었다. 당시 교세로는 건축의 '건' 자도 꺼내기 어려운 상황이었는데, 목사님 부임 후 교인이 늘고 주일 낮 예배 때 신발을 문밖에 내놓을 상황이 되자, 1978년 건축을 결정하고 성전 건축을 위한 기도와 작정헌금을 시작했다. 지금도 시골교회 건축은 오로지 목회자가 감당해야 하는 어려운 일인데 당시 목사님은 결단을 내렸다. 건축은 1979년 7월 구 예배당 철거를 시작으로 11월에 입당 예배를 드리기까지 5개월이 걸렸다. 교회와 사택까지 짓는 데 5개월 밖에 걸리지 않은 것은 목사님 지도하에 온 교우들이 기도하며 건축헌금에 한마음이 되었기 때문이었다.

공사가 시작되자 구 예배당 목재를 재활용하려고 중학생들은 못 빼는 일을 하고, 고등학생 이상은 시멘트를 배합해 붓는 일을 했다. 장년들은 조를 짜서 매일 공사장에 일꾼으로 참여했다. 특히 현역 군인 91명이 참가했다. 교회 건축에 군인이 동원되는 것은 불가능했지만, 그동안 죽변교회가 해안대대의 군선교에 헌신한 결과 부대장이 전폭적으로 협조해주어 가능했던 일이다. 교회를 건축하는 동안 목사님과 가족들은 임시 거처에서 지내시고, 예배는 국수 만들던 공장 2층에서, 목사님 서재는 구 예배당 앞 가게 옆방을 빌렸다. 목사님은 거기서 예배 준비와 주보 작성, 건축 현장 지휘·감독 등의 일을 하셨다.

사택은 그동안 고생하신 사모님 의견이 반영되어 후임 목회자 가정이 지내기 편리하도록 안방, 목사님 서재, 아이들 방으로 설계되었다. 건축 과정에서 작업에 동원된 인원은 유급인원(인부) 연307명, 무급인원(교인 연273명+군인 91명) 등 전체 동원 인원만 671명이었다. 건축헌금 명단에는 주보 독자들도 있었다. 서울용광교회성서연구회, 감리교신학대학호국단, 크리스찬신문주필과 목사님 지인 다수가 건축헌금을 했다.

우중충한 구 예배당은 사라지고 철근 콘크리트로 새 예배당이 건축되었다. 새 예배당은 도로를 따라 길고 커다란 창고 같은 모습이었는데, 입구의 흰 벽에는 1년간 바닷물에 담가둔 재목으로 만든 십자가에 닻을 걸친 커다란 조형물을 세웠다. 바닷가 항구에 사랑이 가득한 창고 교회가 세워진 것이다. 당시 목사님은 새 예배당이 '사랑의 창고'로 불리기를 원하셨다. 예수의 사랑이 가득한 교회를 소망했는데, 교회 건축 과정에서 사랑의 열기로 정말 모두 한마음이 되었다. 새 예배당은 1981년 5월 21일 교회 창립 30주년과 함께 봉헌됐다. 이날 190명이 참석한 봉헌식에는

'죽변양조장', '물레다방', '실비식당', '포항세탁소', '죽변3리청년회', '죽변안식일교회', '죽변침례교회', '죽변장로교회' 등이 감사헌금을 했는데, 당시 죽변교회와 목사님의 영향력을 엿볼 수 있는 대목이다.

청년부와 학생부

청년이 있다는 것은 교회가 젊고 활기 있다는 증거다. 회원도 몇 없고 활동도 드물던 청년부가 목사님 부임 이후 활기를 얻었다. 기존 청년부 회원들이 변화하더니 회원이 늘면서 다른 교회 청년들과 교류도 잦아졌다. 당시 목사님이 울진지방 청년연합회를 지도하시고 개 교회 청년회 집회에 강사로 가시면서 죽변교회 청년들도 더 열심히 활동하는 계기가 된 것이다. 목사님은 죽변교회 청년들에게 관심과 사랑이 많으셨다. 졸업 후 직장을 찾아 고향을 떠났다가 돌아온 회원들과 남아있는 청년들을 자주 만나 용기와 힘을 주셨는데, 사비로 작은 어선을 구입해서 그들이 일하게 해주셨다는 사실은 한동안 교인들이나 사모님도 전혀 몰랐다고 한다.

중고등부 학생들에게는 〈문학의 밤〉이라는 프로그램을 소개해주셨다. 이런 행사를 처음 해보는 학생들은 두려움과 기대 속에 〈제1회 문학의 밤〉을 성황리에 마쳤다. 시내 학생들은 물론이고 울진지방 각 교회 학생회에서도 이날 행사를 관람했다. 이 일로 학생부 회원들은 용기와 자부심을 얻고, 지역 학생들에겐 부러움의 대상이 되었다. 당연히 교회에 나오는 학생도 늘어났다. 문학의 밤은 매년 11월 말이나 12월 초에 열렸는데, 이때 목사님을 도와 학생부를 지도해주신 분이 김영동 전도사님이었다. 강원도 원덕읍 하가교회 전도사로 시무하면서 주중에는 죽변교회 학생부를 지도하고 청년부를 상담해주시다가 목사님의 권유로 한동안 죽변교회 교육목사 활동을 했다. 이런 배경 속에서 자란 당시 학생회 회원들 중에서 감리교 목사 세 명, 장로교 목사 한 명, 나사렛교회 목사 한 명이 나오기도 했다.

올꾸니장학회

'올꾸니'는 장난꾸러기, 말썽꾸러기 등 모든 꾸러기들의 모임이며, 일명 '바보 모임'으로 불리기도 했다. 당시 죽변교회 내부 결의로 교육목사(일명 '덤목사')로 임명된 김영동 목사가 초중고등부 학생들을 모아 '올꾸니'라는 이름으로 모임을 시작했다. 올꾸니 모임은 교육훈련과 친목을 목적으로 방학 때면 죽변에서 안동까지 '올꾸니대행진'을 했다. 대행진 준비과정을 지켜본 목사님께서 지역의 모든 학생들을 위해 장학회 설립을 제안하셨다. 장학회 기금은 교인들의 기부와 회원구좌모금 그리고 주보 독자들과 두 목사님의 지인들이 보낸 기금 등으로 운영되었다. 1980년 12월 장학회 회원 52명이 131구좌를 통해 매달 65,500원을 납부했으며, 첫해 중학생 세 명과 고등학생 한 명에게 장학금을 전달했다.

외부 활동

목사님의 영향력은 죽변교회를 넘어 울진과 동해지방청년회까지 미쳤다. 목사님은 울진지방 산하 감리교회들의 교육을 총괄하는 교육부 총무까지 연임하셨다. 당시 울진지방 청년연합회(MYF)는 활동이 드물고 교회학교 교사강습회는 멀리 삼척까지 가야 했다. 목사님의 공동성서연구와 유명강사 섭외로 지방청년연합회 활동이 재개되고, 교회학교 교사강습회는 삼척까지 가지 않아도 많은 교사들이 모였다. 목사님은 강릉, 삼척, 태백까지 알려져 동해지역 청년공동성서연구를 지도하고, 태백기독청년회 수련회에서도 강의하셨다. 이런 모임으로 등으로 1980년 9월 국가보안법 위반혐의로 강릉경찰서에서 보름 동안 조사도 받으셨다. 보름간 면회도 되지 않았고, 형사들은 교회에 난입해 증거물들을 가져갔다.

목사님이 목회에 전념하며 외부로 강의를 다니던 시기는 박정희 독재 정권 말기였다. 교회를 건축하던 1979년 8월에는 '오원춘 씨 사건'이 있었으며, 10.26 박정희 대통령 저격과 12.12 내란에 이어, 1980년 5.18 광주민주화혁명이 일어났다. 당시 주보를 보면 목사님은 참으로 괴로워하셨다. 어떤 주에는 예배순서만 있는 2면만, 다른 주에는 예배순서와 속회보고만 기록된 4면짜리 주보가 발행되었다. 주보 1면의 〈설교를 대신하여〉라는 글에서 시국을 바라보던 목사님의 안타까움과 괴로움을 볼 수 있었다.

죽변교회를 다녀간 사람들

목사님이 유명하다는 사실을 교인들이 알게 된 것은 외부에서 방문하는 목사님의 지인들 때문이었다. 목사님의 스승인 유동식 교수님이 어느 해 여름 죽변에 오셨는데, 낮에는 화구를 가져와 방파제와 죽변 등대 쪽에서 그림을 그리셨고, 저녁에는 '8.15 광복과 한국교회'를 주제로 강연을 하셨다.

판화가 이철수 화백도 가끔 방문했는데, 올 때마다 판화를 가져와 보여주기도 했다. 그분은 목사님과 봉함엽서로 많은 대화를 나눈 것으로 기억된다. 안동에서 수녀님들과 방문하셨던 정호경 신부님은 외국인이 방문한 것처럼 신기했다. 목사님의 가장 가까운 친구였던 최완택 목사님도 방문하셨는데, 그분은 서울 용광교회에서 목회하면서 교인들과 성서연구모임을 통해 목사님을 적극적으로 도와주셨다. 이외에도 전국의 주보 독자들과 신학생들이 방학 때면 찾아와 대화를 나누고 갔다.

'목사님, 목사님, 우리 목사님!'

죽변교회 교인들끼리나 다른 사람들에게 목사님을 칭할 때는 항상 '우리 목사님!'이라고 했다. '우리 엄마', '우리 아버지'라고 하듯이 목사님은 '우리 목사님'이셨다. 이것은 목사님의 헌신과 사랑에 대한 교인들 마음의 표현이었다. 목사님은 언행이 일치하고 성실하셨다. 무슨 일이든 조용하고 세심하게 진행하면서 좋은 결과를 내셨다. 성격이 억세고 급한 바닷가 출신의 교인들이 조금씩 변할 수 있었던 것은 예수의 사랑을 말과 행위로 실천한 목사님 덕분이었다.

죽변교회 교인들과 이현주 목사(오른쪽 한복)와 김영동 목사(왼쪽 단발머리)

교인들 간에 시기질투나 다툼이 있을 때면 목사님은 누구를 편들지 않고 화해로 이끄는 동시에 홀로 그 문제를 놓고 기도했으며, 목사님을 향한 비판을 주보에 실어도 솔직한 마음으로 답글을 주셨다. 교회를 '사랑의 창고'라 불렀던 목사님은 스스로 그 사랑을 나누고 채우는 일에 솔선수범하셨고, 그 사랑을 경험한 교인들도 자연히 나누고 채우는 일에 열심을 냈다.

지금까지 서술한 이야기는 벌써 47년 전 일들로 당시 주보와 기억에 의존한 목사님 행적의 일부다. 이 놀라운 일들은 5년 6개월 동안, 예수의 영靈이 이현주 목사를 통해 저 변방 갈릴리처럼 소외된 동해안 어촌 마을 죽변교회에서 일어난 성령의 역사였음을 증언하고 싶다!

가
까
이
에
서

누이와 소풍 나온 이현주 목사

사랑하는 오빠에게

이정희
이현주 목사의 누이, 서울 성북교회 원로장로

사랑하는 오빠 이현주 목사 팔순을 맞이하여 옛이야기 한 자락을 부탁 받고 누이동생이 할 수 있는 것은 '이현주 목사의 알려지지 않은 비리를 폭로하는 것'밖에 없다고 농담했는데, 내 발등 내가 찍은 셈이 되었습니다. "너는 나보다 더 나를 알잖냐"는 오빠의 말에 이 또한 우리 삼남매의 삶을 세세하게 간섭하시는 그분의 뜻일 수도 있겠다 싶으니 70년 세월을 한번 더듬어보려 합니다. 학자풍이셨던 아버지를 닮은 두 아들은 목사와 교수로 글 쓰고 강의하며 살지만, 무슨 얘기든 재밌게 들려주시던 어머니 모습을 빼닮았다는 딸은 지금 사랑어린배움터에서 '이야기 할머니'로 살고 있으니, 내 기억 창고에서 잠자고 있던 오빠에 대한 옛 이야기 몇 자락을 팔순 축하 선물로 드려도 괜찮으시겠지요?

나의 첫 기억이 1952년이니까 오빠는 여덟 살 나는 다섯 살, 덕주가 충주 성남동에서 태어나 안방 아랫목에 누워있던 게 기억나네요. 그때가 아마 초겨울이었지요. 오빠가 뒷문으로 들어오자마자 아기 옆에 있던 하얀

사발 속에 담긴 노란 물을 벌컥벌컥 들이켰어요. "아이쿠, 그거 애기 오줌 받아놓은 거야!" 생각도 행동도 그 누구보다 빨랐고 호기심 많은 특별한 아이였다는 것을 인정하시나요? 언젠가 이른 아침 본인의 첫 오줌이 약이 된다며 한동안 먹은 걸로 아는데, 아기 오줌 사건은 다섯 살짜리였던 나에게 너무나도 생생한 오빠에 관한 기억 1호랍니다.

아버지가 돌아가신 뒤로 고등학생인 큰 오빠(권주)가 가장이 되어 집안 형편을 두루 살폈는데, 어쩌나 빈틈없고 어른스러운지 함부로 말 붙이기도 어려울 정도였지요. 대신 현주 오빠는 어린 내 눈에도 만만했는지 제가 참 싸움을 많이 걸었지요. 무조건 내 편이 되어주는 엄마 덕분에 늘 꾸지람은 오빠 몫이었습니다. (지금 생각해보면 꽤나 억울했겠네요.)

큰 오빠는 집안 살림을 책임지며 닭, 오리, 토끼 등을 키웠는데 참으로 꼼꼼하고 자상하게 동물을 돌보는 모습이 어린 마음에도 대단하다 느꼈습니다. 매일 낳은 알에 날짜부터 적어놓는 일, 오리 새끼를 안방에서 부화시키는 일, 오리알을 모아 중국집에 가져다 파는 일은 내게 시켰고, 현주 오빠에게는 토끼에게 풀 베어다 주는 일을 시켰지요.

애지중지 보살피고 키워내는 큰 오빠가 있었던 반면, 현주 오빠가 닭장에 들어갔던 경우는 두 가지였던 걸로 기억합니다. 한번은 수탉 깃털을 뽑아다가 거기에 바늘을 꽂고 실을 감아 안방 다락문에 붙여둔 과녁판에 던지며 신나게 놀았습니다. 작은 다락문에 바늘구멍이 가득했던 것은 아마 기억나실 거예요. 또, 한번은 학교에서 돌아와 가방을 마루에 던져놓더니 닭장에서 제일 큰 수탉을 기어이 붙잡아 안고 부엌으로 들어가는 것이었습니다. 그리고 새빨간 고추장으로 비빈 보리밥 한 덩이를 수탉 입에다 밀어 넣더니 수탉을 다시 안고 어디론가 사라졌지요. 얼마 후 풀죽은 모습으로 돌아온 오빠를 보고 어린 마음에 '저 잘생긴 수탉들은 무슨 죄가 있나' 싶었습니다. 그날 동네 닭싸움에서 우리 수탉이 졌기 망정이지 만일 이겼더라면 우리 수탉들은 한동안 그 매운 보리밥을 먹어야 했겠지요.

겨울철만 되면 우리집 좁은 앞마당에서는 오빠의 한겨울 놀이기구 공작 교실이 문을 열었습니다. 동생들 썰매와 자기 스케이트까지, 어찌나 손재주가 좋은지 시장에서 파는 것보다 훨씬 멋지고 훌륭한 놀이기구들이 오빠의 손끝에서 탄생했지요. 나무를 깎아 매끈하게 다듬어 끝에 쇠구슬까지 박고 색연필로 단장한 예쁜 팽이들은 막냇동생의 장난감이 되었지요. 어머니 말씀으로는 오빠의 남다른 손재주가 원숭이띠라서 그렇다고 하셨지만, 아무튼 그 손재주로 여전히 다듬고 깎고 그리고 쓰는 중이시지요.

혹, 이 일도 기억하시나요? 충주제일교회에서 용산지역 교인들을 위해 남부교회를 개척해 분가했는데, 그때 꽤 많은 성도들이 정말 열심히 예배를 드렸지요. 오빠와 나는 일찍부터 성가대원이자 교사로 봉사했는데, 어느 날 오빠가 설교시간에 성가대석에서 계속 뭔가를 그리고 있더라고요. 그래서 보니 맨 앞자리에 앉아 졸고 계신 할아버지 장로님이 주보 뒷면에 그려져 있었어요. 장로님의 뿔테 안경이며 둥근 얼굴까지 어찌나 똑같은지, 손으로 할 수 있는 건 무엇이든 만들어내는 특별한 은사를 받은 것은 틀림이 없었습니다.

오빠가 고등학생이었을 때, 한동안 저녁 먹고 매일 뒷산으로 올라가 깜깜한 밤에 돌아오더라고요. 무슨 일인가 싶었는데, 일주일 후에 학교에서 열리는 웅변대회에 출전한다며 목청을 높이는 훈련이라나 뭐라나. 지금에 야 물어봅시다. 날달걀 하나 주머니에 넣고 간 그날 등수에는 들은 거예요? 아니, 등수에 들었으면 한바탕 자랑을 했겠지. 아무튼, 참 엉뚱한 일 들을 수없이 저질러가며 청소년 시절을 보냈는데, 이제 와서 보면 종합예술인(!)으로 살아가는 훈련을 미리 했던 셈입니다.

든든하고 자랑스러운 큰아들 권주 오빠가 불의의 사고로 우리 곁을 떠난 후, 어머니는 '남은 자식들 전부 하나님 당신 자식들이니, 알아서 키워 쓸 만한 것들 있거든 당신이 쓰시라'고 두 손 들고 포기하셨지요. 그 후로 우리 삼남매는 한번도 그 분의 울타리를 벗어난 적이 없고, 벗어날 수도 없었습니다.

큰 아들을 하나님께 바쳐야 했다고 자책하시던 어머니는 둘째 아들이 신학교를 지원한 일을 당연하게 받아들이셨지요. 수학시험을 안 봐도 갈 수 있는 대학이라 신학교에 지원했다는 아들의 짓궂은 이야기를 어머니 는 끝까지 모르셨겠지만요. 아무튼 오빠가 신학교 시험을 보러 서울로 올라가던 무렵이었습니다. 그때 저는 고등학교 입학을 앞두고 있었는데, 당시 형편으로는 둘 중 하나만 학교를 다녀도 버거운 상황이었어요. 하지만 초등학교도 못 다닌 어머니가 딸도 공부시켜야 한다고 고집하신 덕분에 저는 고등학교 입학원서까지 내는 호강을 누렸습니다.

후에 어머니 고백으로는 당시 충주여고 경쟁률이 높아 입학을 장담할 수는 없지만, 그래도 시험은 보게 해주자는 마음이셨다는군요. 제 수험번호가 13번이었는데 오빠가 "너는 이번 시험에 떨어질 수밖에 없어. 번호를 합치면 '죽을 4'잖아!" 하는 것이었습니다. 그런데 그 얘기가 크게 약오르거나 섭섭하지 않았어요. 저는 얼른 취직해서 우리 어머니 머리에서 장사보따리 내려놓게 하는 게 제일 큰 바람이었으니까요. 그래도 조금은 섭섭했던 그 마음이 아직 생생한데, 오빠는 까맣게 모르겠지요. (안 그랬다고 잡아뗄 생각은 마세요!) 아무튼 그때 둘 다 시험에 합격해서 우리 어머니의 짐은 한층 더 무거워졌습니다.

고교 졸업 직후 친구 및 가족과. 앞줄 가운데 어머니, 왼쪽 이정희 장로, 오른쪽 이덕주 교수, 뒷줄 가운데 이현주 목사

방학이 끝나고 오빠가 서울 감신대 기숙사로 복귀할 때면 기숙사비에다가 꼭 메주덩어리를 하나씩 지참하는 것도 제 눈에는 신기했답니다. 장마철에 신던 장화를 몇 달씩 신고 다니는 괴짜 같던 오빠에게 친구가 "너

는 왜 맑은 날에 장화를 신고 다니냐?"고 묻기에 "웅, 내 마음엔 아직도 계속 비가 내려." 하고 답했다는 말에, 신발 하나 제대로 사 신지 못했던 형편이 마음 쓰렸습니다. 무슨 풀잎이든 입에 대면 노랫가락이 나오는 요술쟁이처럼 풀피리를 잘도 불던 오빠는 한동안 어디든 단소를 품고 다녔는데, 저는 오빠가 댑싸리잎으로 불었던 가락들이 더 가슴에 찡하게 남아있답니다.

신학교 3학년을 한 학기 남겨두고 느닷없이 충주로 내려와 방문 걸어 잠그고 두문불출했던 때, 가끔 방문 틈으로 담배 연기가 자욱했던 것도 기억납니다. 꽤 긴 날들을 그리 보내는 동안 어머니 가슴은 새까맣게 타들어갔겠지만 무어라 잔소리 한 마디 하지 않으셨지요. 어머니는 늘 그렇듯이 '주님! 당신 자식이니 알아서 하십시오!' 하셨겠지만요.

그러던 12월, 성탄절을 앞둔 이른 새벽, 기자들이 커다란 카메라를 들고 우리 셋집을 들이닥쳤습니다.《조선일보》신춘문예에 동화〈밤비〉가 당선된 거였죠. 오빠가 두문불출의 터널을 지나 동화작가로 탄생한 순간이 마치 남의 나라 이야기 같았습니다. 만 20세 그날에 시작된 작가 이현주의 삶이 이제 60년 되었네요. 아직도 왕성하게 집필하시는 것을 보면 참 놀랍습니다.

당시 오빠는 4학년 선배가 등록금이 없어 졸업을 못하는 형편을 보고 자기 등록금을 냉큼 주고는 자퇴하고 내려왔던 것인데, 이토록 어이없는 사실을 한참 후에야 알게 되었습니다. 엉뚱하고 돌발적인 행동으로 늘 꾸지람을 들으며 자랐지만 하느님의 시선이 늘 오빠에게 머물러 있었다는 사실만은 틀림이 없습니다. 작가로 등단하고 신학교는 자퇴했으니 아들을 향한 어머니의 꿈인 '주의 종從'은 아득해질 무렵, 하느님은 오빠를 불구덩이로 집어넣으셨지요.

제가 여고 졸업 후 충주전신전화국에 취직해서 어머니가 고달픈 장사 보따리를 내려놓은 무렵이었습니다. 야근 중에 전보 한 장이 날아왔습니다. '이현주 위독 급래요망.' 집안의 기둥이었던 큰오빠를 보내고 시력도 치아도 많이 상한 어머니는 벼르던 틀니를 하려고 이를 거의 다 뽑아낸 상태였어요. 새벽기차를 타고 춘천으로 가신 어머니는 일주일이 다 되어도 소식이 없었지요. 오빠는 '급성결핵뇌막염'으로 쓰러져 의식불명인 채 병원 복도에 밀어 내놓은 침대에 누워있었고, 어머니는 응급실 연탄난로를 끌고 가 싸늘하게 식은 아들을 물수건으로 녹여가며, 숟가락으로 사과를 긁어 극심한 열로 까맣게 타들어간 혓바닥을 적셔주었습니다. 얍복강 나루터의 야곱처럼, 어머니는 꺼져가는 아들의 생명줄을 붙잡고 하느님과 한판 씨름을 시작했지요.

서울 수도육군병원으로 옮겼으니 한번 다녀가라는 전화를 받고 저는 주말을 이용해 난생 처음 서울로 향했습니다. 충주에서 서울까지 꼬박 5시간 걸려 병원에서 엄마를 보는 순간, 너무도 야위고 늙은 엄마 모습에 왈칵 눈물이 쏟아졌습니다. 엄마는 그날 오후 왕십리 큰집에 다녀오는 동안, 곁에서 따뜻한 물과 사과즙을 오빠 입속에 넣어주라고 제게 부탁하셨지요. 눈동자는 멍하고, 머리는 계속 흔들리고, 그때 오빠 모습은 지금 생각해도 무서웠어요. 죽어가는 아들 곁에서 한 달 넘도록 씨름하시던 엄마는 결국 큰집 대문 앞에 쓰러지셨고, 다음 날 아침에야 깨어나셨습니다.

그날 밤 응급실에서는 환자 세 명이 죽어나갔고, 스무 살짜리 여동생은 무섭고 긴 밤을 오빠 침대 옆에서 보내야 했습니다. 아침에 돌아오신 어머니는 다시 충주로 내려가는 제게 말씀하셨죠. "의사들이 네 오빠는 깨어날 가망이 없다고 한다. 살아도 머리에 큰 장애가 남을 거라는데, 만일 하나님께서 네 오빠까지 데려가시면 나는 충주에 못 내려갈 것 같다. 그러니 오빠 죽었다는 소식 가거든 네가 집안 정리해서 덕주 데리고 서울로 오너라." 저는 충주로 내려오는 내내 울고 토하며 '제발 우리 오빠 살려주세요'하는 기도만 드렸습니다.

기적처럼 오빠가 의식이 돌아와, "어… 어엄…마!"하고 말문이 트이기까지, 길고 긴 어머니의 한판 씨름은 치열했습니다. 돌아가시기 전까지 어머니의 무릎 아래엔 검은 딱지가 늘 붙어있었는데, 아무리 약을 발라도 낫지 않는 거예요. 몸살기가 있으면 그곳부터 욱신거린다 하셨습니다. 나중에야 그 상처의 의미를 알겠더라고요. 병실 침대 밑에서 밤마다 무릎 꿇고 기도하며 씨름하던 어머니의 위대한 상처였다는 사실을요. 부서진 야곱의 환도뼈처럼, 어머니는 오빠를 병원 침대 밑에서 무릎으로 다시 낳은 셈입니다.

오빠의 큰딸 슬기가 태어나던 날, 어머니는 또 한번 뜨거운 눈물을 흘리셨어요. 죽었던 아들이 살아나 결혼하고 아기도 태어났다는 기쁨의 눈물이었지요. 직장은 말할 것도 없고 교회도 수없이 옮길 때마다 가족들 생고생한다던 어머니 말씀 생각나세요? "그렇게 네 마음대로 그만두고 옮기고 이사하면 네 안사람이 고생하는데, 그렇게 살 것이면 사도바울처럼 장가도 가지 말고 혼자 살든 했어야지!" 오빠는 이렇게 대답했지요. "그러게요. 그런데 장가는 이미 갔으니 어쩔 수 없지 않겠어요?"

그래도 우리 가족은 오빠가 죽변교회에서 성실하게 목회하던 전도사

시절이 좋았습니다. 방학이면 동해로 휴가를 갈 수 있어서도 좋았지만, 오빠가 있어야 할 자리에서 건강한 목회를 하는 것 같았거든요. 죽변교회 주보는 매주 민들레홀씨처럼 전국으로 날아가고, 주일 예배당에는 건장한 군인들이 그득했지요.

어느 해 죽변에서 여름휴가를 보내는데 오빠가 단단히 화가 났더군요. 왜 그러냐 물으니 서울에서 제일 큰 광림교회 목사님이 동해안을 지나다가 죽변교회 간판을 보시고 격려 차원이었을 봉투를 하나 놓고 갔다는데, 그게 마음의 상처를 주었던 모양입니다. 세월이 지났으니 물어봅니다. 그 봉투 기어코 다시 돌려주었다는 게 사실이에요? 세계 제일의 감리교회가 마음에 안든 겁니까, 아니면 가난한 전도사의 자존심이 상했던 겁니까? 오빠는 죽변에 백화점식 대형교회를 짓자는 장로들과 교인들을 설득하며 '사랑의 창고를 지읍시다'라고 주보에 긴 글을 써서 전국으로 보냈지요. 대형교회를 지향하는 한국 교회에 큰 충격이 되었던 일이라 잠시 옮겨볼게요.

나의 사랑하는 어머니, 아버지, 형님, 누님, 아우들이여! 인간의 눈에 번쩍이는 교회가 아니라 하느님의 눈에 번쩍 띄는 그런 교회를 지읍시다. 우리가 짓는 창고는 하느님께서 특별히 기르시고 추수하신 알곡이 들어있는 창고입니다. 값없이 아무나 와서 돈 없이 마실 수 있는 생명수가 무진장 저장돼있는 창고입니다. 그 무엇보다도 우리 주 예수 그리스도의 한없는 사랑이 저장되어 있는 사랑의 창고입니다!

오빠는 결국 십자가 철탑도 부속건물도 없는, 정말 창고처럼 덩그런 교회를 지었지요. 몇 해 전 우연히 죽변교회를 찾아갔더니, 그 창고 교회는 어디로 사라졌더이다.

죽변교회 전도사 시절 반공법 위반으로 강릉구치소에 갇히던 날, '야, 현주야 너는 이제야 들어왔냐. 나는 진즉에 들어와 널 기다렸는데.' 하시는 주님을 만나고부터 오빠는 자유의 날개를 달고 울타리를 넘나들기 시작했지요. 교단과 종교의 울타리를 자유롭게 드나드셨어요.

오빠와 둘도 없이 친한 최완택 목사님의 어머니 이상일 원장님과 우리 어머니 윤태신 권사님이 동갑이신데, 두 분이 만나면 "왜 우리 아들 목사들은 번듯한(?) 목회를 못하는지 모르겠다."고 못내 아쉬워하셨지요. 일찌감치 아들을 포기한 우리 어머니는 오빠가 성공회에서 세례명을 받았다는 소식에 "왜 본가를 두고 남의 집에 가 찬밥을 먹느냐" 하셨지만, 사실 어머니는 그곳이 남의 집이 아니라는 것도, 아들이 절에 가서 설교를 해도 믿어주셨습니다. 우리는 어머니의 그 열린 가슴이 아직도 많이 그립습니다.

천주교회와 함께 공동번역성서 일을 맡았을 때도, 오빠가 감신대를 9년 만에 졸업하는 날에도, 어머니는 숨죽여 우셨습니다. 죽어가던 아들이 드디어 '주의 종'이 되었다는 안도감 때문이었을까요? 제가 결혼하고 시어른 장공 김재준 목사님과 함께 졸업식에 참석했지요. 그날 장공 할아버지는 어머니에게 참 장한 일 하셨다고 칭찬하셨습니다. 요즘도 저는 교보문고 불교서적 분야에 이현주 목사 책들이 있는 걸 보면, 울타리를 넘나들며 당당하게 살아가는 오빠 모습에 소리 없는 박수를 보내곤 합니다.

사랑하는 오라버니!

하다 보니 얘기가 길어졌네요. '가격 150원'이라고 쓰인 이현주의 두 번째 동화집 『알게 뭐야』의 머리글을 옮겨 쓰며 이만 추억놀이를 마치려 합니다.

어느 날 문득 나는 눈을 떠 멀리 내 시선이 닿는 데까지 바라보았습니다. 거기에는 말로 다 할 수 없이 아름다운 나라가 있었습니다. 어린이가 사자의 입에 손을 넣고, 빨갛게 익은 능금은 막 넘어가는 황혼에 빛나고 있었습니다. 이 어둠은 사라지고, 모든 거짓은 물러가고, 모든 죽음이 내쫓긴 그곳은 내 마음의 고향, 동화의 나라였습니다. 나는 지체 없이 길을 떠나기로 했습니다. 그곳 먼 데 하늘 밑에서 손짓하며 부르는 동화의 마을을 향해 발걸음을 옮기기 시작했습니다. 10년 전의 이야기입니다.

…아! 그 마을에만 이르면 지금 이 사막은 내 꿈의 도화지가 될 것이고, 불티처럼 뜨거운 모래알은 민들레 씨앗처럼 내 발가락 사이에서 피어오를 것입니다. 그 때문에 나는 살고 있습니다.

1972. 8. 이현주

동화작가로 시작해 영성가로, 번역가로 살아오며 수많은 영혼을 위로하고 살려내는 선생님으로 살아가는 오라버니의 여정에 사랑 가득한 박수를 보냅니다. 지구별 기후위기가 우리들의 삶에 바짝 다가온 이 시대에 하느님 나라를 꿈꾸며 자랄 우리 손주들을 위해 동화의 마을도 자주 산책해주세요. 저도 사랑어린배움터에서 손주들에게 그 이야기를 들려줘야 하니까요.

'파란만장波瀾萬丈'이라는 말을 온몸으로 살아오신 지구별 80년을 진심으로 축하드립니다. 그리고 제 오빠라는 사실에 참 고맙습니다. 누가 그럽디다. '늙어가는 게 아니라 익어가는 거'라고요. 마침내 뚝 떨어지는 그날까지, 우리 함께 곱게 익어갑시다. 향기까지 나면 더 바랄 게 없고요. 꺼내놓고 함께 즐기기엔 멋쩍은 이야기들이 아직 제 기억 창고에 남아있으니, 우리 듬직한 동생 이덕주 목사의 팔순에도 옛이야기 하나씩 나누며 웃을 수 있는지요? 퍽도 야무진 꿈을 꾸어봅니다. 그러니 팔팔까지도 팔팔하시기를, 두 손 모아 기도합니다.

물 같은 관옥 사형師兄

이병철

시인, 생명운동가

관옥 사형이 어느새 우리 나이로 팔순에 접어들었다. 지금 내겐 사형의 팔순이라는 나이가 실감나지 않는다. 그건 아마도 사형이 팔순이 될 때까지 살아계실 것이라고 생각하지 못했기 때문인 듯하다. 이 말은 오해가 좀 있을 수도 있는데, 내가 느끼기에 사형은 이미 사십대부터 죽음에 관한 이야기를 줄곧 해오셨고 건강도 다른 이들에 비해 그리 좋았다고 할 수 없었기 때문이다. 더구나 사형보다 건강해 보이셨던 무위당 장일순 선생이나 인농 박재일 형님도 팔십 이전에 떠나셨다. 십년 전 칠순 축하 자리에서 사형에게 소감을 묻자 "달리 애쓰지 않았는데도 절로 칠십이 되었다"고 하셨듯이, 팔순을 맞이한 것도 절로 그렇게 되었다고 하실 것 같다.

나는 관옥 형님을 다른 이들에게 말할 때는 '사형師兄'이라고 하는데, 무위당 선생과의 인연으로 따지자면 관옥 형님이 사형이기 때문이다. 사형의 사전적 정의는 '나이나 학덕이 자기보다 높은 사람을 존경해 일컫는 말. 한 스승 밑에서, 자기보다 먼저 제자가 된 사람.'이라는데, 관옥 형님은 내게 이에 걸맞은 분이다.

　사형을 처음 만났던 때가 언제인지는 모르겠다. 어제 일도 가마득하고 옛 기억은 갈수록 흐릿해진다. 그러나 더듬어보면 70년대 후반, 아마도 사형이 죽변 계실 때가 아니었을까 싶다. 당시 한국가톨릭농민회 일로 경북 안동에 자주 갔고, 거기서 정호경 신부, 전우익 선생, 이오덕 선생 등과 함께 형님을 만났던 것 같다. 그 인연을 시작으로 원주 무위당 선생과의 인연이 겹쳐 나에겐 영원한 사형으로 자리 잡았다. 특히 무위당 선생이 일찍 떠나시고 내가 의지하던 인농 형님마저 떠나신 뒤에는, 이번 생의 스승으로 의지해온 무위당 선생의 정취(?)를 관옥 사형을 통해서만 느낄 수 있었다.

　언젠가 나는 어느 잡지에 무위당의 후학들에 관한 글을 쓰면서, 무위당의 정신과 가르침을 사회적 실천운동으로 펼쳐나간 이가 한살림운동을 이끈 인농仁農 박재일이고, 선생의 사상을 세상에 널리 알린 이가 노겸勞謙 김지하라면, 선생의 정신을 충실히 이어온 이는 관옥觀玉 이현주라고 한 적이 있다. 이제 스승도, 인농 형님과 노겸 형님도 유명을 달리하셨으니 관옥 사형을 통해 스승이 남기신 뜻을 여쭈어보는 길밖에 없는 셈이다.

　지금 내가 거처하는 집의 당호堂號가 '숲마루재'다. 이곳은 내가 귀농운동을 하면서 다른 이들의 귀농만 권하고 있을 수는 없어 농촌으로 내려와 터를 잡은 곳인데, 어느새 햇수로 20년 되었다. 숲마루재라는 당호는 내가 이곳으로 터를 잡았을 때, 형님 내외께서 찾아와 축하해주시면서 직접 짓고 현판의 글씨까지 써주신 것이다.

당호에 '숲'이라는 말이 들어간 것은 내가 깃들어 사는 마을 이름이 '숲안'이기 때문인 듯하고, '마루'란 마룻바닥의 그 밑바닥이면서 동시에 고갯마루의 꼭대기라는 의미라 하셨다. 그렇게 풀이한다면 '숲의 바닥이면서 꼭대기의 집'이라는 뜻인데, 아마도 바닥과 꼭대기가 둘이 아님을 잊지 말고 살라는 의미인가 싶다.

관옥 사형은 내가 책을 쓸 때마다 발문이나 추천사를 써주셨다. 처음 출간한 책 『밥의 위기, 생명의 위기』는 순전히 관옥 사형의 도움으로 펴낼 수 있었다. 원고를 이태 전에 사형에게 맡기고 출판할 수 있으면 알아서 하시라고 했더니, 종로서적을 통해 출판해주신 것이다. 당시 굴지의 출판사였던 종로서적에서 관옥 사형은 고정 독자층을 거느린 유명 저자였기 때문에, 출판사에서 사형의 출판 요청을 거절하지 못한 게 아닐까 싶기도 하다.

이 책이 내게 의미가 깊은 것은 무위당 선생과 김지하 시인을 통해 해월선사의 '이천식천以天食天' 등의 밥 사상을 접하고, 이를 화두 삼아 나의 운동 방향이 이른바 '생명운동'으로 바뀐 내용을 담은 것이기 때문이다. 7·80년대 한국사회의 농민운동을 주도해왔던 한국가톨릭농민회(가농)가 당시 안팎으로 새로운 진로를 모색해야 하는 상황에서 나는 실무 책임을 맡고 있었다. 그리고 그간 농민의 계급적 이해에 기초한 전투적이었던 가농운동의 방향을 생명공동체운동으로 바꿔냈는데, 그 중심 내용이 생명이자 하늘인 '밥' 그리고 그 밥을 함께 나누는 '생명공동체'였다. 『밥의 위기, 생명의 위기』는 생명공동체운동이란 무엇이고 왜 그리 가야 하는지를 '밥' 중심으로 풀어쓴 것이다. (이 책의 발문은 관옥 사형이, 표사는 김지하 시인이, 표지 그림은 이철수 화백이 맡아주었다. 모두 무위당 선생의 후학들이다.)

이 책을 시작으로 지금껏 10여 권의 책을 낼 때마다 사형께 발문이나 추천사를 받은 것은, 내 나름 사형의 검증 또는 인가(?)를 받는다는 생각 때문이었던 듯하다. 작년에 나온 『애련일지(愛蓮日誌)』는 산문집이라 딱히 사형의 추천사를 받지 않았는데, 이후에 책을 받으신 형이 엽서를 보내주셨다. 이 엽서로 보내주신 글이 『애련일지』의 추천사라 생각한다.

여류如流,
학교로 보내주신 『애련일지』 잘 받아 읽었습니다.
내 눈에 여류는 아무리 해도 연蓮처럼 될 수 없을 것 같아요.
왜냐?
연蓮이 무슨 수로 연蓮처럼 될 수 있겠습니까?
하 하 하…
고맙고 고마울 뿐!
2023. 3. 15
관옥

사형은 핸드폰도 사용하지 않는다. 운전은 말할 것도 없다. 이메일도 하지 않고 전화로도 소통이 쉽지 않은 사형이 즐겨 사용하는 것은 엽서다. 긴 사연이 아닌 경우엔 대부분 엽서로 당신의 생각이나 의견을 보내주시는데, 엽서 소통은 젊었을 때부터이니 오래된 관행이기도 하다. 사형은 자연스럽고 편해서 이 방식을 고수하겠지만, 다른 이의 불편함에 대해선 별로 고려하지 않는 것 같다는 생각이 들 때도 있다. 그래서 나는 사형에게 종종 농담으로 "선생님이나 사형보다 내가 잘하는 게 두 가지 있는데, 운전이랑 핸드폰으로 사진 찍는 것"이라고 말하곤 한다.

나는 사형을 좋아하고 존경하지만 사형이 목사라는 것이 늘 탐탁지 않았다. 내겐 목사라는 이미지가, 거칠게 말하면 사기꾼 비슷하게 느껴졌기 때문이다. 보이지도 않는 하나님을 마치 자신은 보았다는 듯이 하나님의 이름으로 판단하고 믿음을 강요하는데, 흔한 성직자들 언행의 이중성에 반감이 들기도 해서다. 나는 '마치 하느님이 존재하는 듯한 모양새를 띠는 어떠한 논의에 대해서든 자신의 생명을 걸고 반대하는 사람이어야 한다.'는 이반 일리치Ivan Illich의 견해에 전적으로 공감한다. 그래서 한 번씩 사형이 목사라는 것에 괜한 시비를 걸곤 하는데, 물론 사형은 일반적인 목사와는 전혀 다르고 내가 못마땅하게 여기는 부분을 훨씬 더 큰 문제의식으로 넘어서려고 해오셨다. 사형은 평생 기존 제도교회와 목사라는 틀을 넘어 살아왔다고도 할 수 있다.

사형이 자기 스승으로 고백하는 예수의 말씀뿐만 아니라 석가와 노장과 유학과 이슬람 수피 등 여러 종교와 성현의 가르침을 두루 섭렵해온 것도 그런 까닭인 듯하다. 그런 사형의 모습을 못마땅하게 여기던 목사들이 한때 사형을 '얼치기 도사道士'라며 비아냥거렸는데, 나는 사형이 '목사'라는 이름보다는 '얼치기 도사'가 더 어울린다고 생각한다. 그런 사형이 나는 더 좋다.

사실 도사의 풍모로 보자면 스승인 무위당보다 관옥 사형이 더 어울린다. 한때 수염을 기르고 개량한복이나 헐렁한 바지에 고무신을 신고, 단소를 들고 다니는 사형 모습이 그럴싸해 보였다.

관옥 사형에 대한 느낌을 한마디로 표현한다면 그는 물 같은 사람, 흐르는 물 같은 사람이다. 그는 참 고요하다. 나처럼 다혈질도 함께 있으면 절로 고요해진다. 사형이 목소리를 키워 이야기하는 경우를 여태 본 적이 없다. 집중하거나 분위기가 고조되면 절로 목소리가 높아지는 나하고는 상당히 다른 성향이다.

사형은 청중이 많이 모인 강연에서도 몇 사람들이 모인 작은 자리에서처럼 목소리가 낮고 조용하다. 사형의 말을 제대로 들으려면 가만히 귀를 모아야 한다. 청중에게 귀를 기울이게 하는 것이 이야기를 전하는 기술이라면 기술일 수도 있다. 사형은 지난 몇 년 사이 청력이 급격히 떨어져 작은 소리는 거의 들리지 않는데도 보청기 없이 여전히 속삭이듯 이야기한다. 보청기를 쓰지 않는 이유는 이제 바깥소리보다 내면의 소리에 더 귀기울여야겠다는 생각 때문이라고 하신다. 보통사람은 제 목소리가 귀에 들리지 않으면 절로 목소리를 높이게 된다는데, 사형의 목소리는 여전하다. 청중이 모인 자리에서 가능한 앉아서 말하는 까닭은, 일어서면 절로 목소리가 커질 수도 있기 때문이라고 한 적도 있다. 사형의 말솜씨가 어눌한 듯하지만 남달리 호소력이 있는 것은 이처럼 자신의 말에 귀를 기울이게 하는 힘이 있기 때문이다.

'상선약수上善若水'라는 말처럼 사형은 물 같은 사람이지만, 고집이 없거나 소신을 쉽게 굽히는 유약한 사람은 아니다. 내가 알기에 사형은 옳다고 생각한 것을 포기하거나 타협한 적이 없다. 부드럽지만 에둘러 말할 줄 모르는 사람, 크게 내색 안 하더라도 싫은 것을 좋은 체할 수 없는 사람이다. 다만 드러내 싸울 필요가 없거나 이겨야 한다는 마음이 없기에 싸우지 않을 뿐이다. 사형은 영혼이 따뜻할 뿐 아니라 참으로 맑고 자유로운 존재다. 오래전 사형이 번역한 책 『자유를 생의 목적으로 삼았던 사람』이 떠오른다. 무엇에도 얽매이기를 거부한 사람, 누구보다도 자기 공부와 수행에 치열했던 사람으로 '유능제강柔能制剛'이란 말이 사형만큼 어울리는 이도 드물 것이다.

그런 사형이 화내는 것을 오래전에 한번 본 적이 있다. 언젠가 정향丁香 형수님과 거제 해금강에서 하루 묵게 된 날, 밤바다를 보며 내가 형수님께 노래를 한 곡 청했다. 그때 형수님이 〈나 하나의 사랑〉이란 노래를 부르셨는데, '나 혼자만이 그대를 알고 싶소. 나 혼자만이 그대를 갖고 싶소. 나 혼자만이 그대를 사랑하여 영원히 영원히 행복하게 살고 싶소.'라는 노랫말이었다. 그런데 형수님이 노래를 끝내기도 전에 형이 버럭 화를 내면서 "어떻게 사랑까지 독점하려고 하는가!" 하는 것이었다. 갑작스러운 형님의 반응에 분위기가 한순간에 파장으로 치달은 것은 물론이다. 모든 것을 독점해 소유하려는 세태에 대한 넌더리가 그렇게 터져 나온 것일까.

두서없이 떠오르는 기억 중에는 내가 단식하던 때 사형이 써서 보내주신 『반야심경(般若心經)』 글씨가 있다. 반야심경 280여 자를 화선지에 한자 한자 정성들여 쓰시고 낙관 옆에 '이병철의 단식에 관옥'이라고 쓰셨다. 그 글씨를 보면서 단식하는 나보다 이렇게 반야심경을 글씨로 써 보내는 일이 더 큰 정성이다 싶었다. 그런 사형의 마음을 생각하면 가슴이 따뜻해온다.

재작년 이른 봄, 이곳저곳 돌아다니기를 좋아하는 내가 가만히 머물러 있기를 좋아하는 사형과 순천 금둔사에 납월매臘月梅(이른 봄에 가장 빨리 피는 매화-편집자)를 보러 다녀왔다. 가끔 사형은 내게 무위당 선생님과의 일화나 사형 자신의 이야기를 들려주는데, 내게는 귀담아 들을 만한 이야기가 많다. 사형은 선생님께 책망을 들은 기억이 거의 없다는데 단 한 번, 선생님이 사형에게 정색하신 일이 있었다고 한다. 선생님의 병이 깊었을 무렵, 병원에 찾아가 위로의 말로 무심결에 '투병'이라고 하자 선생님이 정색하시며 "누가 누구와 싸운단 말인가. 암세포는 내 몸이 아닌가?" 하셨단다. 그 말에 나도 한동안 먹먹해졌다. 누가 누구와 싸운단 말인가. 누가 적敵이란 말인가. '혁명은 품어 안는 것'이라고 하셨던 선생님 목소리가 들리는 것만 같았다.

사형이 오랜만에 만난 내게 이런 이야기를 들려주는 것은 세태가 안타까워서이기도 하겠지만, 나에게 당부하려는 것 같기도 했다. 서로를 나누며 대립시키는 세태에 나는 모멸과 분노를 느꼈지만, 사형은 슬픔과 아픔을 느낀다고 했다.

지난해 잠시 뵈었을 때에도 사형은 이런 이야기를 들려주었다. 최근에는 스스로 무엇을 하고자 하는 의욕이 완전히 사라졌다고. 이십대에 군생활을 할 때도 아무런 의욕이 없는 깊은 무력감에 빠진 적이 있었는데, 그때는 그 무력감이 심한 두려움과 함께였던 것에 반해 지금은 아무 두려움도 없는 평온한 상태라고.

무언가를 하려는 아무런 의도나 욕망도 없는 상태, 철저한 피동 또는 수동의 상태라고나 할까. 무심無心이나 무아無我의 상태 같은 것일까. 공자가 하지 않았다는 네 가지 무의毋意, 무필毋必, 무고毋固, 무아毋我와도 다른 것 같다. 완전한 내맡김. '내가 한다'는 것, '내가 하겠다'는 생각 자체가 사라진 텅 빈 상태랄까. 주시는 대로 받는 것, 이끄는 대로 가는 것, 비추는 대로 비치는 것. 하늘과 하나 되는 마지막 길일까. 사형이 걸어가시는 길이다. 내게는 아직 먼 길이다 싶지만 내게 일러주시는 그 마음이 와 닿는다.

사형을 이야기할 때 빠뜨릴 수 없는 이가 일부—夫 김민해 님이다. 일부는 관옥 사형을 참으로 정성껏 모시는 도반이다. 관옥 형은 내겐 사형이지만 일부께는 스승이다. 덕분에 나도 일부께 '선생님' 소리를 듣고 있다. 나는 사제의 관계가 어떠해야 하는지를 일부를 통해 배운다. 아마도 이 시대에 일부처럼 한 분을 따르며 오랜 기간 변함없이 지극 정성껏 모시는 이가 흔치 않으리라. 일부께서 관옥 형을 대하는 것을 통해 내가 미처 못 했던 것을 돌아보게 되는 때가 많다.

때로 사형의 모습에서, 사형의 이야기 속에서 스승 무위당의 모습이 겹쳐 떠오르곤 한다. 그럴 때면 나는 사형과 스승을 함께 만나고 있다는 느낌이 든다. 스승은 사형을 통해 내 앞에 나투어 계신 듯하다. 마찬가지로 일부를 통해서도 나는 그의 스승인 관옥 사형을 본다. 둘은 참 많이 닮았다. 스승을 닮으려는 일부의 지극함 때문에 더욱 그런 것 같다.

얼마 전, 관옥 사형과 효선 형수가 충주에 꾸린 둥지 '비아마더Via Mother'가 화재로 전소되었다는 비보를 접했다. 그 불길에 형수의 어머님도 돌아가시고 남은 것은 사형이 번역한 성경 두 권과 발효효모와 밀가루가 전부였다고 한다. 전화를 드렸더니 두 분 모두 덤덤하셨다. 형수는 "주신 이도 그분이시고, 거둬 가신 이도 그분이시니, 그분이 해결하시겠지요."라고 하시고, 사형은 "성경 두 권이랑 빵을 구울 밀가루가 남아있으니 걱정할 것 없다."고 하셨다. 형수는 임시 거처에서 그 밀가루와 효모로 빵을 굽고 있다고 했다.

그 말씀을 들으니 순천에 두 분이 계시던 집의 문패 '말씀과 밥의 집'이 떠올랐다. 그렇구나, 그 불길 속에서도 사람이 살아갈 양식인 '말씀과 밥'을 남겨두셨구나. 그 생각에 이르자 위로하려고 전화했다는 사실을 잊고 나도 모르게 소리 내어 웃고 말았다. 사형이 '한님'이라고 고백하는 그분을 나는 알지 못하지만, 그분은 사형에게 이번 생에서 감당할 과제를 적절하게 부여하신다는 생각에 절로 기분이 좋아졌다. 지녔던 것들이 모두 사라진 자리에서도 이대로 충분하다고 할 수 있다면, 거기에 더 바랄 것이 무엇일까. 형수님 말씀처럼 그분이 어떻게 '비아마더'를 다시 세우시는지 나도 지켜볼 요량이다.

어쩌다 한 번씩 우주의 시공간에 생각이 미치면 우리의 한 생이란 얼마나 찰나 같은 것인가 싶다. 큰 바다에 쉼 없이 일어났다 사라지는 파도 위의 작은 거품 같다. 동시에 그 거품 속 찰나의 생에서 일어나는 것들은 또 얼마나 놀라운지. 영겁과 찰나가 함께 있다는 사실이 새삼스레 다가온다.

나에게 허용된 이번 생이 긴지 짧은지는 아직 모른다. 그러나 이번 생에서 무위당이란 스승과 관옥이라는 사형을 만날 수 있었던 것이 내게 커다란 축복임은 분명하다. 아직 그 사형의 목소리를 들을 수 있고, 달려가 만날 수도 있다는 것이 무엇보다 고맙고 행복하다.

생의 남은 여정에서 관옥 사형과 함께하는 모든 인연들에게 깊은 평화가 가득하기를 마음 모은다.

이토록 뜨거운 만남

이오 선생과 북산 선생의 우정 이야기

이종철

수원 갈릴리교회 담임목사

『이토록 뜨거운 만남』은 1986년 이오二吳 이현주 목사와 북산北山 최완택 목사의 글을 엮어 만든 모음집이다. 민들레교회 주보에 실렸던 설교, 기독교방송(CBS) 회보에 실렸던 이야기들을 비롯해 두 분의 에세이가 실려 있다. 아무래도 이 책에서 눈에 들어오는 부분은 책의 맨 끝에 실린 이오 선생과 북산 선생이 주고받은 편지들이다. 이것만 보아도 두 분이 어떤 우정을 꽃피웠는가를 볼 수 있다.

나는 책에서도 두 분의 우정을 읽었지만, 실제로 가까이에서도 두 분의 우정을 보았다. 가까운 거리에서 두 분을 뵐 수 있었던 것은 내게 행운이었다. 요나단과 다윗, 백아와 종자기, 오성과 한음, 이런 세기의 우정처럼 이오 선생과 북산 선생도 아름다운 벗이라고 할 수 있기 때문이다.

내가 두 분을 뵌 것은 1970년대 중반이었다. 그때 나는 신학교에 입학하기 전이었다. 목회를 하고 계셨던 두 분은 대학 때부터 친구라고 하셨지만 서로 다른 성향을 가진 사람들이었다. 북산 선생은 부성父性같고, 이오 선생은 모성母性같다고 해야 할까. 그 정도로 두 분은 성격, 취향, 심지어 식성까지 참 달랐다. 그러나 서로 다름이 친구가 되는 데 결코 장애가 되지 않음을 보여주는 사이였다. 북산 선생의 성격은 우레와 같았는데, 그런 북산 선생도 이오 선생 앞에 서면 얌전한 사람이 되었다. 편지에도 서슴없이 '사랑하는 현주야'라고 부를 만큼 이오 선생을 좋아하셨다. 당시 제자들이나 교인들이 알면 깜짝 놀랄 만한 북산 선생의 애정표현이었다. 이에 질세라 이오 선생도 북산 선생에 대한 애정표현이 만만치 않았다. 이오 선생이 『한 송이 이름 없는 들꽃으로』라는 책을 펴냈을 때, 그 책 앞표지에 이오 선생은 북산 선생에게 이런 글을 남겼다.

허락도 없이
내 마음 깊은 데 자리한
무법자여
어쩌자고 너는
내 마음의 아픔과 비밀을
약탈하려다가
네 눈물로 울고
네 가슴으로 기뻐하는가?
신의 더없는
은총이여!
최완택에게
ㅡ 현주

책에 헌사를 남기실 때나 편지에는 이렇게 애틋함과 사랑을 전했지만, 두 분이 같이 활동하시지는 않았다. 그럼에도 내가 두 분의 우정을 높이 평가하는 것은, 내가 북산 선생을 만날 때든 이오 선생을 만날 때든 항상 서로 그리워하는 모습을 볼 수 있었기 때문이다. 북산 선생은 나와 단둘이 있을 때 남들에게 하지 못하는 속엣말을 하시곤 했는데, 그중 이오 선생에 관한 이야기가 가장 기억에 남는다.

어느 날 북산 선생이 급히 돈을 써야 할 일이 생겨, 망설이다가 어느 유명 호텔 지배인으로 일하는 친구를 찾아갔다고 한다. 어렵게 돈 십만 원만 꾸어 달라 부탁을 했는데, 그 친구는 "그 많은 돈이 왜 필요하냐?", "그 돈을 어디에 쓰려 하느냐?" 등의 질문을 했다고 한다. 묻는 폼이 꿔 줄 것 같아 북산 선생이 부지런히 대답했는데, 그 친구 입에서 정작 나온 말은 '돈 없다'였단다. 어떻게 더 부탁해볼 새도 없이 단박에 거절했다고 한다.

급했던 북산 선생은 당시 종로서적 건물에 있던 기독교서회에서 근무하는 이오 선생에게 달려가 돈 있으면 좀 빌려달라고 했다. 이오 선생은 잠시 생각하는가 싶더니, "나 지금 가지고 있는 돈이 없어."라고 하면서 곧, "가만 있어봐. 내가 서무과에 가서 가불 좀 해달라고 해볼게."라고 했다고 한다. 그리고는 어디에 쓸 것인지 묻지도 않고 북산 선생에게 선뜻 돈을 주었다고 한다. 그 금액은 한 달 급여에 해당하는 돈이었다. 북산 선생은 시간이 한참이나 지난 후에도 이때의 일을 잊지 않고 얼마나 고마워했는지를 나에게 들려주었다. 어떤 사정인지도 말하지 않고 돈을 꿔달라는 북산 선생이나, 묻지도 않고 꿔주는 이오 선생이나 두 분이 서로를 얼마나 신뢰하고 있는지를 보여주는 단편적인 예였다.

일찍이 북산 선생은 벗에 대해 이렇게 말씀하신 적 있다.

> 벗 사이는 활짝 열린 사이요, 그래서 숨김없는 사이다. 다 열어놓
> 고도 속상하지 않는 사이. 대등한 사이면서도 피차 인정하고 존경
> 하는 사이, 부족한 점은 책망하기보다는 오히려 채워주는 사이, 기
> 쁨과 슬픔을 함께 나눌 수 있는 사이, 함께 꿈을 이야기하고 그 꿈
> 을 격려하며 살아가는 사이다.

실제로 내가 아는 두 분은 그런 사이였다. 그리고 그 말대로 행하는 분
들이었다. 이오 선생이 목사 안수를 받을 때는 북산 선생이 안수해주었
고, 서른아홉 노총각 북산 선생이 장가들 때에는 이오 선생이 주례를 보
았다. 단순한 벗을 넘어서 존경하는 사이라는 것을 볼 수 있는 대목이다.
어느 누가 동년배 친구에게 안수를 부탁하고, 결혼식 주례를 부탁하겠는
가. 이런 모습은 서로 존경이 없으면 할 수 없는 일들이다.

또, 두 분이 서로 주고받은 편지를 보면 남들에게는 차마 할 수 없는
이야기도 허심탄회하게 털어놓는 것을 볼 수 있다. 가장 가까운 벗에게만
보여줄 수 있는 모습이었다. 그렇지만 나는 두 분이 서로의 일에 간섭하
는 것은 본적이 없다. 다만 서로에게 지극한 관심을 갖고 있다는 것은 알
수 있었다.

전국팔도로 이사를 다니던 이오 선생이 그동안의 인세를 모은 것과 살
고 계시던 엄정리 집을 정리한 돈을 몽땅 털어 제자들을 위해 '몸 닦음
터'를 마련하신 적이 있다. 예산의 예당저수지 근처 '무봉리'라는 동네였
다. 그 소식을 들은 북산 선생은 "제자 놈들이 스승 등골을 빼먹고 있다"

며 안타까워하셨다. 하지만 이오 선생에게는 그 일에 대해 이렇다 저렇다 한 마디도 하지 않으셨다. 북산 선생이 보기에는 친구 이오 선생이 고생하는 것 같아 마음이 쓰여도, 그가 선택한 일에 대해서는 무한히 존중하셨던 것이다. 이런 마음은 벗에 대한 존중의 표현이었기에 그 흔한 잔소리도 없으셨던 것이다.

그건 이오 선생도 마찬가지였다. 이오 선생은 동화를 쓰면 북산 선생에게 보여주고 평을 받으시고는 했다. 북산 선생의 평이 부정적이어도 이오 선생은 그에 대해 반감을 품지 않으셨다. 오히려 북산의 말이 맞다고 인정하셨다. 작품에 대해 논할 때는 한번쯤이라도 볼멘소리가 나올 법한데, 이오 선생은 그렇지 않았다.

『이토록 뜨거운 만남』에 실린 편지를 읽노라면, 두 분의 애타는 벗 사이가 눈에 밟혀 눈물이 난다. 요즘 같은 삭막한 시대에 이 편지들이 얼마나 귀하게 느껴지는지. 사실 이 글을 쓰면서 다시 읽은 두 분의 편지가 너무나 소중하게 여겨졌다. 같은 길을 가는 벗이 마음을 터놓고 이야기하는 것, 마음껏 서로를 그리워하는 모습들이 새삼스레 부럽기도 했다. 이제는 삭아서 누렇게 바래진 책에서 두 분의 젊은 시절 절절한 마음이 다시금 느껴지니, 사막을 걷다가 오아시스를 만난 기분이었다.

이오 선생의 말씀대로, 우리 삶에는 무수한 만남들이 있다. 놀라운 만남, 씁쓸한 뒷맛만 남기는 만남, 원치 않는 충돌이 되는 만남, 그리고 이토록 뜨거운 만남까지…. 이오 선생과 북산 선생의 만남은 '이토록 뜨거운 만남'이었다. 신학교에 정착하지 못하고 빙빙 맴돌기만 하던 두 사람이 같이 예수를 믿고, 역사를 공부하고, 인생을 말하고, 꿈을 나눴다. 그렇게 그 두 사람은 인생의 가장 중요한 변곡점마다 도움이 되고, 서로에게 무한한 존경을 보여주었다. 두 분의 이 뜨거운 만남. 이는 우리가 기억해야 할 만남이라고 생각한다. 그들의 우정을 보는 우리도 뜨거운 만남을 꿈꾸게 된다.

청년 시절의 최완택, 이현주 목사

이오二못 선생의 호처럼, '둘이 곧 나' 되는 우정을 우리가 다시 볼 수 있을까. 이오 선생이 번역한 『길가메시 서사시(Epic of Gilgamesh)』의 길가메시와 엔키두의 우정처럼, '둘이 곧 나되는 모습을 기대할 수 있을까. 북산 선생이 남긴 글에서 나타나는 것처럼, '내가 곧 너'되는 우정을 우리도 가꾸어야 하지 않을까.

'나의 이야기'는 바로 '그대의 이야기' 가운데 있습니다. 또 '그대의 이야기'는 곧 '나의 이야기'이기도 합니다. 나를 바라보는 그대의 눈빛 속에 내가 있고 그대를 바라보는 나의 눈빛 속에 그대가 있습니다. 그대를 향해 열려 있는 나의 마음은 곧 나를 향해 열려 있는 그대의 마음과 만납니다. 우리의 만남이 영원을 향한 불꽃으로 타오르게 합시다. (최완택 「저는 푸른 산을 기어오르는 마음으로」 중)

두루 어진 사람

임락경

정읍 사랑방교회 목사

이현주와 나는 아직 통성명을 안했다. 80년대에 전두환과 이주일에 관한 우스개가 있었다. 전두환과 이주일의 세 가지 공통점이 있는데, 80년대에 혜성같이 나타났다는 것, 대머리, 그리고 웃기는 것이란다. 이현주와 임락경도 그렇다. 두 사람의 공통점은 첫째, 80년대 어디서 갑자기 나타난 이들이라는 것, 둘째 목사라는 것, 셋째 목사 같지 않다는 것이다. 다른 점이 있다면 이현주는 학문을 갖춘 목사고, 임락경은 대충 육두문자로 살아가는 놈이라는 점이다. 이현주는 거룩하게 보이고 임락경은 오합지졸이다. 이현주는 생원이고 임락경은 선달이다.

우리 두 사람이 80년대에 혜성같이 나타난 이유가 있다. 당시 전두환 정권에서 목회자나 신학자 가운데 강사로 초빙하기에 적합한 사람들이 별로 없었다. 유명한 강사들은 전과가 있었기에 강사 명단을 보고 수사기관에서 교육을 하지 못하게 했다. 교육의 목적은 '민주화'였지만 민주화운동에 관련된 이름들은 부를 수가 없었다. 그러나 민주화운동 경력이나 그런 의식이 없는 목회자들은 수없이 많았고, 이런 상황에서 다행히 두 사람 다 전과기록이 없어서 등장하게 된 것이다.

교육이나 모임이 있을 때마다 주강사, 부강사가 이현주, 임락경이었을 때가 많았다. 나는 강사로 초청받으면 미리 가서 내 앞 차례 강사의 강의를 듣는다. 또, 내 강의 끝나고 다음 강사의 강의도 듣고 온다. 그러면 참가비를 내지 않고 두 사람의 강의를 들을 수 있다. 그렇다보니 나는 이현주의 강의를 많이 들었고, 그도 내 강의를 많이 들었기에 잘 아는 사이가 되어 아직도 정식으로 통성명은 안 했다.

한번은 그가 철원 신수리에서 목회할 때 나를 강사로 불렀다. 그냥 설교를 부탁한 게 아니고 한 주간의 집회였다. 보통은 끝나면 강사비를 주는데, 그때 나는 교회에서 설교나 집회를 하면 열 명 미만은 강사비를 받지 않았다. 그 다음은 스무 명, 그 다음은 서른 명씩 매년 늘려보자던 참인데, 당시 교인수가 서른 명은 넘으나 집회 참가자는 스물아홉 명이었다. 그래서 강사비를 받고 싶어도 못 받는다며 거절했다. "그렇다면, 우리 트고 지내자." 그가 말하기에 "그러자" 했다. 어쩌면 그는 '그러지요' 하기를 기대했는지도 모르겠다. 그는 44년생 12월생이고 나는 45년생 9월생이지만, 채 1년도 차이가 안 난다. 쌍둥이도 형이니 아우니 찾지만 그것은 친형제간이고, 이것은 친구 사이라 가능한 일이다. 내가 어릴 적에는 너덧 살 차이도 종종 친구로 지냈다. 학교랑 군대가 생기면서 기수 따지고 계급 따지는 나쁜 관습에 젖어버렸다.

이현주는 제자들이 많았다. 무슨 모임으로 매달 수십 명씩 모였다. 그 무렵에 집을 짓겠다고 하기에 내가 집을 지어줄 터이니 우리 이웃으로 살자고 했으나 거절당했다. 그 많은 제자들이 머리만 있고 손발이 없어 선 뜻 나서 집 지어줄 제자가 없었던 것이다. 그 제자들은 모두 도사의 모습이었다. 명상하고, 걸음도 천천히 걷고, 말도 조용조용 천천히 하고, 욕심도 버리고, 명예도 버리고, 그저 한심한 이들이었다. 나이 오십이면 한창 사업에 몰두해서 사장 자리에 있고, 농사를 지으면 농장주가 되고, 건축 일을 하면 건설회사 사장이 되어 종업원들을 먹여 살리는, 한창 활동할 나이다. 정계에 들면 기관장이 되고, 의회 의원이나 의장이 되고, 종교계 같으면 감리사, 노회장, 감독으로 활동할 오십대 젊은이들이었다. 그런데 돈이 없으면 일이라도 잘해서 존경하는 스승에게 집 한 채 지어줄 능력자는 없어보였다.

모임에서 이야기를 좀 해달라고 하기에 다음 모임을 강원도 시골교회에서 하게 되었다. 그러나 우리 집에서는 할 수가 없었다. '나를 보아라. 이렇게 사는 것이다.'라고 자부하는 것 같아서 그냥 다른 말만 하고 헤어졌다. 그런 뒤 제일 가까이 사는 목사에게 사정없이 쏘아댔다. "이놈들아 너희들이 병자들이냐? 걸음도 천천히 걷고 일도 안하고 말도 천천히 하고. 뭐, 욕심도 버리고 명예도 버리고. 버릴 재산이나 명예라도 있냐? 명함 한 장 내놔봐라. 도둑질을 해서라도(들키지 않게) 재산을 모아! 그리고 가난한 사람들에게 버려. 다투면서 명예를 얻어! 상사도 되고 기관장도 돼! 그러고 나서 후배들에게 넘겨줘. 말 빨리 해! 뛰어다녀! 폐병 앓던 선생 흉내내지 말고!" 그러고 나니 좀 미안했다. 그 사람은 그곳을 떠났고, 어느 산골에서 열심히 살다가 지금은 땅 사서 농사도 짓고, 자기 땅에다 공동체를 준비하고 있다. 그때 수십 명이 다 모인 자리에서 이렇게 떠들지 못했던 게 못내 아쉽다.

언젠가 이현주 목사가 환갑 되던 해다. 스승이라고 모시던 제자들이 환갑 준비를 안 하길래 같은 마을 사는 목사를 불러냈다. "이 녀석들아, 선생 환갑을 그냥 넘기느냐?" 했더니 "선생님이 안 하신다 하셔서요."라고 대답하는 것이다. "그러면 그냥 강의해 달라고 하고, 일정 잡아서 한 사람당 만 오천 원씩 거두고 모여서, 자기 돈으로 자기 밥 먹고 축하하고 헤어지면 돼!"

그래서 정해진 날짜에 이현주 목사는 강사로 초청받은 줄 속아서 모임 장소에 갔다. 미리 언질을 받지 못한 사모는 오지 못했고, 이현주 혼자 와 있었다. 그래도 환갑상을 차리고, 앞자리에 조화순 목사님과 내가 앉은 뒤에 행사가 시작되었다.

내 축사 순서가 되었다. "부부간에 공부를 일등만 하던 사람이 있었습니다. 서울대 나왔고 그 대학원 교수예요. 정치인들이 외국에 나가면 대학교수들을 양념으로 데리고 가는데, 역대 대통령이 외국 갈 때 꼭 같이 다닐 만큼 잘 나가는 교수였습니다. 그가 47세에 암이 걸려 찾아와서 '나는 공부만 잘하면 세상살이 다 되는 줄 알았는데, 지나고 보니 환갑까지 사는 것이 더 잘 되는 것이었어요. 무조건 환갑까지 사는 노인들은 존경해야 될 것 같아요.'라고 했습니다. 오늘부터 이현주는 존경받아야 될 인물이에요." 그리고 옆자리 조화순 목사님을 바라보며 한 마디 덧붙였다. "칠순이 넘으면 경외해야 되고요."

내가 간섭할 일은 아니지만, 제자들이 그 자리에 조 목사님과 나 외에 이현주 목사의 다른 친구들을 더 불렀으면 좋았을 뻔했다. 이렇게 환갑잔치가 끝났고, 칠순잔치는 서울과 순천에서 행사를 했고, 이제 팔순을 살았으니 경외, 경경외를 해야 한다.

나는 이현주와 같이 회갑여행으로 외국에 가보는 것이 희망사항이었다. 때마침 미국에서 한 달간 강의 초청이 왔다. 한 군데가 아니고 서부에서 동부까지 두 사람이 번갈아 강의하는 일정이었다. 내가 며칠 앞서 갔다. LA공항에 내렸는데, 시내에서 점심을 사준 젊은 여성이 있었다. 그녀가 이현주 목사 책을 한 권도 안 빼고 다 읽었다기에 몇 권을 읽었느냐 물었더니 백서른두 권이란다. 후에 이현주더러 책을 몇 권이나 썼느냐 물었더니 백 몇 권 된다고 하길래 내가 일러주었다. "백서른두 권이다!"

우리를 초청한 사람은 조규백이라는 목사였다. 그 사람과 점심을 먹고 한국일보사에 인터뷰를 하러 갔다. 며칠 후에 오실 이현주 목사는 어떤 분이냐고 묻길래 "그 사람은 하늘의 이치를 잘 아는 사람이오."라고 답했다. 나는 어떤 사람이냐고 하길래 "나는 땅의 이치, 땅 속의 이치까지 잘 아는 사람이오."라고 대답했다. 그 다음날 신문 전면에 우리 두 사람 사진이 나왔는데, '한국의 마지막 스승 이현주, 임락경 목사들'이라는 제목 하단에 서부에서 동부 뉴욕까지 강의 일정이 나열되어 있었다. 그 후로 중앙일보에서도 전면에 걸쳐 우리 강의 소식이 실렸다. 둘이서 한 달 동안 같은 방을 썼다. 처음에 묵은 숙소는 호텔이었는데 하루 숙박비만 몇 십만 원이었다. "야, 우리 호텔 잠 그만 자자." 이렇게 합의하고 이후로 모든 호텔 예약을 취소했다. 우리는 그냥 아무 곳에라도 끼어서 자면 되었다.

그때가 이현주의 전성시대였다. 가는 곳마다 이현주는 거룩한 말씀만 하고, 나는 대충 웃기고만 다녔다. 그 사람은 언제나 선비답고 생원다웠다. 반대로 나는 선달이었다. 생원과 선달은 어울릴 수가 없다. 이판과 사판이 있는데, 이판은 집도 절도 없고 욕심도 명예도 없고 기도에 열중하는 도사고, 사판은 돈 모아 절 크게 짓고 신도들 안 보는 데서 곡차도 마시고 고기도 먹는 중이다. 이판과 사판은 친구가 될 수 없다. 지식인과 무식한 사람은 친구가 될 수 없다. 그러나 이현주와 나는 한번도 의견이 다르거나 말다툼한 적이 없다. 서로 신앙생활이나 성경이야기를 하면 누가 먼저랄 것도 없이 서로 "그렇지, 그래." 하고 지낸다. 그것은 둘 다 너그러운 마음으로 그때그때 서로를 이해했기 때문이다. 두루 어질었기(賢周) 때문이다.

80년대 초였다. 미국으로 이민 간 친구가 주고 간 책들로 내 방이 가득 넘쳐났다. 주로 신학에 관한 책이라 마침 신학교에 들어간 젊은 학생들에게 다 넘겨주었다. 목회자들은 책을 안 읽어도 항상 서재를 장식해두어야 한다. 물론 설교 준비할 때도 책이 필요하지만, 책이 없으면 교인들이 무시한다. 아무튼 책을 다 정리하고 간단히 몇 권만 두고 있었는데, 언젠가 이현주 마나님께서 내 방을 둘러보고 갔다. 그리고 며칠 후 이 목사를 만났는데 그도 나와 같은 생각으로 책을 과감하게 정리했고 서재도 따로 없이 지낸다고 했다. 두 사람이 누가 먼저랄 것도 없이 무슨 약속이나 계획도 하지 않는데, 책들을 정리하고 홀가분해진 것이다. 언젠가 그의 이삿짐을 나르다가 책을 보니 세 상자였다. 내 책은 한 상자 정도 된다.

이현주의 일생을 정리해보면 일제 때 태어나서, 즉 소화 18년생이다. 몇 달 후 8·15라는 일본의 패전, 미국의 승전을 맞아 미군정이 3년이다. 단기 4277년생으로, 2년 후 6·25전쟁을 맞는다. 인민군이 점령하고 국방군이 물러가고, 다시 인민군이 물러가고 미군이 들어오고, 밀치다 밀리다 휴전을 맞는다. 60년에는 4·19가 일어나고, 1년 후 5·16, 얼마 후에야 '1944년생'이 된다.

8·15, 4·3, 6·25, 4·19, 5·16, 10·26, 5·18, 이런 시대를 살면서 아직 살아남아 있다는 것만으로도 대단하다. 이삼십 년 전만 해도 칠순, 팔순, 백수니 하는 잔치가 없었다. 환갑이면 오래 살았다고 잔치를 했다. 그래도 칠순 넘어 팔순까지 살아있다는 것만으로도 자랑할 만하다. 자기만 위해서 산 게 아니라 국가나 사회를 먼저 생각하면서, 글도 많이 써서 후진들의 정신을 깨우쳐주고, 무엇보다 종교인으로서 소극적인 기독교를 깨우쳐주었다. 또, 다른 종교의 가치를 알아내어 종교 사이의 화해에도 앞장선 사람이다. 이제는 그가 살아온 날보다 살아갈 날이 점점 짧아지고 있다.

이현주는 보람 있게, 힘 있게, 정직하게, 훌륭하게 잘 살아왔다. 남은 날 역시 노망을 해도 멋있고 보람 있는 노망, 자녀들 심부름시키지 않고, 수신守身은 직접 하면서 살아가기를 바란다. 그는 살다가 이 세상을 떠나면 그때 저 너머 심판대 앞에서 '나는 세상 살아가는 동안 국가나 사회를 생각하면서 열심히 살아왔다'고 대답할 수 있는, 두루(周) 어진(賢) 사람이다.

담장을 넘어서

영성가 이현주를 만나다

조현

전《한겨레신문》종교전문기자

이현주 목사의 일기장은 보는 재미가 쏠쏠하다. 아마도 본인의 일기장을 비밀리에 감춰두지 않고, 만천하에 공개하는 사람은 이 목사 말고는 찾아보기 어려울 것이다.《한겨레신문》의 영성 홈페이지인 '휴심정'에 순천 사랑어린배움터 마루 김민해 목사가 만드는 월간지《풍경소리》(이현주 목사와 그 제자들이 함께 만들어 무료로 나누는 마음공부 월간지-편집자)의 글을 올리다보니, 그곳 첫머리에 실리는 '이 아무'의 〈정처 없는 나그네의 가난한 산책〉을 종종 읽었다. 이 목사의 일기에서 가장 많이 등장하는 것은 자신이 밤새 꾼 꿈, 그리고 '하느님과 주고받는 독백'이다. 그의 무의식의 스크린 위에 상영된 '내면 풍경'을 관람할 수 있는 것만으로도 흥미로운데, 그의 내밀한, 하느님과의 속삭임까지 들을 수 있으니 흥미는 더해진다.

나무그늘에 앉아 졸고 있는데 뜬금없이 다가오는 한마디.

"…하면서 하지 않고, 가면서 가지 않는다. 기차를 보아라. 달리는

기차는 달리지 않는다. 별을 보아라. 순행하는 별은 순행하지 않는
다."

　그러니까 네가 네 힘으로 무엇을 한다는 착각에서 깨어나라는
말인가? 아니겠지. 누가 있어야 벗어나든지 말든지 할 것 아닌가?
하하하, 뭐를 하라는 게 아니라 그런 줄 알고나 있으라는 얘기? 싱
겁다. 자리 털고 일어난다.

　이 목사의 글과 말에는 하느님이나 예수 못지않게 노자, 장자, 붓다, 공
자가 자주 등장한다. 그의 마음에서 하느님은 어느 변두리쯤으로 밀려난
듯 생각될 수도 있겠지만, 그의 글을 보면 하느님은 마음 한가운데서 가
장 성능 좋은 스피커로 말하고 있고, 이 목사는 늘 귀를 쫑긋 세워 그 말
을 경청하며 마음에 새긴다. 위 글에서 '뜬금없이 다가오는 한마디'란 그
중심에서 쏟아져 내리는 하느님의 말이다. 다만 시도 때도 없이 한마디를
던지며 몸과 마음의 지남指南이 되어주는 하느님이 근본주의적 도그마
에 갇혀있지 않다는 점에서는, 하느님이라도 같은 하느님이 아니다.

　그 하느님은 옹근 예수지만, 반드시 예수만은 아니다. 옹근 노자이기도
하고, 붓다이기도 하고, 공자이기도 하고, 하늘이기도 하고, 땅이기도 하
고, 좌이기도 하고, 우이기도 하다. 마치 해월 최시형이 하느님 말씀이 공
중에서 들려오는 듯하다가, 나중에는 내유강화지교內有降話之敎로 내면
에서 하느님과 대화를 주고받는 경지에 이르렀는데, 이런 소통을 떠오르
게 한다. 이 목사는 『오늘 하루』라는 책에 이렇게 썼다.

　'오늘도 저와 동행해주십시오'라는 기도를 습관처럼 되풀이하던

어느 날. '이제 그 기도 그만둘 때가 되지 않았느냐? 네가 몰라서 그렇지, 나는 네가 세상에 태어난 뒤로 단 한순간도 너와 함께 있지 않은 적이 없었고 앞으로도 그럴 것이다. 늘 함께 있는 사람한테 자꾸만 함께 있어 달라고 하면 어쩌란 말이야?'

제 중심에서 울려 나오는 이 음성을 듣고, 그동안 주님이 언제 어디서나 저와 함께 계셨는데 다만 그것을 제가 몰랐을 뿐이라는 사실을 문득 알게 되었을 때의 그 감격과 기쁨이 아직도 이렇게 생생합니다.

『노자 소감』에 쓴 글도 같은 맥락이다.

피리는 속이 비어있어서 소리를 낸다. 허공은 바닥이 없으니 아무리 써도 바닥날 리 없다. 세례자 요한은 자신을 가리켜, '광야에서 외치는 이의 소리'라 했다. 제 입으로 소리를 내면서 소리 임자가 따로 있단다. 같은 것을 가리켜 어떤 이는 '진리'라 부르고, 어떤 이는 '참된 나'라 부르고, 어떤 이는 '무無'라 부르고, 어떤 이는 '하느님'이라 부르는데 모두 임시변통으로 부르는 가명假名들이니 무슨 상관인가? 피리 부는 이가 피리를 불려고 하는데 피리가 따로 제 소리를 낸다면 그런 낭패가 어디 있으랴?

우리나라는 어느 편에든 가담해 못 박힌 듯 한자리에서 목청을 높여야 대접을 받는다. 이도저도 아니면 김구나 여운형처럼 비명횡사하기 쉽다. 이런 나라에서 경계선을 무시하고 새처럼 오갈 때는 '회색분자'나 '혼종'이란 비난이 뒤따를 수밖에 없다. 이 목사가 이를 몰라서 그런 길을 택했을 리 없다. 종교인으로서는 자유와 평화가 최고의 덕목이지만, 자유나 해탈과 평화의 대가는 이처럼 파란고해波瀾苦海를 동반할 수밖에 없는 게 현실이다. 좌건 우건 선을 넘으면 안되는 나라에서, 그는 선을 넘기 위해 태어난 사람처럼 태연자약 선線을 베고 태평가를 부르며 살았으니, 그가 목청 높은 투사는 아니었다고 하더라도 그 삶이 바로 변방의 북소리요, 혁명이라 아니할 수 없다.

이 목사는 민주화투사도 아니었고 예언자적 독설가도 아니었지만, 스스로 정통을 저버리고 역린逆鱗을 택했다. 세계에서 전례를 찾아볼 수 없이 한국 개신교가 초超스피드로 성장하며, 상당수 목사들이 거의 재벌의 반열에 올랐을 때, 그는 《크리스찬신문》 편집기자를 하다가 울진 죽변교회, 철원 반석교회에서 목회했다. 내가 보기에 대형교회 하나쯤은 지어낼 만한 인재가 변방의 꼬막만한 교회에서 노닐다가, 그마저 버리고 오십대 중반 실업자가 되어 동화나 쓰고, 번역이나 하면서 초근목피로 연명했다. 물질적으로는 비루함을 스스로 자처했다.

그의 수입이라고 해봤자 목돈이 되기는 어려운, 저서나 번역서의 인세나 교회나 도서관 강연료 정도였을 것이다. 그런데도 누군가 "목사님 강연 좀 해주세요."라고 부탁하면 "그때까지 안 죽고 살아있으면 갈게."라는 말로 수락하지만, 강사료 같은 건 묻지도 않는다. 강사료가 강사를 대우하는 눈금으로 여겨지는 세태에, 주는 대로 받는 것은 주는 대로 탁발해 빌어먹었던 석가와 출가승의 자세다.

그는 삼십대인 1977년, 문익환 목사와 함께 개신교를 대표해 신구교 『공동번역성서』 작업에 참여해 개신교와 가톨릭을 통합한 정통 기독교의 명분을 갖췄다. 그는 『예수에게 도道를 묻다』나 『예수의 죽음』, 『젊은 세대를 위한 신학강의1, 2, 3』 등의 기독교 책들도 썼지만, 스승 격인 장일순과 함께 문답형식을 띤 『무위당 장일순의 노자 이야기』나 『노자 소감』, 『이 아무개의 장자 산책』, 『이 아무개의 대학·중용 읽기』, 『금강경(金剛經)』 해설서인 『기독교인이 읽는 금강경』을 쓰고, 『바가바드기타(Bhagavadgītā)』나 파라마한사 요가난다Paramhansa Yogananda, 틱낫한 Thích Nhất Hạnh 등의 책을 번역해 동서고금 종교와 철학의 경계를 넘나들었다. 또한 1990년대부터는 법륜스님의 초청으로 정토회에서 강의하고, 자신의 감신대 신학강의에 법륜스님을 초청해 강의하게 하는가 하면, 도법스님이나 수경스님, 연관스님 등과 어울리며 호형호제했다.

그는 기독교가 부족하니 다른 종교들의 좋은 점들을 취해 더욱 멋지게 만들어보려는 게 아니었다. 이웃 종교나 사상에 대해 배타적 우월성을 지닌 종교라는 도그마가 아니라, 절대성을 깨달았기 때문이었다. 그는 자신이 종교다원론자가 아닌 종교일원론자라고 주장했다.

나는 기독교인이므로 하느님을 믿습니다. 하느님을 믿는다는 말은 그분 앞에서 어느 것도 타他일 수 없는 절대적인 하느님 안에 머무른다는 말입니다. 그러니, 기독교인에게는 타가 있을 수 없습니다. 따라서 배타排他도 있을 수 없지요. 타가 있어야 배타를 할 것 아닙니까? 기독교인이 무엇에 대하여 배타를 한다면 그것은 자신의 정체성을 스스로 부정하는 일이 아닐 수 없습니다.

그의 감신대 스승 변선환 교수가 "교회 밖에도 구원이 있다"는 말 한

마디로 기득권 교회라는 바위에 피가 낭자하게 머리가 깨져 사지死地로 향했을 때, 그는 "교회 안에도 구원이 있다"며 유머러스하게 표현했지만, 청출어람으로 그는 변교수보다 더욱 폭넓게 도그마를 해체하며 날아올랐다. 어느 한 편에 선 투사鬪士가 아니었다고 해도 그는 소리 없는 혁명가였다.

그런데 호수의 파문처럼 가슴에 조금씩 너울치듯 스며드는 감동은 그런 혁명 때문에 오는 것은 아니다. 이십 년 전쯤이었을 것이다. 대강당에 청중들을 모아놓고, 이 목사와 다른 종교인이 대화 혹은 토론하는 프로그램을 본 적이 있다. TV에서 〈100분 토론〉을 봐도 알 수 있듯이 우리나라에서는 토론자들끼리 자기주장만 할 뿐 상대방의 말을 경청하는 모습을 찾아보기 어렵다. 상대방의 말을 들을 때는 그 말에서 허점을 찾아내 반격하려는 것이지 그 말을 경청하고 공감하려는 게 아니다. 종교인들은 더욱 말이 많고, 남의 말을 들으려 하지 않는다. 종교인들 가운데서도 기독교 목사들이 가장 심하다. 목사들의 입은 크고 귀는 작다. 입은 늘 열려 있고 귀는 늘 닫혀있다. 교회 건물이 으리으리하고 강대상이 화려할수록, 신자가 많을수록, 십일조가 두둑할수록 목사의 소리는 더욱 높아지고 귀는 꽉 막힌다.

그런데 그날 토론회장에서 예상과는 전혀 다른 장면을 목도했다. 청중들을 앞에 놓고 두 명이 이야기를 나눌 경우, 화자들은 청중들과 눈을 맞추게 마련이다. 그런데 이 목사는 상대방이 말할 때 상대방을 바라보았다. 상대방의 말이 길어지자 몸을 완전히 상대방 쪽으로 돌리고, 탁자에 한 팔을 괴고 온전히 상대방의 말에 집중했다. 그 모습이 마치 티베트의 문수보살상 같았다. 티베트 문수보살상은 누군가의 말에 귀를 기울이려고 한쪽 손을 귀에 대고 온전히 몸을 기울인 모습이다. 지혜의 상징인 문수보살의 지혜는 타인의 말을 온전히 경청하는 데서 나온다. 그런데 이 목사가 그렇듯 경청하며 가끔 고개를 끄덕이다가 마침내 그가 말할 차례가 되자 상대방 토론자도 청중도 그의 말에 더욱 온전히 집중하게 됐다.

그날 이 목사가 나에게 깊이 각인된 것은 경청 때문만은 아니었다. 그가 "어떤 경우라도 '강요'하지 않겠다."고 한 말이 거대한 탁류 한가운데서 청정수를 발견한 느낌이었기 때문이다. 온갖 갈등 속에서 오직 자신의 사상과 주장만 주입하려 하고, 그게 받아들여지지 않으면 인간 자체를 매도하고 비난하는 이들이 넘쳐나는 나라에서 그의 말은 비현실적으로 들리기까지 했다.

특히 한국 기독교는 세계에서 가장 극성인 선교 열정으로 길거리선교와 직장, 동창회 등에서 '개종 강요'를 정당화했다. 지금이야 '예수천국불신지옥' 피켓을 들고 고성방가하는 풍경이 많이 줄었지만, 이삼십 년 전만 해도 그런 모습은 선교 열정으로 묵인될 뿐 아니라 교회 내에선 칭송되었다.

그런데 그는 "사랑은 누구에게 강요당하지도 않거니와, 누구를 강요하지도 않는다"며 "누구에게 무엇을, 그게 아무리 좋은 것이라고 해도, 강요한다면 그대는 아직 그를 사랑하지 않거나 사랑할 줄 모르는 것"이라고 했다. '사랑하기 때문에' 그랬다는 성추행범처럼 강압적인 사랑에 염증이 났을 때, 그가 나긋나긋하게 들려주던 그 겸허함은 한국 기독교를 다시 보게 했다. '아. 이토록 극성이고 소란스런 한국 기독교에서도 정녕 그리스도적 영성, 예수의 영성을 담은 목소리가 있다는 말인가'라고.

강요하지 않는다는 것은 정녕 비폭력적인 행동양식이다. 예수와 붓다, 간디가 그런 생각으로 행동했다. 하지만 십자군과 근본주의 기독교, 미얀마의 불자 군부, 인도의 힌두 우익들은 이 비폭력 선구자들의 이름을 앞세워 다시 강요와 폭력을 저질러 예수와 붓다, 간디, 마르틴 루터 킹, 틱낫한, 달라이라마를 잠 못 들게 하고 있다. 비폭력이란 정말 실천으로 뒷받침되기 어려운, 인류 최고의 덕목이라는 것을 반증하는 모습이다. 이 목사도 비폭력적인 말로 인해 곤욕을 치른 일이 있었다.

9.11 테러와 이라크전쟁으로 세계가 아수라장으로 치닫던 중, 이 목사는 《한겨레》 인터뷰에서 "폭력으로 폭력을 꺾을 수 없다"며 부시와 오사마 빈 라덴을 함께 비판했다. 그런데 진보 성향의 어느 외부필자가 이 목사의 발언을 문제 삼아 '얼치기 도사'라며 비난하는 글을 기고했다. 이 목사의 발언은 〈나를 참 이름으로 불러다오〉란 시에서 자신을 폭력적인 해적이나 강간범과도 둘이 아니라고 한 틱낫한의 발언과 다르지 않은 맥락이었다. 그럼에도 자극적으로 이 목사를 모욕하고 비난했을 때, 이 목사를 따르는 후배 목사들은 분기탱천했다. 그러나 정작 이 목사는 묵빈대처黙賓對處했다. 마치 예수나 붓다, 간디, 달라이라마처럼. 또한 그 무엇과도 다투지 않았기에 '무쟁법사無諍法師'로 불렸던 고구려 고승 승랑僧朗처럼. 그의 글에 그의 이런 생각이 잘 드러나있다.

　　이제부터 나는 앞에 어떤 수식어가 붙든, '투쟁'이라는 말로 일컬어지는 사건을 적극적으로 만들어내지 않을 것은 물론이요, 소극적으로 지원하지도 않을 것입니다. 세상사람 다 비웃어도 나는 그러겠습니다. 이제 얼마 안 남았을 인생, 이 아무개 그 사람 '안 싸우려다가 망한 사람'이라는 이름 하나 얻는다면 더 바랄 것이 없겠어요.

"누구든지 덤벼라. 절대로 당신과 싸우지 않겠다! 당신은 결코 나를 이기지 못할 것이다."

그는 빛과 어둠이 서로 싸우지 않는다고 말했다.

"빛이 과연 어둠을 상대로 싸울까요? 아닙니다! 빛은 어둠을 상대로 싸우지 않습니다. 아니, 싸울 수가 없습니다. 그 이유는 어둠이 상대가 안 될 만큼 미약해서가 아니라 아예 처음부터 없기 때문이에요. 아무리 타고난 싸움꾼이라도, 없는 상대하고야 싸울 수 없잖습니까?"

그는 '누구하고도 싸우지 않겠다'는 말이 누구하고도 싸우지 않는, 아니 싸울 수 없는 빛과 같은 사람이 되고 싶은 마음을 표현한 것이라고 했다. 어두운 세상 한복판에서 그 누구를 피하거나 겁내거나 그 무엇에 부딪쳐 넘어지는 일 없이, 오늘도 내일도 그 다음날에도 내게 주어진 길을 갈 뿐이라 하신 스승님, 그렇게 초연한 참여의 본을 보여주신 스승님을 앞에 모시고, 그분 시늉을 하면서, 가는 데까지 가볼 생각이라고 했다.

그는 그리스도를 닮기도 했지만, 이런 점에서 노자도 닮았다. 그가 『노자 소감』에 쓴 글에서 그의 태도를 미루어 알 수 있다.

말 많은 사람이 말 없는 사람 못 이긴다. 사람이 아무리 대단해도 땅을 이기지 못함은 땅이 말을 하지 않아서다. 말 없는 사람이 틀 없는 사람 못 이긴다. 땅이 아무리 크고 넓어도 하늘 아래 있음은 하늘에 아무 틀이 없어서다. 틀 없는 사람이 꼴 없는 사람 못 이긴다.

이십 년 전 자주 뵈었던 이 목사를 2019년 전남 순천 사랑어린학교에서 다시 뵈었다. 이미 십여 년 전 이 목사는 상처喪妻했고, 몇 년 전 플롯 연주자인 지금의 아내를 만났다. 그가 공개석상에서 나이 차이가 많은 부인과의 만남을 공개했을 때, 일부 후배들이 그의 새출발을 반대하며 약간의 소란이 일었다는 이야기도 들었다. 그러나 독신 사제도 아닌 자연인의 재혼에 대해, 새출발마저 금기시하며 독신수도자 같은 삶을 기대하는 것에서는 성서무오류설聖書無誤謬說 같은 또 하나의 종교 근본주의를 보는 것만 같았다. 그런 청교도적 이상주의가 겉과 속이 다른 이중인격자를 양산하는 것으로 보였기에 동의하기 어려웠다. 자신들의 종교 자유를 위해 고국을 떠나 새로운 곳에 와서, 정작 인디언의 종교 자유는 인정하지 않으며 살육하고 빼앗고 점령하고 강요했던 청교도의 이중성처럼. 그래서 이 목사가 월간《풍경소리》에 부인과의 사사로운 일상을 스스럼없이 공개할 때마다 겉과 속이 다르지 않은 데서 오는 상쾌한 바람을 쐬는 기분이었다. 무아적無我的으로 자신을 비울수록 더욱 투명하게 내보일 수 있는 법이다.

그런데 십 년만의 인터뷰에서 그는 더욱 투명해졌다. 그는 호형호제했던 동화작가 권정생 선생과의 일화를 들려주며, 권정생 선생이 자신에게 "가르치려고 하지 마!"라고 했다는 말을 했다. 권 선생이 별세하기 한 달 전, 자신에게 이승에서 마지막으로 해준 말인데, 그 말이 가슴에 예리한 비수처럼 들어와 박혔다고 했다. 권 선생뿐만 아니라 장일순 선생께서도 노자 이야기를 하다가 "노자의 스승은 자연이었다."며 "자연은 누구를 가르치려고 하지 않으시고, 도무지 가르치는 바가 없으시다."고 했다고 전했다.

목사는 설교를 업으로 삼는다. 더구나 이 목사는 워낙 한 말씀이라도 얻어듣거나 가르침을 받으러 찾아오는 후학들이 많으니 저절로 가르치게 된다. 그런데 "이 같잖은 놈아, 네가 감히 누구를 가르치려 한단 말이냐? 네가 할 일은 오늘도 내일도 그 다음날도 죽어라 하고 배우는 것, 그저 뭐든지 배우려고 애쓰는 그것뿐이다."라며 요즘 자신이 가슴에 안고 살아가는 경고성 화두를 고백한 것이다.

그뿐 아니라 갑자기 젊은 날 바람피운 이야기까지 꺼냈다. 한때 자신의 허물을 스스럼없이 드러내자 그는 투명해져 정말 '아무개'로 무화無化하는 듯했다. 화살을 꽂을 과녁이 사라진 느낌이었다.

팔순이 된 이 목사는 한쪽 귀가 잘 안 들리지만, 달리 아픈 데 없이 건강하다. 남자가 건강하다는 것은 수컷의 강함이 두드러진다고 볼 수 있는데, 아무래도 그는 동물성보다는 식물성에 가까워지고, 남성성보다는 여성성의 곡신谷神처럼 깊어지는 중이다. 그는 언젠가 '남녀 간에 성교를 경험해본 사람은 부드러움이 어떻게 단단함을 부리는지, 그 단단함이 부드러움 안에서 어떻게 무너지는지를 알 것'이라고 했는데, 그가 여성의 그것처럼 자꾸 부드러워지고 있다. 한국 기독교의 완고한 강풍에 치인 사람들조차 그의 낮고 낮은 계곡에서 찢긴 상처를 녹이며, 소리 없고 흔적 없는 그리스도를 느끼고 있다.

한뿌리 한집안 한식구

도법

남원 실상사 주지

나는 '무소식이 희소식'이라는 속담을 좋아한다. 사람들 안부를 챙기는 일에도 게으르다. 일이 없는 한 전화도 걸지 않고, 찾아오는 사람이 있으면 차나 한 잔 나눌 뿐 어디 다니는 것도 즐기지 않는다. 일 없는 날이면 저 멀리 천왕봉을 보며 이 생각 저 생각, 노는 입에 염불하듯 화두를 들기도 하면서 극락전 주변을 오간다. 참으로 범속하고 평범한 일상이다.

요즘 조금 달라진 것이 있다면 나 자신이 시시각각 늙음으로, 죽음으로 진화하고 있음을 실감한다는 점이다. 왠지 늙음과 죽음이 허전하고 쓸쓸하고 서글프고 아득하고 불안하고 두렵고 걱정되고, 알 수 없는 아리송함이 더해진 일상이다. 그렇다고 늙고 죽음을 피할 수도 미룰 수도 거부할 수도 무시할 수도 없으니 답답한 노릇이다. 며칠 전에는 오랜만에 본 사람이 지난 이야기를 나누다가 "오늘이 마지막 인사가 될지도 모릅니다."라며 자리를 털고 일어났다. 늙음과 죽음을 모르고 왕성한 혈기 따라 살 때와 달라진 내 일상의 단면이다.

겨울인지 여름인지 혼란스러운 어느 봄날, 올해가 이현주 목사님의 팔순이라는 이야기를 전해 들었다. 워낙에 기억력이 없는 편이지만, 가만히 이현주 목사님에 대한 기억을 더듬어보았다. 강연이나 대화자리에서 만나 이런저런 이야기를 나누고, 선물 받은 책을 읽은 적도 있다. 가만히 더듬다보니 나누면 좋겠다 싶은 이야기도 하나 떠올랐다. 있는 그대로 목사님 말씀이라기보다는 목사님 말씀을 내 방식으로 기억하고 해석했다는 게 더 적절한 표현이겠지만, 한번 옮겨보겠다.

언젠가 어느 성당에 가서 가톨릭교인들에게 강의를 했습니다. 대부분 가톨릭과 개신교가 본래 한뿌리, 한집안, 한식구라는 사실을 이해할 수 있도록 콩이야 팥이야 하고 설명했어요. 내가 볼 때 여러 측면에서 내가 속한 개신교보다 가톨릭이 훨씬 잘 하고 있는데, 그래서 나는 개신교 목사지만 교회보다 성당을 더 좋아한다고 했습니다. 이어서 열렬한 환호성과 우레 같은 박수소리가 터져 나왔고, 참으로 다정한 한식구, 형제처럼 많은 이야기들이 오갔지요.

그때 청중 가운데 누군가 "목사님, 성당이 그리 좋으시면 가톨릭으로 개종하시죠."하고 들뜬 목소리로 말했습니다. 와! 하는 함성과 왁자지껄 웃음소리, 박수소리가 성당을 가득 채웠지요. 왁자지껄한 소리가 가라앉을 때쯤 이야기를 이어갔습니다.

"저는 개종을 하면 불교로 하지 가톨릭으로 개종할 생각은 털끝만큼도 없습니다."라고 답하자 순간 성당 안에 천년 묵은 고요라고 할 만큼 어색하고 싸늘한 침묵이 흘렀습니다. 하지만 이야기를 더 이어나갔어요.

"성당과 교회는 본래 한뿌리, 한집안, 한식구인데 무슨 개종이 필요합니까. 당연히 말이 안 되죠. 그런데 제가 처음에는 교회와 성당이 하늘과 땅처럼 다르다고 생각했습니다. 교회만 옳고 거룩하다고 믿었습니다. 점점 진화하면서 보니 가톨릭만 한뿌리인가, 그렇지 않았습니다. 불교도, 이슬람도, 천도교도, 힌두교 등도 본래 뜻한 바 내용은 한뿌리, 한집안, 한형제임을 알게 되었습니다. 따라서 개종이니 뭐니 할 일이 아니라 서로 사이좋게 만나고 대화하고 돕고 나누고, 그리하여 모두가 빛나고 나아가 종교인, 무종교인 할 것 없이 온 세상이 평화롭고 행복한 곳이 되도록 도움이 되면 참으로 기쁘고 흐뭇하고 멋지지 않겠습니까. 우리 함께 손잡고 그렇게 갑시다."

내 기억으로 정리한 내용이 목사님이 뜻한 바와 맞아 떨어지는지 아닌지, 모자란 기억을 더듬어 여기까지 잘 왔는지 엉뚱한 낭떠러지로 왔는지는 가늠할 수가 없다. 다만 여기까지 왔으니 내친 김에 모든 성인들 말씀이 그 뜻으로 보면 모두 한뿌리요 한집안이요 한식구라는 목사님 말씀을 이해하는 데 도움이 되도록 내가 공부한 불교의 사유방식으로 좀 풀어보고 싶다. 아무래도 허황된 이야기로 읽히지 않도록 내가 두 발 딛고 서있는 실상사를 둘러싸고 있는 산내마을에 대해 이야기해볼까 싶다.

지금 여기 '진리의 황토'로 이루어진 큰 터가 있다. 그 터에 '산내'라는 마을이 자리 잡고 있다. 그 마을엔 이름도 다르고 모양도 다른 진리의 황토로 만들어진 천태만상 무수한 나무들이 하나의 아름다운 마을숲을 이루고 있다. 규모가 좀 큰 나무로는 대표적으로 '실상사'가 있다. '산내교회', '황치교회'라는 나무도 있다. '성당'이라는 나무도 있으면 좋을 터인데 보이지 않는다. '면사무소'라는 나무, '산내초등학교', '산내중학교', '실상사 작은학교', '산내들어린이집'이라는 나무도 있다. '새마을금고', '산내농협', '산내우체국'이라는 나무도 있다. '일성콘도', '토비스콘도', '지리산 산내관 문', '산내 만수천'이라는 나무도 있다. 곳곳에 '매동마을', '입석마을', '대정 마을', '백일마을', '상황마을' 등 많은 마을 나무들이 있다. 저만치 '삼정봉', '산내마을 우주송', '백운봉나무'도 있다. '산내 선주민' 나무도 있고 '귀농 인' 나무도 있다. '멧돼지', '고라니' 나무도 있다. '마을회관' 나무도 있고, '개개인들의 집'이라는 나무도 있다. 진리의 황토로 이루어진 산내마을엔 글로 다 쓸 수 없는 유형무형의 나무들이 차고도 넘친다. 그 모든 것들, 무엇 하나 빠짐없이 두루 어울려 '산내'라는 하나의 큰숲마을을 이루고 있다.

하나하나 짚어보면 어느 하나 똑같은 것이 없다. 이름도 다르고 모양도 다르다. 소리도 다르고 냄새도 다르다. 크기도 다르고 굵기도 다르다. 이름 으로만 보면 함께 하려야 함께 할 수 없는 따로따로다. 모양으로 봐도 마 찬가지이다. 원천적으로 만나고 함께 할 길이 보이지 않는다. 그런데 정말 함께 할 수 있는 길은 없을까. 끝내 편 갈라 너 죽고 나 살자는 창과 방패 싸움 말고는 다른 길이 애시당초 없는 것일까.

사실은 그렇지 않다. 우리가 언제부터인가 진리의 황토로 이루어진 자 신의 참모습을 망각한 채 감각적으로 마주하게 되는, 필요에 따라 조작해 낸 이름에 속고 모양에 사로잡혔다. 그리하여 끝없는 관계와 흐름으로 펼 쳐지는, 진리로 이루어진 황토라는 실상, 있는 그대로의 참모습을 잊어버 렸다. 있는 그대로의 참모습은 본래 없고, 오로지 인간의 필요에 따라 만들어낸 이름과 모양만 있다고 믿는 어리석음에 사로잡혀 창과 방패 싸움의 삶을 살게 되었다. 그 세월이 언제부터인지 얼마인지는 도저히 알 수도 없다. '습관은 제2의 천성'이라는 말 그대로 이런 사고방식이 천성처럼 되어버렸다.

도저히 함께할 수 없이, 각각 다르기만 한 이름과 모양을 붙잡고 이렇게 저렇게 천지개벽을 해보려 씨름했지만, 끝내는 큰일 났다며 전전긍긍하는 비명 소리들이 들려오게 되었다.

인구 절벽, 지역 소멸, 사회 양극화, 기후위기, 문명 종말 등의 개념이 자연스럽게 일상의 언어로 쓰인다. 발등의 불을 지나 머리 위에 불이 붙은 것처럼 아등바등 막다른 골목으로 내몰리고 있다. 막다른 골목에서 터져 나오는 비명소리가 '이토록 좋은 뜻과 마음으로 더 나은 세상에서 행복한 삶을 위해 죽을 힘으로 진보, 개혁, 변화, 발전, 개발, 성장을 외치며 달려왔는데, 왜 이렇게 되었지?', '이제 어떻게 해야 하지?'로 나타나고 있다. '왜?', '어떻게?'라는 물음 앞에서 할 수 있는 일이 무엇일까. 처음엔 어땠는지, 그게 무엇이었는지, 어디서 길이 어긋났는지 궁리하는 수밖에는 없다.

참으로 막막하다. 그러나 역사경험으로 볼 때, 스스로 지어낸 허망한 이름과 모양에 사로잡혀온 지금까지의 길은 단호히 버려야 한다. 기존의 길이 아니라면 다른 길이 있어야 하는데, 과연 다른 길이 있을까, 있다면 어디에 있을까.

눈을 감고 숨을 고르고 조용히 사유해본다. 지금 여기 대면하고 있는 자신의 참모습을 관찰해보니, 있는 것이란 오로지 처음부터 지금까지 진리의 황토로 이루어진 끝없는 관계와 활동의 흐름뿐이었다.

얼핏 생각하면 '너, 나', '같다, 다르다' 분리시키고 편 갈라야 할 것이 따로 있는 듯하지만, 있는 그대로의 참 모습 그 자리는 일찍이 한번도 진리의 황토를 벗어난 적이 없었다. 한국이니 일본이니, 남이니 북이니, 기독교니 불교니, 이름과 모양은 달라도 실상은 한번도 따로 분리된 적이 없다. 과거에도 그랬고 지금도 그렇고 미래에도 그럴 터이다. 우리는 이 엄연한 사실을 필요에 따라 '한몸', '한마음', '한생명'이라고 말한다.

마을의 숲을 이루는, 진리의 황토로 만들어진 천차만별 유무형의 모든 나무들은 그물코처럼 서로 연결되어 의지하고 돕고 나누며 활동하고 있다. 그야말로 한뿌리요, 한집안이요, 한식구요, 한형제로 살아야 마땅할 터이다. 그런데도 편 갈라 싸움질하게 되는 것은 그럴 만한 필연적인 이유 때문이 아니라 실상, 있는 그대로의 참 모습이 한 번도 분리된 적 없고 쉼 없이 활동하고 있다는 사실에 대한 무지와 착각 때문이다.

알고 보면 스스로 너무나 어리석고 한심하고 어처구니없어 허탈웃음이 나온다. 늘상 '네가 나쁜 놈, 너희가 불의한 놈들이기 때문'이라는 확신으로 이를 갈며 살아왔는데, 실상을 알고 보니 그렇지 않음이 확실해졌다.

실상은 우리 모두가 처음부터 진리의 황토로 이루어진 한몸, 한마음, 한생명인데 모두가 그 사실을 모르고 무지와 착각과 집착의 병을 앓고 있다. 거기에 속아 첫 단추를 잘못 꿰었고, 그 잘못은 덮어놓은 채 마구잡이로 단추들을 또 꿰었다. 그 결과 우리 바람대로 엄청난 발전을 이루었으나 막상 정신을 차려보니 스스로 사는 길이 아닌 죽음의 길을 질주하고 있는 것 아닌가. 돌아보니 이미 너무 멀리까지 와버렸다. 그때 누군가 소리치는 목소리가 있었으니, '모든 활동을 멈추고 첫 단추를 제대로 꿰어야 한다! 답은 거기서부터 시작된다!' 그가 바로 붓다이고, 모든 성인과 현자들이시다.

요즘 '영성'이란 말이 무성한데, 사실 나는 잘 모르겠다. 붓다처럼 각기 다른 이름과 모양에 속지 않고 본래 진리의 황토로 이루어진 그물의 그물코처럼, 우리 모두 한몸, 한마음, 한생명임을 참되게 아는 것이 '영성' 아닐까. 만일 그렇다면 '이제 영성(깨달음)의 시대다. 이제 영성(깨달음)의 눈으로 삶의 활동을 해야 한다'는 이야기야말로 우리가 찾아야 할 참된 길, 죽임을 넘어선 살림의 길, 오래된 미래의 희망길 아닌가. 모두 발 벗고 나서 함께 어울려 사는 오래된 희망의 길을 열어가는 데 열정을 불사르기로 한다면 그야말로 기쁜 소식 아닐까.

목사님, 어떻습니까? 이야기가 뜻하신 바와 비슷합니까?

글 쓰는 일이 쉽지는 않았지만, 되짚어보니 목사님 덕분에 스스로를 정리하면서 대단히 괜찮은 요즘을 살았습니다. 이보다 더 감사한 일이 어디 있겠습니까? 감사하고 감사합니다.

아무쪼록 강물이 바닷물로, 바닷물이 구름으로, 구름이 빗물로, 빗물이 냇물로, 돌고 돌아 다시 강물로 흐르는 물처럼 내내 잘 흘러가십시오. 어느 날 어느 길목에서 낯선 얼굴로 함께 하게 될 것을 기대합니다.

고맙고, 또 고맙습니다.

어느 길목 실상사에서
도법 손 모음

현자賢者가 된 현주賢周

이재정

전 성공회대학교 총장

『관옥 이현주의 신약 읽기』 머리말에 이현주는 이렇게 말하고 있다. "나는 이 책 저자라고 꿈에도 생각하지 않는다. 그럼 누가 저자냐고? 모르겠다. 나는 아니다. 나는 그저 읽고 베낀 사람이다." 그런데 이현주는 신약성경을 그의 눈으로, 마음으로 다시 썼다. 이현주는 "예수가 이 땅에 오신 건 우리와 같은 지평에서 우리를 앞서가시면서 나를 따라오라고, 그러면 제대로 살게 된다고 진정한 삶의 본을 보이려는 것이었는데, 종교는 그분을 높은 자리에 올려 모시고 우러러보며 당신이 원치도 않는 예배를 드리고 있다"는 것이 마음에 걸렸다고 한다. 무서운 말이다. 우리 기독교가 잘못 가고 있다는 것을 알리는 경종이다. 그의 말에는 언제나 큰 울림이 있다.

이현주를 만난 것은 1970년대 후반으로, 이미 50년 가까운 세월이 흘러 기억이 또렷하진 않다. 우리는 좀 특이한 친구였다. 우리는 학교도 함께 다닌 적이 없고, 고향에서 함께 놀던 추억도 없고, 같은 교회에서 믿음을 나누는 관계도 아니었다. 그런데 1982년 내가 자의 반 타의 반 캐나다로 유학을 떠났을 때, 이현주는 내게 자신이 불던 단소를 선물로 주었다. 음악에 소질은 없었지만, 현주가 부는 단소를 들을 때마다 감동했기 때문에 나도 한번 불어보고 싶었고, 먼 나라에서 고향이 그리울 때면 단소가 위로가 되어줄 듯해 정말 고마운 선물이었다.

그러나 6년간의 유학생활 중에는 공부가 바쁘기도 했고, 혼자 배우기 엄두도 나지 않아 한번도 단소를 불어보지 못했다. 현주의 그 고마운 마음에 답하지 못한 듯해 아직도 그게 마음속에 남아있다. 비록 자주 만나지는 못했지만, 70년대 말부터 80년대 초 그 암울한 절망 속에 울분이 가득했던 시절, 같은 꿈을 꾸었던 이현주를 나는 한번도 잊은 적이 없다.

돌이켜보니 사람과 사람의 만남은 어떤 것이든 우연이 아니다. 그 만남이 이루어질 때까지 일련의 과정이 있다. 어떤 만남이 내 삶을 송두리째 바꾸어서 오늘에 이른 것을 더듬어보면 모든 만남이 기적 같고, 내 의지나 의도가 담긴 것은 아니었다. 성서도 제대로 읽어보지 못했고 신앙심도 별로 없던 나를 성직의 길로 '강요'하신 것은 당시 고려대학교 김진만 교수님이셨다. 대학 1학년 때 영어를 가르쳐주셨던 김진만 교수님은 그 인연을 넘어 내 인생의 길을 완전히 바꾸어주셨다.

1962년 서울법대 입시에서 떨어지자 진천으로 낙향해 3년간 중학과정의 학원을 운영했다. 대학에 가야 한다는 주변의 압박으로 뒤늦게 고려대학교에 진학하게 된 것이 내 인생의 새로운 계기를 만들어주었다. 돌이켜보면 내가 선택한 길은 실패했지만, 그것은 내게 다르게 주어진 약속의 길이었다.

1960년대까지만 해도 반기독교에 앞장섰던 '지성인' 김진만 교수님이

1967년 별안간 성공회 신자가 된 것은 당시 놀라운 일이었다. 김 교수님의 회심은 자신만 변화시킨 것이 아니라 성공회 전체를 크게 바꾸어 놓았다. 하루는 문득 내게 신학교를 지원해 성직의 길을 가면 어떻겠냐고 조심스럽게 말씀하셨다. 성공회는 참 아름다운 전통과 예전(liturgy)이 있는 교회인데, 불행히도 한국에는 성직을 하려는 사람이 적으니 내가 가면 좋지 않겠느냐는 말씀이었다.

처음에는 펄쩍 뛰면서 완강하게 거절했다. 나는 성직자가 되기에는 부족한 게 너무 많고, 성직은 생각해본 적도 없으며, 부모나 가족 누구도 내게 성직을 권하는 이가 없었다. 나에게는 다른 꿈도 있었다. 그러나 김 교수님의 집요한 압박은 끝나지 않았고, 내년(1969년)에는 성직 지망자가 아무도 없으니 누군가 교회에 책임을 다해야 하지 않겠느냐는 말씀에 결국 내가 손을 들고 말았다. 마치 골고다로 십자가를 지고 올라가던 예수가 넘어지자 주변에 서있던 구레네 사람 시몬에게 십자가를 대신 지고 가게 했던 장면이 떠올랐다. 나는 그렇게 1969년 3월에 성미가엘신학원에 '수석입학'(지망자가 나 혼자였다.)했고, 1971년 12월 소정의 3년 성직과정을 마쳤으며, 1972년 유신이 선포되던 해, 대한성공회 사제로 서품되었다.

이때부터 엄청난 변화가 시작되었다. 반유신, 반독재, 민주화운동에 몸담게 된 것은 필연이었다. 나는 그 해 한국기독교교회협의회에 대한성공회를 대표하여 교회와사회위원회, 인권위원회, 선교자유대책위원회 등에 참여하게 되었다. 동일방직을 비롯해 10여개 회사에서 일어난 노동자 투쟁에도 참여했다. 당시는 유신체제 하에서 숨 쉴 수도, 마음 놓고 말할 수도 없었던 고난과 암흑의 시대였다.

시대가 사람을 부르고, 만나고, 결심하고, 행동하는 새로운 관계를 형성했다. 유신체제 덕분에 교회 안팎 수많은 분야에서 여러 사람을 만났다. 공장에서 인권을 유린당한 노동자, 민주화운동을 하다가 투옥과 고문을 당한 시민, 학생, 정치인, 언론인, 사회운동가, 교회지도자 등과의 헤아릴 수 없는 만남은 나를 변화시키고 내게 새로운 세계를 열어주었다. 만일 내가 성직의 길을 가지 않았다면 이현주를 만날 일도 없었을 것이다.

1978년 무렵, 서울 정동 성공회서울대성당 주임사제로 목회하던 당시 한국기독교교회협의회에서 간사였던 이대용의 소개로 이현주를 처음 만났다. (이대용은 감리교신학대학을 졸업했지만 나의 권유를 따라 성공회로 옮겨왔다.) 역사적으로 성공회와 감리교는 큰집과 작은집처럼 뿌리가 같은 교회다. 감리교 창시자 존 웨슬리John Wesley는 영국성공회 사제였고, 당시 성공회 예배와 설교에서 열정을 찾을 수 없었던 그는 신앙을 제대로 살려보려는 운동을 실천했다. 그래서 영국성공회는 존 웨슬리를 성인으로 추대하고 지금껏 존경한다.

이현주를 처음 만났을 때, 사람이 첫눈에 반한다는 말이 있지만, 이렇게 순수하고 맑은 믿음에 놀라움을 금치 못했다. 이대용, 이현주와 함께라면 이 시대에 새로운 교회를 만들 수 있겠다는 생각이 들었다. 나는 이현주에게 성공회에서 함께 일하는 것이 어떻겠냐고 조심스럽고 진지하게 물었다. 감리교에는 사람들이 많았지만 성공회에는 정말 사람이 귀했다. 특히 성경 읽는 것을 예배의 중심으로 여기는 성공회에서는 이현주처럼 성경을 제대로 해석하는 사람이 절실했다. 그는 즉석에서 내 청을 거절하지 않았다. 그리고 어머님과 상의한 후 결심이 서자 신속하게 절차를 진행했다.

이현주는 성공회 서울교구장 이천환 주교로부터 견진을 받았고 '프란시스Francis'라는 성인의 이름을 새로운 이름으로 받았다. 그렇게 이현주는 대한성공회서울교구 교무국에서 교육관계 일을 맡아 성공회 가족이 되었다.《성공회신문》에도 자연스럽게 참여하였다. 그러나 내가 기대한 것은 이현주가 성미가엘신학원(현 성공회대학교의 전신)에서 성서통독(성서읽기) 과목을 가르치는 것이었다. 나는 그의 사역이 교회가 아니라 미래세대를 위한 교육이라고 생각했기 때문이다. 성서를 어떻게 읽고 생각하고 실천할 것인지는 중요한 일이었고, 제대로 된 성서읽기가 성직자의 출발점이어야 한다고 생각했다. 그러나 나중에 감리교 안에서 이현주를 따르던 후배들이 만만찮게 그에게 항의하면서 성공회로 가는 것을 반대했다고 들었다. 예견했던 일이었다. 예수가 갈릴리에서 예루살렘으로 떠나려 했을 때에도 그랬을 것이었다.

이현주가 성공회로 전입하면서 나보다 더 가깝게 지낸 분이 나의 장모 조청애 선생이었다. 평생 초등학교 교사이자 독실한 성공회 신자였던 장모님은 이현주를 만나자마자 믿음의 선생으로 극진하게 생각하고, 그의 책은 모조리 탐독하셨을 뿐 아니라, 이따금 그에게 손편지도 보내곤 하셨다. (이현주는 자신의 책이 새로 나오면 내게는 보내지 않아도 내 장모님께는 정성껏 보냈다.) 장모님이 2022년 101세로 돌아가실 때까지 장모님께 이현주의 책은 필독서였고, 특히 필사할 때 『관옥 이현주의 신약 읽기』는 중요한 참고서였다.

예를 들어, 마태복음 2장에서 헤로데가 새로운 아기 탄생 소식을 듣고 동방박사들에게 속았다며 화가 나서 베들레헴과 이웃마을 갓난 사내아이들을 모조리 죽였다는 사건을 두고 이현주는 아주 쉬운 말로, 누구나 이해할 수 있는 글로 이렇게 해석한다.

> 인간의 두려움이 분노를 낳고 폭력을 부른다. 그 어지러운 소용돌이에서 남몰래 평화의 왕자가 태어난다. 고요하게 그리고 아프게…, 언제 어디서나 그렇다. (『관옥 이현주의 신약 읽기』 p.11)

성서는 그냥 읽을 수 있는 책이 아니다. 우리 글, 우리 마음, 우리 상황 속에 '살아있는 말씀'으로 읽을 수 있어야 한다. 그리고 반드시 우리의 공감이 있어야 한다. 폭력의 절망 속에 평화의 길이 열리지만, 그것이 결코 평화롭게 오는 것이 아니라 슬픔과 아픔 속에서 이루어진다. 이것은 언제 어디서나 인류의 삶에서 일반적인 현상이다. 유신 치하에서 읽은 마태복음 이 구절에서 이현주는 평화의 길을 읽고 있었다. 이현주에게 성서는 이천년 전 말씀이 아니라 오늘 이 자리에 살아있는 말씀이었다.

루가복음의 마지막 장에서 엠마오로 가는 두 사람의 이야기를 읽으면서도 그는 이렇게 자신의 해석을 더하고 있다.

> 누가 무엇을 보았다면 그보다 앞서 무엇이 저를 드러냈다는 얘기다. 저기 나무가 빛을 받으며 서있지 않은데 누가 그 나무를 보겠는가? 하지만 눈을 뜨지 않으면 아무것도 볼 수 없다. 제자들이 눈을 뜨기까지 그분은 그냥 길손이었다. 부활 예수를 보았다는 사람들의 말인즉, 그분을 보고 있을 때는 몰랐는데 문득 눈이 열려 보게 되자 더 보이지 않더라는 거다. 이 모든 말이 무슨 말인지는 그들처럼

부활 예수를 경험한 사람이라야 알 것이다. 죽은 사람의 부활은 인간의 머리로 파악할 수 있는 무엇이 아니다. (『관옥 이현주의 신약 읽기』 p.241~242)

그렇다. 예수의 탄생이나 부활, 나아가 예수의 삶은 인간의 경험으로 이해하거나 설명할 수도 없고, 어떤 해석만이 옳다고 주장할 수도 없다. 이현주는 이렇게 성서의 이야기들을 오늘의 상황 속에서 '아주 깨끗한 마음'으로 이해하고 있다.

그에게는 '관옥觀玉'이라는 호와 스스로 지은 '이오二吳'라는 호, '이 아무개'라는 이름이 있는데, 나는 이 가운데 '이 아무개'가 제일 마음에 든다. 그게 그에게 가장 적절한 것 같다. 이현주는 목사이기 전에 아동문학 작가였고 기독교기관에서 활동한 프로그램 작가였다. 몇몇 작은 감리교회에서 목회도 했지만 아무래도 그가 알려진 것은 동화작가 또는 성서학자로서였을 것이다. 왜 그는 자신을 '이 아무개'라고 칭했을까.

우리 사회에서는 흔히 이름 대신 관직이나 직책을 나타내는 대명사를 불러준다. 그것이 익숙해진 나머지 스스로 그 직위로 자신을 소개하기도 한다. 이현주는 어떤 직책이나 경칭, 심지어 이름마저 감추며 특정인이 아닌 모든 사람의 보편적인 이야기를 통해 삶의 본질에 충실하려고 한 것 같다. 아마도 목사라는 칭호가 만만찮아서 피하고 싶었던 것은 아닐까. 실제 이현주가 가장 존경하고 영향을 많이 받았던 변선환 교수가 〈불타와 그리스도〉라는 논문에서 종교다원주의를 받아들였다고 감리교에서 목사직을 박탈당한 이후 자신도 목사라는 칭호를 떼어버리고 싶지 않았을까. 이유가 어떻든 이현주는 과감하게 자신의 필명을 '아무개'로 쓰고 있다.

1988년 내가 6년 간의 유학생활을 마치고 왔을 때, 이현주가 성공회를 떠났다는 말을 들었다. 내가 귀국 후 성공회신학교에서 다시 일하게 되었을 때, 나는 여전히 그가 대학에서 교수로 일해줄 것을 기대했다. 그러나 그는 역시 교회나 대학 같은 제도권에 갇혀 있을 사람이 아니었다. 1992년 그의 스승 변선환 교수가 감리교 목사직을 박탈당하고, 1994년에는 사회운동가이며 교육자이셨던 장일순 선생이 타계하시고, 1995년 변선환 교수가 세상을 떠나시면서 그는 더 자유로운 세계를 꿈꾸었던 게 아닐까. 목사도 작가도 교육자도 아닌 '아무개'로 세상을 관조하고 역사를 바라보며 언제나 그 안에 살아 계신 예수의 모습을 그리고 있지 않았을까.

2013년 12월, 감리교신학대학에서 이현주의 고희古稀를 기념하는 출판기념회가 있었다. '진리의 외길을 걷다'라는 주제로 이현주 선집 세 권을 헌정하는 자리였는데, 이 행사를 준비한 청파교회 김기석 목사는 이현주를 이렇게 말했다. "그는 우리가 무심히 보아 넘기던 일상 속에 깃든 빛을 포착해 인상 깊게 드러내셨다. 목사님은 '상상력'을 도구 삼아 진리의 광맥을 캐내기 위해 고투하는 광부였고, 진실의 본질에 가닿기 위해 때로는 금기의 경계조차 넘어서는 모험가였다." 그렇다. 이현주는 분명 어느 한자리에 머물지 않으며 '진실의 본질'을 찾아 경계를 넘어 앞장서갔다. 그날 이현주는 이렇게 답사했다.

"언제부턴가 저는 제가 이 세상에 태어난 것이 사랑을 경험하기 위해서라고 생각했습니다. 사랑을 안다는 것은 하나님을 아는 것이고 나 자신을 아는 것이며 온 세상을 아는 것이라고 생각했습니다.

그래서 사랑 공부를 인생의 목표로 삼았습니다. 하나님이 인간들을 사랑하고 저 햇볕이 모든 식물을 사랑하는 것처럼 사랑하는 대상을 구분하지 않고 누구나 다 똑같이 사랑할 수 있는 게 참 사랑이라 생각했습니다. 사랑은 공부해서 알 수 있고, 잘하면 사랑 그 자체가 될 수 있을 거라 생각했습니다. 그런데 요즘 한 고비를 넘기면서 깨달은 것이 '사랑은 공부해서 알 수 있는 게 아니다, 사랑은 내가 할 수 있는 게 아니다. 나는 햇빛 같은 사람이 되고 싶고, 그런 마음을 가질 수도 있지만, 나는 빛이 아니다.'라는 것이었습니다. 그래서 저는 사랑을 공부하겠다는 제 인생의 목표를 최근에 스스로 접었습니다. 더는 사랑을 공부하겠다고 생각하지 않기로 했습니다. 그건 제가 할 수 없는 거였습니다." 《당당뉴스》 2013. 12. 9)

돌이켜보면 이현주에게 성공회와 성공회대학교 안에서 어떤 역할을 해달라고 요구한 것은 나의 과욕이었다. 그는 감리교 또는 기독교라는 틀에 갇힐 사람이 아니기 때문이다. 그는 이미 그 너머 예수께서 살아있는 하나님의 나라를 경험하고 있는 것 아닐까. 이제 팔순을 맞은 그가 여전히 꿈꾸는 것은 무엇일까. 그는 여전히 성서를 읽으면서, 오늘의 역사 안에서 사랑을 실천하는 예수의 길을 찾고, 그 길을 가고 있을 것이다. 때로 단소를 불고 명상을 하면서, 그윽한 눈으로 세상을 바라보면서, 그래도 여전히 희망을 말할 그를 그리워한다. 현주는 분명 이 시대의 현자賢者다.

자기초월적인 오후 인생

오수성

전남대학교 심리학과 명예교수

나는 감리교 교회에서 세례를 받고 결혼식을 치른 감리교 신자다. 이현주 목사는 책을 통해 알게 되었고, 좀 특이한 목사라고 생각했다. 1991년, 감리교 특별총회에서 감리교 신학대학원장인 변선환 교수가 감리교 교리를 위반했다며 출교 당했다. 변선환 교수의 종교 다원주의 및 토착화 신앙이 그리스도의 가르침을 벗어났다는 것이다. 나는 감리교 교인으로서 변선환 교수의 출교를 받아들일 수 없었다. 세상은 어느 정도 민주화되었는데 감리교단은 너무 독단적이라고 생각했다. 그때 젊은 목사들이 변선환 교수의 출교에 항의했는데, 그중 이현주 목사가 앞장섰다는 것을 알게 되었다.

그 후 내 큰딸이 광주 빛고을교회 부흥사경회에서 이현주 목사의 설교를 듣고 주님을 만났다고 했다. 하나님을 '아버지'라고 부르고, 예수님을 '큰형'이라고 부르는 것을 보면서 자기도 하나님과 인격적으로 관계 맺을 수 있겠다면서 기도를 시작했다고 한다. 목사님은 계속 하나님께 물으면서 하나님과 같이 살고 계시는 것 같은데, 그런 마음이 자기에게도 전달

된 것 같다고 했다. 어떻게 설교하면 중학생에게도 인격적으로 하나님을 만날 수 있게 했을까 신기했다. 언젠가 나도 한번은 이현주 목사를 만나보고 싶었다.

6년 전, '불이不二학당'에서 노자老子 강의를 계획하면서 강사를 누구로 모실 것인가 논의했다. 1년간 매달 한번씩 전라도 보성 득량까지 강의하러 오는 길이 수월하지는 않았다. 나는 장일순 선생과 이현주 목사의 대담집 『무위당 장일순의 노자 이야기』를 읽은 적 있고, 마침 이현주 목사가 순천에 계신다고 하여 그를 추천했다. 박화강 불이학당 당주와 함께 김민해 목사를 통해 강의를 부탁하러 순천으로 이현주 목사를 만나러 갔다. 이것이 그와의 첫 만남이다.

사람과의 만남에서 첫인상과 대화는 중요하다. 그의 진솔한 말과 당당한 눈빛이 인상적이었다. 참 곱게 늙었다고 생각했고, 어딘지 편안하고 따뜻한 느낌을 받았다. 장일순 스승께서 '필요한 사람이 청을 하면 거절하지 말고 응하라'고 유언하셨다면서, 한번은 가서 강의를 하겠다고 하셨다. 한번 강의를 해보고, 계속 할지는 그 후에 결정하겠다고도 하셨다. 그리고 1년 반 동안 노자 강의가 있었고, 그 후 1년 동안 '인간 예수'에 대한 강의가 이어졌다. 사석에서 여러 번 뵙고 이야기 할 기회도 있었다. 《풍경소리》에 이 아무개라는 이름으로 쓰시는 글도 읽어왔다.

이현주 목사는 최근 어떤 대담에서 먼저 간 아내가 세상을 뜨기 전 "나 많이 섭섭했소. 나한테 당신은 전부였소. 그런데 당신한테는 내가 전부가 아닌 것 같았소."라는 말을 들었다고 했다. 그리고 그 말에 이내 수

궁했다고 했다. 하늘이 다시 기회를 주신다면 한 여자를 나의 전체로 삼고 산다는 것이 무엇인지 느끼고 싶었고, 그럴 생각도 있었다고 했다. 지금 만난 아내에게 그러고 있는 것 같아서 아주 고마운 일이라고도 했다.

그는 불이학당 노자 강의에 부인과 함께 여러 번 오고, 강의 중에도 부인의 이야기를 하곤 했다. 《풍경소리》에도 부인 이야기가 자주 나온다. 그것은 보통사람에겐 어렵고, 경험에 대한 개방성을 지닌 사람만이 할 수 있는 이야기다. 자신의 경험과 현실을 있는 그대로 수용하여 정확하게 인식할 때만 가능하다. 그에게는 자신을 자연스럽게 표현하고 새로운 경험을 즐기는 태도가 있다. 그런 사람은 방어적이지 않기 때문에 자신과 타인의 장점을 자연스럽게 수용할 뿐만 아니라 약점과 결함도 불평이나 걱정 없이 받아들인다.

경험에 대한 개방성을 지닌 사람은 자신을 다른 모습으로 위장하지 않으며 자기표현을 억제하지 않는다. 타인에 대해서는 솔직하고 자연스럽게 감정을 표현하면서 상처 주지 않으려고 신중하게 배려한다. 그의 대담뿐만 아니라, 내가 느낀 이현주라는 사람에게는 경험에 대한 개방성이 있는데, 이는 성숙한 인간의 성격 중 하나다.

이현주 목사는 《풍경소리》에서 계속 '꿈 이야기'를 하고 있다. 『이현주 목사의 꿈 일기』라는 책을 내기도 했다. 그는 밤마다 꿈꾼 것을 기억하고, 기억한 꿈에 대해 해석하고 있다. 그는 꿈을 통해 배워야 할 내용이나 새겨야 할 메시지가 떠오른다고 했다. 그의 꿈은 예지몽豫知夢 같은 특별한 꿈이 아니다. 보통사람 누구나 꾸는 평범하고 일상적인 내용이다. 젊은 날 군대로 돌아가 고생하는 꿈, 폭군을 만나 도망치는 꿈, 새처럼 공중을 날아다니는 꿈, 기차를 타고 가다 하차역을 놓쳐 안절부절못하는 꿈, 육감적인 여성에게 유혹당하는 꿈…, 누구나 한번은 꾸어봤음직한 꿈들이다. 그러나 그는 이런 꿈속에서 결코 평범하지 않은 배움과 깨달음을 얻어낸다. 하차역을 놓치고 허둥지둥하는 꿈을 꾼 뒤에는 '꿈속의 나는 아직 내가 꿈속에 있다는 사실을 모르고 허둥지둥하는구나, 꿈속에서 일어난 일이 어떤 것이든 착실하게 겪으면서 즐기는 경지에 이르지 못했구나, 그것이 현실의 내 자화상이구나.'라고 알아차린다.

프로이드Freud는 개인이 자각하지 못하는 무의식적 정신현상이 존재하고, 무의식을 알아내는 방법 중 하나가 꿈이라고 했다. 이현주 목사의 꿈 해석은 프로이드의 꿈 해석과는 좀 다르다. 그러나 자기 꿈을 들여다봄으로써 자기 내면에 숨어있는 욕망, 깊은 감정, 오랜 염원 같은 것들을 만나고, 억압된 내면의 목소리를 진솔하게 들을 수 있다. 그의 꿈은 일종의 자기 노출일 수도 있다. 이현주 목사는 꿈을 통해 모호하게 알고 있던 자신의 문제를 통찰하며 이해하고 깨달음을 얻게 되는 과정을 보여주고 있다. 꿈을 해석하면서, 그것들을 어떻게 자기 성장의 밑거름으로 삼는지를 보여준다.

이현주 목사는 강의에서 사랑어린학교 학생들과의 대화 내용을 자주 언급한다. 그는 사랑어린학교 학생들에게 수년째 마음공부 강의를 하고 있다. 그가 학생들과 자연스럽게 대화하는 것을 본 적이 있다. 사실 나이든 할아버지가 어린 학생과 대화하기란 쉽지 않다. 아이들의 눈높이에 맞춰 생각하고 행동하기란 생각보다 어렵다.

우리는 대개 자기 입장에서 문제를 바라보고 이해하려는 경향이 있다.

그러나 진정한 이해는 상대방의 입장에서 문제를 바라보고 이해할 때 이루어진다. 이것을 '공감적 이해'라고 한다. 그래야 진정한 관계가 이루어진다. 심리학에서 상담자나 치유자가 갖추어야 할 덕목 중 하나가 공감적 이해 능력이다. 내가 경험한 이현주 목사는 공감적 이해 능력이 탁월한 분인 것 같다. 그래서 어린 학생뿐만 아니라 다양한 사람과 따뜻한 관계를 유지하는 듯하다.

그는 타인과의 사랑과 우정, 가족에게 진지한 관심을 갖고 있다. 가까이하는 사람의 범위가 좁고 적을 수도 있지만 매우 깊이 있는 인간관계를 추구하는 것 같다. 그리고 모든 인간이 처한 상황에 대해 공감과 연민, 그리고 사회적 관심을 갖고 있다.

2021년 〈정신건강실태보고서〉에 따르면 정신장애 평생 유병율이 27.8 퍼센트로, 네 명 가운데 한 명이 일생동안 정신장애를 경험한다. 왜 이렇게 정신장애가 많을까? 여러 요인이 있겠지만, 나는 나름대로 '자기소통이 부족한 것'을 하나의 요인이라 생각한다. 우리는 보통 '나는 누구인가', '나는 어떻게 살고 있는가'에 대한 진지한 질문 없이 살아가고 있다. 타인과의 소통은 중요시하지만 나와의 소통은 별로 고려하지 않는다. 남이 나를 어떻게 평가하는가를 중요하게 여긴다. 나 자신이 나를 어떻게 평가하는가는 중요하지 않고 남의 평가에 민감하다. 그래서 자기 삶을 살지 못하는 경우가 흔하다. 그러니 스트레스를 견디지 못하고 정신장애로까지 번질 수 있다.

다른 사람과 비교하면서, 잘나가는 사람에 비해 항상 뒤쳐진다고 생각하니 자기존중감이 낮아진다. 자기존중감은 자신에 대한 전반적인 긍정적 평가와 우호적 태도를 의미한다. 자신을 있는 그대로 존중하는 사람, 자기 장점이나 약점을 인정하고 수용하는 사람은 자기존중감이 높다. 자기존중감이 높은 사람은 인간관계의 만족도, 친밀감, 타인을 배려하는 능력뿐만 아니라 분노를 조절하는 능력도 뛰어난 편이다.

내가 경험한 이현주 목사는 책, 꿈 해석, 혼자만의 산책 등을 통해 지속적으로 자신과 소통하고 있다. 다른 사람의 평가에 연연하지 않고 영적 자기를 추구하며, 자신에 대한 통찰을 통해 내적 자유를 얻으려고 꾸준히 노력하는 것 같다. 그러니 있는 그대로의 자신을 존중할 줄 알고, 자기 장점이나 약점까지도 인정하고 수용하는 능력을 갖추고 있다. 그는 자기존중감이 높은 사람이다.

이현주 목사는 '인간 예수'를 강의하면서 예수를 저 높은 곳에 계신 분이 아니라 항상 내 곁에 계신 분으로, 수직적인 관계가 아닌 수평적인 관계로 예수를 보았다. "예수는 나를 따르라고 하셨습니다. 예수는 차원이 높고 우리는 차원이 낮다면 따라갈 수가 없지요. 둘 다 같은 차원에 있어야 따를 수 있습니다."라고 했다. 그는 성경구절을 별로 인용하지 않으면서도 쉬운 예를 들어 예수와 기독교 정신을 이야기했으며, 기존 기독교의 틀을 넘어 다른 차원으로 기독교를 바라보고 있었다. 그는 기본적인 틀에 얽매이지 않고 영적 자기를 추구하며 '자기초월성'을 발휘했다. 자기초월은 자기를 대상화 혹은 객관화할 수 있다는 것이며, 자신을 인식하고 반성하고 탐구할 수 있다는 것이다.

인간은 유한한 시간과 공간에 제한된 존재지만 무한한 영원을 상상할 수 있으며, 우주의 궁극적인 의미를 질문할 수도 있다. 인간과 자기초월

사이의 유일한 방해물은 인간 스스로가 세워놓은 경계선이다. 이현주 목사는 인간이 세워둔 경계선이나 틀을 벗어나 사유하면서 자아의 확장을 계속 시도하고 있다. 그에게 자기초월은 영성과 밀접한 관련이 있다. 자기초월은 자신을 초월한다는 의미다. 자기 정체성을 넘어 자신이 더 큰 무언가의 한 부분이라는 사실을 이해하는 것이다. 그는 기독교라는 틀을 벗어나 일어나는 일들을 더 넓은 시각으로 바라보고 있다. 자기를 넘어서는 더 큰 존재, 신神과 초월적인 관계를 맺고 있다.

'어떤 삶이 바람직한 삶일까?', '어떤 삶의 모습이 이상적인 인간상일까?', '인간으로서 가장 성숙한 삶의 모습은 어떤 것일까?' 이현주 목사를 알게 되고 이런 질문들을 떠올리게 되었다. 그를 통해 성숙한 사람에 대해 생각해 보았다. 성숙한 사람에게는 자신, 타인, 세상에 대해 수용적인 태도가 있다. 자신과 타인의 장점뿐만 아니라 약점과 결점도 받아들인다. 자신이 처한 상황을 객관적으로 인식하고 방어적 왜곡 없이 현실을 그대로 받아들인다. 다른 사람의 평가에 연연하지 않고 자신의 독립적인 기준에 따라 자율적으로 행동하고 판단하는 경향이 있다. 외부적인 반응보다 내적 만족을 선호한다. 또한 성숙한 사람에겐 자기초월이 있으며, 기존의 틀에서 벗어나 사유하고 자기 외적으로도 확장을 시도한다. 성숙한 사람은 상대방의 입장에서 이해하려는 공감 능력이 뛰어나다. 인간은 누구나 성숙한 삶, 자기를 실현하는 삶을 원한다. 내가 경험한 이현주 목사는 성숙한 사람이 가져야 할 다양한 특성을 가지고 있다.

언젠가 이현주 목사는 융Jung을 인용하며 "오전 인생은 내가 주인이고, 오후 인생은 큰 존재에 굴복하고 항복하는 삶입니다. 그것은 나를 존재하게 하는 사랑을 따르는 삶이지요."라고 했다. 그러면서 "그리스도가 내 안에 사십니다. 나는 그리스도의 몸이고요. 몸이 무슨 계획을 세웁니까? 그리스도가 계획이 있으실 테고 나는 따를 뿐입니다. 오전의 삶은 내가 주인이었지만, 오후의 삶은 내가 없어지는 것입니다."라고 했다. 나이가 들면서 그는 한 차원을 뛰어넘는 삶을 살고 있는 듯하다. 그는 오후의 인생을 살면서 편안해 보인다. 아무나 경험할 수 없는 자기초월적인 삶을 통해 한층 성숙한 모습이다.

나는 그런 이현주 목사를 '사람의 마음을 읽고 공감 능력을 갖춘 자기초월적인 영적 치유자'라고 부르고 싶다.

글을 통해

유머를 배웠습니다

『바보 온달』을 읽고

이재복

아동문학평론가, 판타지창작학교 운영자

선생님,

오랜만에 인사드립니다.

동화 이야기는 좀 아껴두었다가 뒤에서 하기로 하고, 먼저 선생님께 고마운 마음부터 전하고 싶습니다.

예전 제가 살던 사람하고 헤어지는 과정에서 겪었던 이야기를 《이야기밥》 소식지에 썼던 적이 있습니다. 그때 선생님이 소식지를 보시고 제게 엽서를 보내주셨어요. 엽서에 일회용 라이터가 그려져 있었고, 밑에 '어차피 우리 삶은 일회용품이 아니더냐'는 글귀가 씌어있었습니다.

당시에는 제 감정의 늪에만 빠져서 선생님이 보내주셨던 그림과 말씀의 의미를 제대로 이해하지 못했습니다. 그런데도 선생님이 보내주셨던 엽서가 하도 인상이 강해서 제 머릿속에서 떠나지 않았습니다.

어느 날 선생님이 번역하신 『초감 트룽파의 마음공부』란 책을 읽고 있을 때였습니다. 그 책에 실린 말씀 하나 하나에 공감이 갔습니다. 「유머,

그 포용하는 기쁨」이란 제목의 장을 읽을 때는 말씀 하나 하나가 나를
두고 한 말인 것만 같아서 부끄러움에 얼굴이 화끈거릴 정도였습니다.

> 유머의 결핍은 지나치게 '엄격한' 태도에서 오는 것 같습니다. 만
> 사에 너무도 엄격해 마치 살아있는 송장처럼 끔찍하게 정직하고 끔
> 찍하게 진지한 겁니다. 그는 고통스럽게 살아가면서 그 고통을 끊임
> 없이 얼굴에 나타내지요. 실제로 어떤 근엄한 사실(현실)을 겪고, 그
> 래서 살아있는 송장이 될 만큼 심각해진 것입니다. (『초감 트룽파의
> 마음공부』 p.151)

내가 이랬습니다. 매사에 엄격해 살아있는 송장처럼 경직된 채 살았습
니다. 한마디로 유머 감각이란 좀처럼 찾아볼 수 없는 사람이었어요. 이
러니 당연히 몸이 굳어 온갖 병을 달고 살 수 밖에 없었습니다.

초감 트룽파Chögyam Trungpa는 "유머 감각이란 시도 때도 없이 경박
하게 우스운 소리나 하는 그런 게 아닙니다. … 어떤 상황의 양극단을 공
중에서 내려다보듯이 있는 그대로 함께 보는 것을 뜻합니다. … 거기에는
선도 있고 악도 있는데, 그 둘을 위에서 한꺼번에 내려다보는 거예요. …
그것은 양극단의 병치倂置(나란히 있음)라는 기본적 역설을 내려다봄으로
써 공연한 엄격성에 사로잡히지 않고, 그래서 기대와 불안의 게임에 휘말
려들지 않는 것을 뜻합니다."라고 말합니다.

이 부분을 읽다가 책장을 덮어놓고 '아, 그때 그래서 선생님이 엽서에
그런 내용을 보내주셨구나'하는 깨달음이 찾아왔습니다. 선생님은 아무
리 지금 삶이 힘들지라도 유머를 잃지 말란 말씀을 그런 식으로 표현해

주신 것이었어요. 이런 깨달음이 생기자 경직되었던 내 몸에 여유 공간이 생기면서 따뜻한 에너지가 흘러드는 느낌이 들었습니다.

슬픔과 기쁨, 삶과 죽음, 이별과 만남, 삶에서 일어나는 양극단의 상황들을 있는 그대로 함께 보고 있다면 내 몸은 슬픔이나 기쁨, 삶이나 죽음, 어느 한쪽에만 갇히지 않고, 과도한 기대와 불안에 사로잡혀 산송장처럼 경직되지도 않았겠지요.

『초감 트룽파의 마음공부』 못지않게 하도 읽어서 닳고 닳아 낱장으로 다 떨어진 책이 한 권 있습니다. 선생님과 장일순 선생님이 함께 나누신 『무위당 장일순의 노자 이야기』입니다. 선생님이 무위당 선생님을 찾아가 노자를 읽고 나눈 이야기가 어찌나 정감 있게 느껴지는지 읽고 또 읽었습니다. 무슨 내용인지도 모르고 그저 읽었는데 내 사고思考에도 조금 변화가 와 공부가 되었는지, 노자의 아래 문장을 읽다가 초감 트룽파의 유머 관련 말씀도 생각나고, 다시 선생님이 보내주신 엽서 내용도 생각났던 적이 있습니다.

'아, 마음공부라는 게 이런 거구나, 머리로 무슨 내용이지 하고 생각해보는 것도 중요하지만, 지금 당장 무슨 말인지 몰라도 자꾸 그 문장을 생각하다보면 저절로 삶의 어느 순간과 내 몸의 감각이 서로 마주쳐 깨어나면서 그 의미가 풀려나올 때가 있구나' 하는 생각이 들었습니다.

무위당 선생님과 나눈 노자 이야기를 읽으면서 특히나 아래 문장이 참 아무리 생각해도 이해하기 힘든 부분이었는데, 여기 옮겨보겠습니다.

天地不仁, 以萬物爲芻狗. 成人不仁, 以百姓爲芻狗. 天地之間, 其猶橐籥乎. 虛而不屈, 動而愈出. 多言數窮, 不如守中.

천지는 치우친 사랑을 베풀지 않아서 만물을 짚으로 만든 개처럼 여긴다. 성인은 치우친 사랑을 베풀지 않아서 백성을 짚으로 만든 개처럼 여긴다. 우주는 풀무와 같아서 비어있음으로 다함이 없고 움직일수록 더욱 나온다. 말이 많으면 자주 막히니 차라리 그 비어있음을 지키는 것만 같지 못하다. (『무위당 장일순의 노자 이야기』 p.87)

이게 무슨 말인지, 천지도 그렇고 성인도 그렇고 아무리 봐도 저들은 나하고는 아무런 상관도 없는 무슨 신비한 존재들이겠지 했는데, 어느 날 천지야말로 얼마나 유머러스한 존재인지, 성인이야말로 얼마나 유머러스한 존재인지 새삼 깨닫게 되었습니다.

저들이야말로 양극단을 한자리에서 공중에서 내려다보듯이 보고 있기에, 모든 것을 포용하는 기쁨에서 완전히 열려있기에 막힘없이 많은 것을 만들어내고 사랑을 나눌 수 있단 생각이 들었습니다. 저들의 눈에는 모두가 이 세상 우주의 질서를 이루고 있는 신성한 존재들로 보이지 않을까 싶습니다. 이것이 바로 유머라고 하는 것이지요.

내가 예전에 살던 사람하고 헤어지면서 슬픈 감정에 빠져 있었을 때, 선생님이 보내주셨던 '우리 삶이 일회용품 아니더냐' 하는 말씀은, 저 노자의 말씀대로라면 우리 모두 짚으로 만든 개에 불과한 것이 아니더냐, 그런데 왜 그렇게 어느 한 가지 감정에 빠져서 그렇게 과도한 불안함에 빠져 있느냐는 것으로 이해가 되었습니다. 어차피 빛과 그림자, 삶과 죽음, 슬픔과 기쁨은 한몸처럼 우리 삶 속에 내재된 것인데, 어느 것 하나가 조금 더 자기 모습을 앞으로 드러낸다고 해서, 그것과 한몸을 이루고 있는 반대물의 존재가 없어지는 것도 아니지 않을까. 그러니 늘 삶과 죽음이라고 하는 반대물의 복합체로 우리는 존재하는 것이고, 이 둘을 한몸에 품고 사는 우리들이기에 기쁨의 순간에는 슬픔을 함께 보고, 슬픔의 순간에는 기쁨을 함께 보아서 이들이 들고 나는 그 모습에 존재는 결국은 웃을 수밖에 없는 것이 아닐까? 결국 그 누구라도 한 사람의 삶은 한 편의 유머가 아닐까 하는 생각도 들었습니다.

내 깐에는 힘든 시기였다고 생각하던 시기에 선생님이 보내주셨던 엽서 한 장이 내 몸에 살아남아 끊임없이 이런저런 생각을 하게 만들어, 결국은 이런 이야기까지 하게 되었습니다. 선생님에게 저는 유머가 무엇인지를 배웠습니다.

이제 동화 이야기를 해야겠습니다.

『바보 온달』은 유머의 본질이 무엇인지를 알려주는 교과서 같은 동화입니다. 유머의 자리에서 보면 모든 존재는 대극물의 복합체입니다. 빛과 그림자가 한몸을 이루고 있습니다. 바보이면서 영웅입니다. 온달은 한쪽으로 치우친 사랑을 베푸는 사람에게 늘 반대편의 그림자를 보게 하는 존재입니다. 이런 면에서 온달은 바보이면서 하늘과 땅을 매개하며 동물과 영혼의 형제로 살아가는 마법사이기도 합니다. 이것이 바보 온달을 감상할 때 가장 핵심이 되는 내용인 것 같습니다.

평강공주는 처음에는 온달이 지닌 바보의 본질을 알아보는 사람이었습니다. 그러나 뒤로 가면서 평강공주는 치우친 사랑을 하기 시작합니다. 그래서 점점 유머를 잃어버린 사람이 되고 말았습니다. 양극단을 한자리에서 동시에 내려다볼 수 있는 사람이었는데, 그만 바보의 본질을 알아보던 한쪽 눈이 멀고, 밝고 빛나는 영웅적인 장군의 모습만을 바라보는 공주가 되고 말았습니다. 이 평강공주가 바로 요즘 우리들의 어두운 자화상이 아닐까 싶습니다.

신화나 민담에는 바보가 많이 등장합니다. 바보의 본질이 무엇일까 많이 생각해보게 됩니다. 〈나무꾼과 선녀〉에서도 보니까 한 나무꾼 총각이 바보로 나옵니다. 이 바보는 엄마가 밥을 주면 자기는 먹지 않고 뒷간에 가서 쥐에게 밥을 줍니다. 대개 바보들은 동물과 영혼의 형제로 살아가는 경우가 많습니다. 바보 온달도 숲속으로 들어가 바우 곰과 형제가 되어 지냅니다. 바보는 하늘에 대고 돌을 던져 별을 떨어지게 하는, 하늘과도 통하고 또한 자연의 동물들과도 통하는 열린 존재입니다. 자기에게 이익이 되는 방향으로 살아야만 하는 세속의 인간들에게, 바보 온달과 같은 존재는 그들 내면의 그림자를 비추어주는 거울이 되는 존재라 할 수도 있겠습니다.

옛날 원시 신화시대에는 사람과 동물이 영혼의 형제로 살았습니다. 사람은 먹고 살기 위해서 동물을 죽일 수밖에 없는데, 사냥한 동물을 먹은 다음에 뼈를 제대로 수습해서 묻어주면 이들의 영혼은 하늘로 올라가 사람으로 살다가, 뼈에 살을 입혀 동물로 변신해 인간들에게 먹이가 되어주기 위해서 다시 내려오는 것입니다. 인간계와 동물계가 서로를 살리는 일종의 힘의 균형을 유지하고 있었습니다. 그런데 어느 순간부터 욕심에 눈이 먼 인간들이 이러한 인간계와 동물계의 균형을 깨면서 자연에 군림하기 시작했습니다. 결국 바보 온달과 같은 존재는 이렇게 탐욕에 눈이 먼 사람들에게, 우리 원래의 모습, 동물과 영혼의 형제로 살아가던 우리의 모습을 되살려주는, 우리가 잊었던 모습을 되살려내는 거울과 같은 존재라고 할 수 있을 것입니다. 그래서 바보 온달은 사람들이 자연에 전제군주로 군림할수록 더욱더 살아있어야만 하는 필연적인 존재인 것입니다. 신화, 민담, 판타지에 등장하는 바보는 그저 상상의 대상이 아니라 꼭 존재해야만 하는 운명적인 인물이 아닐까 싶습니다.

온달은 토끼 한 마리도 화살로 맞추지 않았습니다. 늑대 한 마리를 평강공주가 부추겨 잡고 난 다음에도 무서워서 벌벌 떠는 온달이었습니다. 이런 온달의 얼굴이 물웅덩이에 비치자, 평강공주는 돌맹이를 던져 이제 바보 온달은 죽었다는 말을 합니다. 온달의 내면에서 바보가 사라지고, 이제 눈앞의 이익에 눈이 멀고, 자존심이 상해서 복수심에 불타는 치우친 사랑을 베푸는 사람, 양극단을 한자리에서 내려다보는 유머를 잃어버린 매우 심각한 사람이 되고 말았습니다.

사람들이 아무리 놀려도 화내지 않던 온달이었는데, 사냥을 나갔다가 신라 사람들에게 칼과 화살을 다 뺏기고 창피를 당했다고 복수심에 불타는 온달이 되었습니다. 동물들과 영혼의 형제로 살던 온달이었는데, 신라 군사와 싸울 때, 그렇게도 아끼던 바우가 나타나자 결국 온달은 바우를 칼로 찔러 죽이고야 맙니다. 이 바우가 죽는 장면은 너무나 가슴이 아픕니다. 작품에서 가장 감동적인 부분 같습니다.

쓰러진 바우는 그러나 눈을 감지 않고 팔과 다리를 가늘게 떨며 온달을 쳐다보고 있었다.
"바우야!"

온달은 죽어가는 곰의 몸뚱이 위에 쓰러지듯 주저앉으며 들고 있던 피 묻은 칼을 멀리 내던졌다. 그러고는 아직 감기지 않은 옛 친구 바우의 눈동자를 들여다보았다. 온달은 그 안에서 붉은 피가 엉겨 붙은 자기 얼굴을 보았다.

까닭을 알 수 없는 눈물이 자꾸만 솟아났다. 그 맑은 눈물이 조금씩 얼굴에 묻은 피를 씻어내렸다. 이윽고 온달의 얼굴에서 붉은 피가 다 씻겼을 때 남은 것은 어쩔 수 없는 바보 온달의 그 못생긴 얼굴이었다. 바로 그 얼굴을 마지막으로 비쳐주고 나서 바우는 무거운 눈꺼풀로 눈알을 덮고 말았다. (『바보 온달』 p.200)

자본이 전제군주 노릇을 하는 지금 이 세상 사람들은 저 바보 온달의 모습을 잃어버리고 말았습니다. 바보 온달은 자기편의 이익만을 추구하는 인간들의 반대편에 서서, 경직된 사람들의 마음을 풀어주면서, 유머의 세계로 이끌어가는 매개자이고 마법사입니다. 하늘에 돌을 던져 하늘과도 소통하며 결국에는 우주의 질서에 평화를 가져오는, 없어서는 안될 존재인 것입니다.

선생님 덕분에 노자를 알게 되고, 그 후로 『주역(周易)』 읽는 취미를 갖게 되었습니다. 주역 64괘 가운데 한 괘씩 뽑아서 이런저런 생각을 하는데, 마침 중화리重火離괘를 읽을 때였습니다. 이때 선생님이 팔순을 맞이해서, 선생님이 살아오신 삶의 발자취를 돌아보는 문집을 만든다는 연락을 받았습니다. 이것도 무슨 우연인지, 아니면 융Jung이 말하는 동시성의 한 예인지 모르겠는데, 중화리괘 구삼효에 이런 말씀이 있습니다.

九三, 日昃之離, 不鼓缶而歌, 則大耋之嗟, 凶.

구삼효는 기운 해가 걸려있는 것이다. 질그릇을 두드리고 노래하지 않는다면 늙은이의 서글픔이니, 흉하다. (『주역』 정이천 주해, 글항아리, p.622)

이 구삼효에 대해 정이천 선생은 이런 얘기를 합니다.

질그릇을 뜻하는 '부缶'란 항상 사용하는 기물이다. 질그릇을 치면서 노래하는 것은 그 상도를 즐거워하는 것이다. 이처럼 할 수 없다면 몰락의 죽음을 슬퍼하고 근심하게 되니, 결국 흉하다. 여든이 넘은 고령자를 뜻하는 '대질大耋'은 곧 죽음을 의미한다. 사람이 삶을 마칠 때 이치에 통달한 자는 그 상리를 알아 천명을 즐거워할 뿐이니, 상도를 만났으면 모두 즐거워하기를 질그릇을 두드리며 노래하듯 한다. 이치에 통달하지 못한 자는 항상 죽음의 비애를 두려워하니 이는 곧 늙은이의 서글픔으로, 흉함이 된다. 이것이 생사에 대처하는 도리다. (같은 책 p.623)

선생님, 가끔 죽음을 생각할 때가 있습니다. 죽음을 생각하며 산다는 것이 결코 우울하거나 슬픈 일이 아니고, 오히려 죽음을 생각하기에 하루 주어진 시간에 더욱 감사하게 됩니다. 주역 구삼효의 문장을 읽으면서 이런 그림을 떠올려보았습니다.

팔순을 맞이해서, 질그릇을 두드리며 흥겹게 노래 부르는, 그래서 한쪽으로만 치우친 사랑을 하느라 몸이 경직된 사람들에게 유머러스한 기운을 나눠주는 선생님의 모습을 말입니다.

　이렇게 편지로나마 얘기 나눌 기회를 주신 선생님께 감사하고 또 감사
드립니다.

　이재복 올림.

난 괜찮은 세상을 선택했다
『무위당 장일순의 노자 이야기』를 읽으며

최은숙

작가, 공주 우성중학교 국어교사

　오랜만에 천안 단비교회에 왔다. 목사님 부부와 이웃인 기수의 부모님, 올봄에 결혼한 기수 부부와 점심을 먹기로 했다. 옆으로 늘어선 전나무들의 둥치가 굵어져서 교회로 들어서는 오솔길은 더욱 조붓해졌다.

　25년 전, 우리는 대체로 서른 초중반쯤이었다. 나는 이 마을 중학교 교사였고, 옆집 기수는 내게 국어를 배우는 학생이었다. 학교에 가면 복도에서 친구들과 강아지처럼 뒹구는 기수가 있었다. 퇴근길에도 피라미를 잡느라 동네 아이들과 개울물을 첨벙거리는 기수, 어딘가로 발걸음 경쾌하게 놀러가는 기수를 또 만났다. 어쩌면 저렇게 신나게 놀까, 어쩌면 저렇게도 시종일관 즐거울까? 나무, 개울, 밭처럼 마을의 일부 같은 아이였다. 커서도 여길 떠나지 않고 제 부모님처럼 신뢰받는 마을사람으로 살아갈 것 같았다.

　예감대로 기수는 저처럼 순박하고 어여쁜 아내를 만난 뒤, 하우스 한 동을 물려받아 부모님 곁에서 오이농사를 짓고 있다. 신랑각시가 부지런

한데 착하고 예의도 발라 동네에 칭찬이 자자하다고 한다. 축사를 개조해 쓰던 단비교회는 우여곡절을 맞고 보내면서 아름다운 기와를 얹은 한옥으로 탈바꿈했다. 농부였던 목사님은 목수가 되어 손수 서까래를 깎고, 기둥을 세우고, 구들을 놓았다. 그러느라 사모님의 손에서도 물 마를 날이 없었다.

살림집과 교회와 노인돌봄센터까지 마당에 차례차례 들어서는 동안 목사님 부부와 우리는 흰머리가 늘고, 아이들은 그때의 우리 나이에 가까워지거나 우릴 앞질렀다. 짧지 않은 시간이 흐른 것이다. 그간 내 삶은 괜찮았던 걸까? 천안 근무 8년을 채우고 이삿짐을 쌀 때 기수 아버지가 그러셨다. "우리 헤어지더라도 아주 헤어지지는 말고, 서신이라도 주고받으며 사십시다."

그 말씀대로 우린 헤어지지 않았다. 이분들이 가까이 있다는 것만으로도 나는 잘살고 있는 것 같다. 누구나 그렇듯이 괜찮은 일만 있었던 건 아니지만, 괜찮지 않은 마음이 오래 가지는 않았다. 시간이 흐르면 괴로움은 옅어지고, 결국 질문 하나가 남았다. '나는 왜 이 일 가운데 서있을까? 무엇을 배워야 하는 문제일까?' 그렇게 질문하는 법을 가르쳐주신 관옥 목사님을 만난 곳, 질문이 시작된 곳, 내가 영원히 학생이란 것을 알게 된 곳이 여기, 단비교회다.

어느 날 교사인 친구가 『노자(老子)』를 같이 읽어보자고 했다. 친구의 동료교사인 채 선생님, 단비교회 사모님, 교무실 내 옆자리 김 선생이 같이하게 되었다. 사실 김 선생과 자리는 붙어있었지만 그리 가깝지는 않았다. 그녀는 깡마른 몸집만큼이나 깐깐한 선생이었다. 나는 도서실 담당이라 자주 거기 가 있었는데 하루는 김 선생이 도서실에 와서 창밖을 보며 멍하니 혼잣말처럼 중얼거렸다. "친정 식구들과 고기를 먹으러 식당에 갔는데 말이에요. 이야기를 나누다가 식구들 모두 어느 순간에 같은 것을 생각한 거예요. 목이 메어서 그때부터 고기를 못 먹었어요. 반도 못 먹고 나왔어요."

이야기를 더 이어갈 뜻은 없어 보였지만, 그걸로 충분했다. 그때부터 김 선생은 내 마음속에서 친구였다. 출근해서 교무실에 앉으면 옆에서 별 표정도 없이 립팔레트를 내밀며 물었다. "오늘은 무슨 색을 바르면 좋을까요?" 그러면 나는 대꾸했다. "오늘은 비가 분위기 있게 내리니까 벽돌색 어때?" 또는 "오늘 스웨터가 화사하니 딱 핑크네!" 아침마다 거르지 않는 이벤트였다.

사람을 만나는 인연 못지않게 어떤 시기에 읽은 책은 삶의 방향을 바꿀 만큼 큰 영향력을 발휘한다. 내겐 그때 김 선생을 비롯한 벗들과 단비 교회에 모여앉아 읽은 『무위당 장일순의 노자 이야기』가 그랬다. 무위당 선생님과 관옥 이현주 목사님의 대담을 관옥 목사님이 정리해 기록한 책의 머리말은 이렇게 시작된다.

선생님 몸에 암癌이 들었는데 병원에서 수술을 시도했으나 열었던 몸을 그냥 닫고 말았다는 말을 듣고 욕심이 일었다. 그래서 『노자(老子)』를 읽어주시지 않겠냐고 여쭈었더니 그러자고 하셨다. '선생님은 선생님 책으로 읽으시고 저는 제 책으로 읽되, 미리 읽고 궁리하는 일 따위 없기로 합시다' 하고 말씀드렸더니, 역시 좋은 생각이라고 그렇게 하자고 하셨다.

첫 번째 퇴원을 하시고, 선생님 병원에 계신 동안 제자들이 틈을
내어 새로 도배한 당신 방에 돌아오셨을 때, 세간살이라고는 아무것
도 없는, 말 그대로 방밖에 아무것도 없는 텅 빈 서재에 녹음기 하
나, 찻주전자 하나 그리고 잔 두 개 가운데 놓고 마주 앉아서, 『노
자』 첫 장을 펼쳤다. 이 책은 『노자』의 주석註釋이 아니다. 해설도
아니다. 그런 꼴을 띠기는 했지만 이것은 『노자』를 가운데 모시고
선생님과 내가 나눠본 조촐한 아침상床 같은 것이다.

제자가 몸에 암이 든 스승께 노자의 『도덕경(道德經)』 읽기를 청했고,
돌아가실 때까지 '도道'에 대해, 사람이 다다르기를 꿈꾸어 볼 만한 어떤
차원의 '길'에 대해 이야기를 주고받았다는 것이다. 이보다 품격 있는 동
행이 있을까? 머리말을 읽고 내게 와준 책이란 걸 알았다. 들을 준비가
되어있었기 때문이다.

슬픔과 좌절, 허무가 마음에 가득했다. 그것이 준비였다. 동양과 서양,
나와 나 아닌 것, 종교의 안과 밖, 삶과 죽음의 사이에 벽을 세우지 않고
살아온 스승들이 바라보는 삶은 어떤 것일까? 타고난 자질을 의심하는
부정적인 자의식에서 벗어나고 싶었다. 땅을 단단하게 디디고 서지 못한
것 같고, 심성이 두텁지 않은 것 같았다. 마구 걷다 보면 잘못 걸었다고
생각될 때가 많았다. 나란 사람은 원래 이렇게 타고 나서 이렇게 살아가
다 끝날 건가? 중심을 가지고 나이에 맞는 어른으로 살아가고 싶었다.

'지금부터 내가 1대다. 내가 처음이다. 그러니 이런 모습으론 안된다.' 이
런 이상한 생각을 다른 사람들도 하는지 모르겠지만, 부모를 존중하지
못하는 괴로움과 나 역시 아이에게 좋은 부모가 되지 못했다는 자괴감,

또 하필 선생이란 직업을 가졌는데 입을 열어 가르칠 만한 것이 없다고 느껴지는 빈곤함 때문에 늘 허공에 뜬 것 같았다. 친구의 말대로 공부하면 뭔가 달라지지 않을까.

"도가도 비상도, 명가명 비상명道可道, 非常道. 名可名, 非常名."

마침내 노자의 첫 문장을 입 밖으로 내어 읽었을 때 얼마나 당혹스러웠는지. '도道'는 무엇이라고 말로 설명할 수 없다는 것이고, 어떤 대상에 이름을 붙인들 그것과 이름은 관계가 없다는 말인데, '네 말로 남이 알아듣도록 설명할 수 없다면 아는 게 아니라'고 배우고 가르쳐 온 나는 첫 문장부터 막연했다. 그럼 어쩌라는 것인지. 네 이름을 네 이름으로 불러도 그게 네가 아니라니. '내가 너의 이름을 불러주기 전에는 너는 다만 하나의 몸짓에 지나지 않았다'는 정도가 내 이해 범위인 것 같았다.

"무명 천지지시, 유명 만물지모無名, 天地之始. 有名, 萬物之母"

"이름 없는 것에서 하늘과 땅이 비롯되고, 이름 있는 것에서 만물이 태어난다. 잘 모르지만, 앞의 문장에서 이름이란 것을 긍정적으로 이야기한 것 같지 않으니 천지가 비롯되었다는 '무명無名'은 '유명有名'과 차원이 다른 모양인데, '유명有名'이 만물의 어미라는 걸 보면 만물이란 것도 부정적인 개념인가?", "글쎄, 모르지." 우리의 첫 대화는 그런 식이었다.

"고상무욕이관기묘, 상유욕이관기교故常無欲以觀其妙, 常有欲以觀其徼."

그러므로 언제나 보고자 하는 마음 없이 보면 보이지 않는 것을 보고,

보고자 하는 마음으로 보면 껍데기 현상계를 본다. 그러니까 뭘 보고자 하는 욕심이 눈을 가린다는 거겠지? 맞는 말인 것 같네. 그런데 『도덕경』 1장은 이름이 있는 것과 이름이 없는 것, 보려고 하는 마음과 보려는 의도가 없는 마음, 이것들이 표현만 다를 뿐 같은 것이라면서 그 같은 것을 일컬어 신비롭다는 것이라고, 신비롭고 신비로운 이 '도道'가 온갖 것들이 나오고 들어가는 문이라고 끝을 맺었다. 앞말을 뒷말이 뒤집고 이해할 수 없는 말이 이해할 수 있는 말을 가로막는 이상한 글이었다.

이 난감한 책을 어떻게 할까? 어쨌거나 일주일에 두 장씩 그냥 읽어나가면서 떠오르는 생각과 감정에 관해 이야기해보기로 했다. 학문이 목표가 아니었기 때문에 이해가 급하지 않았다. 게다가 우리에겐 장일순과 이현주라는 선생님들이 앞서 주고받으신 이야기가 있었다.

한 달쯤 지났을 때였다. '아, 그렇구나!' 하고 깨달은 게 있었다. 나의 언어와 사고의 구조가 책 읽기를 방해하고 있구나. 『도덕경』을 읽으려면 새로운 방식의 인식이 필요했다. 말을 배워 사용한 이후로 오랜 시간 익숙해진 언어와 생각의 틀에 대해 처음 생각해보았다. 그리고 놀랐다. '이것이 옳으면 반대편의 저것은 틀리다, 이것이 좋은 것이면 저것은 나쁜 것이다.' 나의 사고는 거기서 한 발짝도 벗어나지 않고 삼십여 년간 건재했다. 스스로 책을 못 읽을 정도로 비좁은 사람인 줄 몰랐다. 유기체인 천지와 만물을 아무 생각 없이 구분하여 읽었다. 하늘과 땅이 있어서 가득할 수 있는 생명과 천지의 근원이 각각 다르다고 해석했다. 천지와 만물이 생겨나는 현장감, 장엄함에 대한 상상력이 발휘되지 않고 '무명無名'과 '유명有名'을 분석하기 급급했다. 노자는 그걸 분별심分別心이라고 했다. 유有와

무無가 따로 없는, 다르긴 다른데 둘은 아닌 절대의 경지란 것을 생각해 본 적이 없었다. 『도덕경』의 첫 장은 사고의 대전환을 요구했다. 무위당 선생님은 이렇게 말씀하셨다.

불가佛家에서는 사람이 무엇을 볼 때, 그 보는 눈을 세 가지로 나누어 얘기하는데, 첫째가 법안法眼, 그러니까 차별상差別相을 통해서 그 모든 차별상 안에 도道가 있음을 보는, 말하자면 색色을 통해 공空의 세계를 보는 것이 법안이고, 다음에는 지안智眼인데 차별이 없는 세계에서, 다시 말하면 공空의 세계에서 모든 색色이 하나임을 보는 것이지. '사람이 보려고 하는 마음(의도意圖)이 있어 가지고 보면 껍데기 차별상 그러니까 현상계를 보고, 보려는 마음이 없이 보면 놀라움, 뭐라고 말할 수 없는 그러니까 공空의 세계, 무無의 세계를 본다'는 게 노자의 말씀인데 이어서 '차양자는 동이나 출이이명此兩者同出而異名'이라, 이 둘은 같은 것인데 겉으로 나타나매 그 이름이 다르다고 했거든. 앞에서, 보려는 마음이 없으면 공의 세계를 보고 보려는 마음이 있으면 색의 세계를 본다고 했는데 이 둘이 하나임을 보는 것, 그러니까 색이 공이고 공이 색임을 보는 것을 불안佛眼이라고 하지. 이 불안의 세계에서는 보는 자와 보이는 것의 차별이 없어지니까 주主와 객客이 따로 없는, 그런 세계란 말씀이야…. 그러니까 뭐냐 하면, 유有다 무無다 하고 어쩔 수 없이 말을 하지만 말로다가 모두 담아낼 수 없는 세계를 보라는 거지.

『도덕경』을 읽는 동안 사랑한 문장들이 수도 없이 많지만, 1장이 그런 이야기였구나 하는 생각이 든 순간은 특별했다. 삶이 왜 그렇게 고단했는지, 참을 수 없는 일들이 왜 그렇게 많았는지 알 것 같았다. 1장은 『도덕경』의 세계로 들어가는 문이었다.

단비 사모님께서 한 달에 한 번이라도 관옥 목사님을 모시고 말씀을 들으면 어떻겠느냐고 의견을 내셨다. 목사님은 마침 가까운 계룡산 동학사 아래 살고 계셨다. 단비교회 목사님, 사모님과 함께 찾아가 여쭈었더니 그렇게 하겠다고 허락해주셨다. 매달 관옥 목사님이 오시면 그간 공부하면서 쌓인 질문을 풀어놓을 수 있었다.

나는 많이 달라졌다. 어눌해지고 평온해졌다. 어떤 상황에 맞닥뜨리면 좋다, 싫다, 맞다, 틀렸다, 판단하는 데 1초도 걸리지 않았는데 쉼표의 자리가 생겼다. 판단이 필요한 일인지, 아닌지. 전체를 보고 있는지, 그렇지 못한지 느릿느릿한 생각이 여백 속으로 들어왔다. 밤에 혼자 일어나 잠든 아이를 바라보며 내 아이가 부모의 이혼으로 결핍을 안고 자라게 되었다고 자책하는 일을 멈추었다. 나와 아이는 시공간의 무한함 위에 서있었다. 어제는 지나갔고 오늘 밤이 지나면 내일이 올 것이었다. 결핍과 충만을 나누는 불안함이 없어졌다. 행복, 불행, 그런 단어도 잊어버렸다. 스승을 모시고 친구들과 공부하는 날을 기다리면서 일주일과 한 달을 즐겁게 살았다. 가을이 가고 겨울이 왔다. 그땐 교회 마당에 작은 문간방 같은 것이 있었다. 단비 목사님이 늘 그랬듯이 아궁이에 불을 때주고 나서 공부하는 엄마들을 따라온 아이들을 데리고 안채로 건너가셨다. "엄마들 노자 공부하시는 동안 우리는 '놀자 학교'를 하자!" 아이들은 "네!" 하고 깡충거리며 따라갔다.

"저 사람은 이미 노자라, 노자 안 읽어도 돼." 관옥 목사님이 말씀하셨다. 아궁이의 불내가 스민 방은 따스했다. 제자들의 청을 받고 목사님이 바랑에서 피리를 들고 일어서셨다. 벽에 붙은 형광등 스위치를 내리자, 찬 겨울의 달빛이 들창을 밀고 들어와 방안이 한가득 푸르렀다. 화가는 아니지만, 그 순간을 그릴 수 있을 것만 같다. 달빛 속에서 고요하게 번져나가던 피리소리. 눈물이 차올랐다. 슬픔이 아니었다. 한恨도 아니었다. 더 바랄 것이 없는 완전한 아름다움 속에 내가 있었다.

피리가 끝나고 불을 켰는데 친구들의 눈이 모두 붉었다. 내 삶 속에 그날이 등불처럼 걸려있다. 현실적으로는 각자 가장 고단했던 그 시절에 우린 신세타령을 하지 않고 가장 빛나는 기쁨 속에 있었다. '스스로 그러한' 자연自然으로서 풍요로운 삶을 체득해가는 날들이었다. 한자를 하나하나 찾아가며, 스승님들의 대화를 한 글자 한 글자 짚어가며 노자 81장을 다 읽었더니 2년이 지나있었다.

친구가 말했다. "내 기도가 다 이루어졌어.", "무슨 기도를 했는데?", "나는 학생 시절부터 딱 두 가지만 소원했어. 좋은 벗을 만나게 해달라는 것과 좋은 스승을 만나게 해 달라는 것."

지금도 가슴이 뭉클하다. 친구의 오랜 염원 덕분에 나는 두 가지의 행운을 거저 얻었다. 단비교회와 벗들과 관옥 목사님과 기수네 같은 이웃들은 나도 모르는 내 영혼의 불빛을 보아준 사람들이다. 캄캄한 동굴 속에 웅크리고 있는 나의 심지에 당신들의 불꽃을 옮겨준 분들이다. 노자는 이를 '습명襲明'이라고 했다. 밝음을 이어가는 일. 벗들이 나의 중심을 바라보았기 때문에, 그 눈길을 따라 나도 나의 가장 깊은 곳을 보게 되었다. 거기 모든 자연이 발하는 빛이 있었다. 자식에게도 이해받지 못하고 살다 떠난 부모님에게도 같은 빛이 있었을 거라는 것도 뒤늦게 알았다. 내가 못 보았을 뿐. 그래서 부모님은 자식 앞에서 영영 누더기를 걸치고 살다 가셨지만, 누군가에게는, 적어도 어느 한 사람에게는 빛나는 사람들이지 않았을까? 그래서 살아갈 수 있지 않으셨을까? '습명'은 그런 것이었다. 빛을 빚진 사람으로서 빚을 빛으로 갚으며 사는 것.

기수 아버지가 나뭇가지로 땅바닥에 '방, 방, 방, 화장실'을 나란히 그리고, 그 앞에 네모 하나를 덧붙이며 "여긴 부엌!" 하고 설계한 뒤 손수 지었다는 기수네 집에 가면 방2와 방3 사이 벽에 중학생 기수가 쓴 시가 아직도 걸려있다. 하필이면 의용소방대원인 기수네 오이하우스에 불이 난 이야기다. 마을 사람들이 힘을 합해 불을 끈 뒤 기수네 가족은 노래 한 자락 하고 힘내자는 마을 사람들에게 이끌려 노래방에 간다. 넉넉지 않은 살림에 재산 피해까지 입고 의기소침했던 기수네는 이왕 난 불, '에라 모르겠다!' 노래방 벽을 붙잡고 신나게 테크노댄스를 추며 논다. 이런 기수네 식구가 부럽고 좋았다. 지금도 여전히 그렇지만, 기수네 만큼 의연하고 소탈하지 못한 나도 긍정하는 나를 본다.

천안을 떠나 청양으로 간 뒤, 청양 선생님들과 한번 더 노자를 읽게 되었다. 2년이 또 지나갔다. 인연이 인연을 이끌어 다른 친구들과 그다음 2년, 다시 2년, 고전 공부가 이어졌다. 관옥 목사님이 연재하시던 가톨릭잡지 《소년》에 청소년들이 읽을 수 있도록 노자와 장자를 소개하는 글도 쓰게 되었다. 그러느라 『무위당 장일순의 노자 이야기』는 손때가 묻어 너덜너덜해졌다. 어느 날 책을 보신 목사님이 "이야, 이렇게 공부를 했니?" 하고 칭찬하셨다. 그리고 선물을 주셨다. 바로 무위당 선생님과 '텅 빈 서재에 녹음기 하나, 찻주전자 하나, 그리고 잔 두 개 가운데 놓고 마주 앉아서' 노자를 읽으실 때 사용했던 『노자도덕경해(老子道德經解)』였다. 목사님이 공부하신 흔적이 가득하고 무위당 선생님이 쓰셨다는 한시漢詩, 선사들의 선시禪詩 같은 것들이 책 곳곳에 끼어있었다. 원고지에, '구이구이 닭갈비' 광고지 뒷면에, 작은 쪽지에….

"얘기하시면서 옆에 있는 종이를 끌어다가 그 자리에서 그냥 쓱쓱 써주시는데 말이야, 집에 와서 혹시, 하고 확인해보거든? 이야, 한 글자도 안 틀렸어."

시간을 뛰어넘어 그 자리에 초대받은 것처럼 설레고 심장이 뛰었다. 관옥 스승님께 받은 선물은 책 한 권이 아니다. 한 달에 한 번이 얼마나 빨리 돌아오는데, 우릴 도우러 와주실까? 긴장하면서 말씀드렸을 때 "그렇게 해."하고 선선히 대답하시던 모습도 선물이다. 어떤 부탁을 받고 조금 망설여질 때 그 음성이 생각난다. 그가 얼마나 어렵게 부탁하는지 헤아려진다. 이제는 어른이 된 '놀자 학교'의 아이들, 귀농하는 청년들의 형님이 된 기수, 그들이 우리의 선생님이 된 것도, 학교에서 만나는 학생들을 가르치는 선생이 아니라 함께 배우는 학생으로 살아가게 된 것도 스승님의 선물이다. 난 괜찮게 살았다. 앞으로도 그럴 수밖에 없을 것 같다. 이 험난한 세상도 이렇다 저렇다, 말로 할 수 없는 신비로움으로 가득 차있고 나는 그런 세상을 선택했기 때문이다.

꿈을 접으며

이현주 시집 『그러니까, 무슨 말이냐 하면』을 읽고

박두규

시인

시집 『그러니까, 무슨 말이냐 하면』을 읽다 우선 떠오른 생각 하나는 관옥 선생님의 시는 '시인 이현주'의 문학이 아닌 '관옥 선생'의 일상 중 깨달음을 적은 것이라는 사실이었다. 마침 시집의 부제도 '깨달음의 노래' 였다. 문학으로서의 시라기보다는 선생님의 일상 속 깨달음의 시를 차분히 읽으며 마음에 닿는 것들을 적어보았다. 맨 먼저 만난 시는 〈향기로운 밤〉이라는 시였다.

> 숲은 말이 없다
> 소리만 있다
> 그래서 숲에는
> 진실이 있다
> 오래도록 숲에 살아서
> 숲처럼 말이 없는

그런 사람을 만나는 밤은
숲처럼 향기로운 밤이다

(〈향기로운 밤〉 전문)

우리는 일상에서 눈을 뜨자마자 말을 하고 잠들 때까지 입을 가만두지 않는다. 그게 사는 일이니 어쩔 수 없다고 한다. 하지만 그 일상의 말에는 얼마나 많은 탐욕과 분노와 어리석음과 자만과 질투가 덕지덕지 붙어있는가. 그게 사는 일이니 어쩔 수 없다지만, 그 말들 또한 맨얼굴은 아니다. 그 위에 가식과 위선이라는 탈을 쓰고 그럴듯하게 나오니 문제다. 저잣거리에서 물건을 파는 사람이나 물건을 사는 사람도 자신도 모르는 사이에 이런 모양새로 소통하고 있으니, 어쩌면 우리는 일상을 살아가며 이런 가식이 섞일 수밖에 없는 말 때문에 매일 참된 스스로를 조금씩 잃어온 것인지도 모른다.

그래서 선생님은 '숲이 우리가 사는 저잣거리와는 달리 말이 없고 소리만 있어서 숲에는 진실이 있다'고 말씀하시는 것 같다. 탐貪, 진瞋, 치癡, 자만, 질투라는 오독五毒이 없는 순수한 소리가 진실 아니면 무엇이란 말인가. 숲처럼 말이 없는 사람에게 어찌 숲의 향기로움이 없을 것인가.

선생님은 언제부턴가 청력이 약해지셔서 상대방의 말을 잘 인지하지 못하신다. 그러니 말수가 적어지실 수밖에 없고, 꼭 하실 말씀만 하시니 일상 대화에 어쩔 수 없이 섞이는 위선과 가식도 없고, 숲처럼 순수하고 진실한 말씀만 담아내시는 것이다. 잘 들려도 그러하시겠지만, 잡소리까지 모두 차단하시고 숲의 소리로 계시다보니 잘 안 들리는 선생님보다는 오히려 가까이 선생님과 정을 나누고 싶은 이들이 안타까워한다.

텅 빈 소리로 먼저 울고
그 울음소리를
밖으로 내보내
모든 소리의 어미로 되는

뎅-

종은 치는 게 아니라
울리는 것

제 속으로 먼저 우는 자만이
잠든 세상 깨우는
새벽의

뎅-

종소리로 살아나는 것이다
(〈종소리〉 전문)

제 속으로 먼저 울어야 잠든 세상을 깨우는 새벽 종소리로 살아날 수
있다. 그 울음은 내면의 텅 빈 소리로 우는 울음이다. 그 소리가 밖으로
나오면 모든 소리의 근원이 되고, 종소리처럼 사람을 일깨워 되살아나게

한다는 시다. 나는 이 시를 읽으며 '뎅-' 하고 울리는 산사의 새벽 종소리가 듣고 싶어졌다. 어떤 시인은 실상사의 저녁 종소리에 빠져 종소리가 들리는 가까운 마을로 이사했다는데, 감상적으로만 들리던 그 말이 이 시를 읽은 뒤에는 다르게 느껴졌다.

　스스로를 깊게 성찰하지 않고서야, 그 성찰의 끝에서 몸속의 모든 걸 비우지 않고서야, 어찌 '뎅-' 하는 근원의 소리 그 스스로의 울림을 일궈낼 것인가. 싯다르타는 제 안의 네 가지 상像을 지워내고서야 비로소 두려움과 분별심, 괴로움을 벗어나 붓다에 이르렀다는데, 우리는 늘 그 첫 번째 상에서부터 막혀 허덕이니 선생님이 말씀하신 '내면의 텅 빈 소리로 우는 울음'에는 언제 이를 수 있을까. 우주와 직통하는 내 안의 성령聖靈과 무상無常을 알아차리는 무극無極의 자리와도 멀고, 아직도 무언가를 채워야만 안심하는 세상살이 속에서 텅 빈 소리의 울림을 꿈꾸는 것이 가당키나 한 것인가. 하루해가 저물고 모두 잠드는 저녁 종소리, 새로운 하루를 깨우는 새벽 종소리, 무심코 듣던 그 소리가 갑자기 사무쳐온다.

　　　가지가 나무를 떠나서
　　　꽃을 피울 수 있으랴

　　　나무가 땅을 떠나서
　　　숲을 이룰 수 있으랴

　　　아아, 네가 네 몸을 떠나서
　　　무엇을 할 수 있으랴

《몸》 중에서

　시집에는 이 시 말고도 몸을 언급하는 시들이 몇 편 보인다. 선생님 주변의 많은 수행자들이 '마음'과 '영혼'에 경도되어 '몸'의 의미를 잊고 소홀히 하는 현실의 불균형을 염려하셨기 때문이 아닐까 싶다. 오랜 수행자들은 '나'의 궁극이 몸과 마음과 영혼의 합일이라는 생각으로 정진해왔다. '요가yoga'라는 산스크리트 단어도 '합일'을 뜻한다. 하지만 에고ego를 벗어나지 않고서는 순수의식의 영혼에 이를 수 없으니 수행자들은 늘 탈脫 에고를 꿈꾼다. 그 에고의 정체가 다름 아닌 '몸'으로부터 온다는 생각에서 몸에 고통을 가하기도 하고, 우리가 '내 몸'이라고 생각하는 오온五蘊(색色, 수受, 상想, 행行, 식識)을 극복하여 '그 자리'를 찾으려는 것이다.

　그러다 보니 몸을 탐, 진, 치의 근원인 애물 덩어리, 에고라고 생각하며 소홀히 하는 경우가 많다. 늘 사고 치며 사는 인생살이에서 우리는 그 범인을 몸이라고 생각하지만, 사실 몸이 무슨 죄인가, 주범은 마음인 것을. 어쨌거나 몸은 '현실'이고 그 몸이 살아내는 모든 세상의 흔적이 그나마 우리가 짐작할 수 있는 '마음' 아닌가. 그 몸과 마음을 스스로 다스릴 수 없다면 어찌 성령에 이르고 합일을 꿈꿀 수 있을까. '나무가 땅을 떠나서 숲을 이룰 수 없듯이' 사실 몸은 이미 영혼에 닿아있으며 그 신성을 담고 있는 그릇이다. 그러니 말씀처럼 몸을 떠나서 무엇을 할 수 있을까. 선생님은 그 그릇에 금이 가거나 깨져서 성령을 담아낼 수 없거나, 그래서 허튼 세상살이마저 곤고해지는 것을 염려하시는 것이다.

　눈앞에 있는 것들을

있는 그대로 바라보기

다가오는 것들을
오는 그대로 맞아들이기

떠나가는 것들을
가는 그대로 떠나보내기

얼마나 쉬운 일인가
오 얼마나 어려운 일인가

(〈있는 그대로〉 전문)

참으로 어렵고 어려운 일이다. 인연에 얽힌 필부의 맨몸으로 세상을 살아내며 어찌 눈앞의 것들을 있는 그대로 바라보고, 다가오는 것들을 오는 그대로 맞아들이고, 떠나가는 것들을 가는 그대로 떠나보낼 수 있단 말인가. 하지만 선생님은 '얼마나 쉬운 일인가'라며 감탄하고 있다.

언젠가 도법스님과 이야기하다가 "아휴, 스님 같으시면 몰라도 저같이 처자식 딸린 범부가 어찌 그렇게 삽니까?"라고 말씀드렸더니 "아, 글쎄 범부니 뭐니 하는 문제가 아니라 마음의 문제라니까."라고 하셨다. 그래서 "예, 그런 마음이야 저도 늘 가지고 있지요."라고 했더니 "가지고만 있으면 뭐해. 황금을 집안에 가득 가지고만 있으면 집이 좁아져 잠자는 것만 불편하지."라고 하셨다. 그렇다. 이놈의 인생살이, 우리는 늘 이런저런 마음을 담고 비우는 것만 반복할 뿐, 실천은 10퍼센트도 못할 것이다. 몸과 마음과 영혼을 하나로 살지 않는 이상, 범부의 마음 하나로 어찌 세상 모든 일이 이루어질 것인가.

선생님은 그래서 '오, 얼마나 어려운 일인가'라고 덧붙이신다. 그것은 목숨줄이 붙어있는 동안은 한시도 놓지 않고 점수漸修(단계를 밟아서 차근차근 수행해나가는 일-편집자)로 살아야 하는 일이다. 부처를 만나면 부처를 죽이며 나아가면 되니 '얼마나 쉬운 일이냐'고 할 수도 있겠지만, 그건 실천하는 10퍼센트의 말이다. 탈 에고의 상태에서 하는 실천이건 에고의 상태에서 하는 실천이건 별 차이가 없다는 말은 결과론적 사고일 뿐이다. 우리네 인생은 끝없는 무상 속의 과정일 뿐, 백 살을 살든 스무 살을 살든 태어나자마자 죽는 목숨이든, 무상이라는 진리 안에서는 별다른 차이가 없다.

그래서 어떤 이는 인생이 그저 흐르는 과정이라면 그 과정의 순간순간에 가치와 의미를 부여하며 보람을 느끼면 되는 것 아니냐고 말한다. 일리 있는 말이나 다만 그렇게 부여한 자기만의 가치와 의미가 제 마음을 또 어지럽혀 다시 이기적인 삶과 번뇌에 사로잡히기도 한다. 성령과 합일을 이룬 참된 '나'의 삶이 아니라 에고의 삶이라 그런 것이다.

성자가 되고 싶었다
길이 저만큼 보였고
숨이 가빠졌다
그러나 다행하게도 용기가
모자랐던지, 아니면
발목을 잡는 힘이 만만찮았던지

걸음은 날마다 비틀거렸고
길을 갈수록 멀어만 갔다

이제 반백이 되어
성자되는 꿈을 차분히 접어두고
아아 나는 한 마리 순한
짐승이 되고 싶을 뿐이다
성자의 길을 버리고
의인의 길도 버리고
그냥 착한 아무개로 살다가
흔적도 없이 사라지고 싶다

언제고 이 가난한 꿈마저
고요히 접어
맑은 한 줄기 바람처럼 된다면
더 바랄 게 없겠지만

(〈꿈을 접으며〉 전문)

　이 시집에서는 드물게 이 〈꿈을 접으며〉라는 시에서 '선생님'이 아닌 '고뇌하는 사람, 이현주'의 모습이 보인다. 세상살이에서 목사라는 옷을 입고 성직자로 불리면 대부분 그 최고의 꿈은 '성자'가 아닐까. 선생님도 아마 목사라는 직함을 가지게 되면서 그에 가장 걸맞은 삶의 목표로 성자라는 꿈을 꾸셨던 게 아닐까. 하지만 발목을 잡는 세상의 힘이 만만찮아 성자의 꿈을 접고 그저 착한 아무개로 살아가고자 하셨다. 그것이 세상의 균형을 이루는 것이고, 우주의 리듬을 타는 것이며, 삶의 균형 감각이라는 생각을 하신 것인지도 모르겠다. '순종'의 참 의미를 이미 얻으신 것이다. 그래서 선생님은 성자를 포기하신 그 순간 이미 성자의 길로 들어서셨다는 생각이 든다. 성자도 놓고 자신도 놓고 꿈을 접어, 에고에 붙들리지 않고 그냥 아무개로 살겠다는 결심은 이미 성자의 영역에 발 디딘 게 아니고 무엇일까.

선생님은 요즘도 '이 아무개'라는 이름으로 《풍경소리》를 울리고 계신다. 나는 그 책을 받아볼 때마다 아직도 끊임없이 자신을 갈고 닦는 선생님의 '겸허'를 본다. 이 겸허함은 단순한 겸손이나 자신을 낮추는 행위가 아니라, 철저하게 자신을 지우는 일이며 존재적 삶의 성실함이다. 다시 말하면 당신에게 《풍경소리》는 사다나sadhana(영적·의식적 목적을 달성하기 위한 다양한 수행을 통칭함-편집자)의 장場인 것이다. 그렇게 선생님의 '겸허'는 '아무개'라는 이름처럼 익명으로 살아가는 일인 것이다. 〈꿈을 접으며〉라는 시는 자신을 놓고 '참나'로 살아가는 일상을 꿈꾸며 성자의 꿈을 접은 이현주의 이야기이다.

어쩌면 선생님은 이 시를 시집에서 빼고 싶으셨는지도 모르겠다. '아무개'라는 타자로 살면서 오래전의 이현주가 느껴지는 것이 싫으셨을 것 같기 때문이다. 그래서 이 시가 시집의 맨 끝에 실린 게 아닐까. 순전히 부족한 내 욕심에는 선생님이 '이 아무개'에서 '이현주'로 다시 돌아오시면 어떨까 싶다. 혼자만의 상상이지만, 그 이현주와 벗이 되어 술도 한잔 나누며 시도 이야기하고 여행도 함께 다니고 싶기 때문이다. 아, 살아온 세월만큼의 꿈을 다시 한번 접을 수는 없는가. 무상의 진수를 노래한 명창

김수연의 흥타령 〈꿈이로다〉가 귓가에서 맴돈다.

꿈이로다, 꿈이로다. 모두가 다 꿈이로다. 너도나도 꿈속이요, 이것 저것이 꿈이로다. 꿈 깨이니 또 꿈이요, 깨인 꿈도 꿈이로다. 꿈에 나서 꿈에 살고, 꿈에 죽어 가는 인생. 부질없다 깨려는 꿈, 꿈은 꾸어서 무엇을 헐끄나. 아이고 데이고 어허어 성화가 났네.

천상의 노래

『쉽게 풀어 읽는 바가바드기타』를 읽으며

김민해(一夫)

순천 사랑어린마을배움터 촌장

전라도 광주 어느 민중교회에서 일하며 몇몇 목회자들과 사회변혁운동 (목회자정의평화실천협의회)에 참여하고 있을 무렵, 소련이 붕괴되었다는 소식을 접하고 운동의 길을 잃어버렸습니다. 그렇게 혼돈의 세월을 보내던 어느 날, 한 사람이 떠올랐어요. 생면부지生面不知, 이름자 정도 겨우 아는, 그가 쓴 책 두어 권 읽은 게 전부였던 한 사람이 문득 생각난 것입니다. 이 사람을 만나면 내가 어떻게 살아야 할지 길을 알려줄 것 같았어요. 밑도 끝도 없는 그 마음이 갈수록 커지던 무렵, 우연치 않게 그 사람을 만나게 되었습니다. 대전 유성 어느 여관방. 사람들이 둘러앉아 누군가의 이야기를 듣고 있었어요. 이야기하는 사람은 바로 그 사람, 이현주 목사! 나와 비슷한 고민과 질문을 가진 이들이 달마다 모여서 공부하는 자리였습니다. 기적이 따로 없더군요.

『쉽게 풀어 읽는 바가바드기타』를 펼치니 즉문즉설卽問卽說하는 장면이 눈에 들어옵니다. 지금도 그때의 나처럼 방황하며 고민하는 사람, 길을 찾는 이들이 있네요. 말씀하시는 분은 관옥 이현주 선생님. 당신의 목소리를 따라 그 길을 나아가봅니다.

사회변혁운동과 영성운동을 말씀하셨는데요, 영성과 사회운동이 어떤 관계입니까?

한 그루 나무를 상상해봅시다. 나무 한 그루가 건강하려면 최소한 뿌리가 건강해야 합니다. 뿌리가 건강하면 나무는 저절로 건강한 거예요. 열매와 뿌리를 가지고 비교한다면 제가 볼 때 '영성靈性'은 뿌리에 해당하지요. 사실 그건 잘 드러나 보이면 안돼요. 뿌리가 드러나면 안되잖아요? 뿌리가 드러나면 나무는 죽어요. 뿌리는 꼭꼭 숨어야 해요. 영성은 그런 의미에서 세상 사람들의 이목에는 보이지 않지만, 가장 중요한 것이지요. 무엇보다 중요한 것이 뿌리 아닙니까? … 그래서 영성, 다시 말해 안 보이는 곳에서 절대자와의 만남을 기도라고 한다면, 그것이 튼튼해야 사회행동이 제대로 된다는 것이지요.

… 우리가 1990년대 초에 경험하지 않았습니까? 동유럽과 소비에트연방이 무너지면서 그때까지 열심히 사회변혁운동을 했던 사람들이 순간 당황하고 이젠 무얼 해야 하나 고민했지요. 그것은 제가 볼 때 그동안 열심히 행동했지만, 고요한 가운데서 기도하는 것이 부족했기 때문이 아닐까 합니다. … 하지만 가만히 앉아 기도만 하는 그것은 진정한 기도가 아니에요. … 영성운동은 어떻게든 사회변혁운동으로 그 내용이 실현되어야 하고, 사회변혁을 위해 일하는 사람들은 그 운동을 통해서, 기독교식으로 표현하면 '신과의 합일'을

향한 걸음을 걸어야 합니다. 데모에만 대장이 되어서는 안되고, 기도도 깊어져야 한다는 거예요. 그것을 잘하신 분이 바로 간디 선생이지요. (p.29)

함석헌 선생은 일찍이 "나는 이제 우리의 나아갈 길은 간디를 배우는 것밖에 없다고 생각한다. 왜 그런가? … 이만했으면, 일제시대 및 해방 후 10년 동안 우상처럼 기대해왔던 소위 '해외지사海外志士'란 것이 무엇이었는지도 환해졌고, 대통령의 독재에 진저리가 나서 젊은 피를 뿌리고 바꾸어 세운 장면張勉 내각의 역량도 이만했으면 금새가 드러났고, 4·19 이후 그 좋은 기회를 가지고도 아무것도 한 것 없이 옥신각신하는 데 해를 지어 보낸 민주당의 뱃속도 드러났고, … 소리만 커다랗게 지르다가 꿰진 풋볼 모양으로 푸시시 하고 마는 야당이란 것도 그와 조금도 다를 것 없다는 사실도 분명해졌다. … 살길을 열려면 이때까지 오던 모든 길을 버리고 근본에서 새 길을 시작하여야 할 것인데, 그 새 길을 찾는 것은 간디가 보여준 길을 따라가는 데 있다는 말이다. … 그리고 그것은 간디가 인도 민중에게 한 것 같은, 깊은 속의 혼을 불러내는 진리운동[사티아그라하satytagraha('사티아'는 진리, '그라하'는 장악이라는 뜻으로, 간디와 그의 추종자들이 벌인 비폭력저항운동-편집자)]가 아니면 불가능할 것이다."(함석헌, 〈간디의 길〉, 《사상계》 1961년 2월)라고 하셨습니다. 60년 전 소리예요.

"나의 삶이 나의 메시지다."라고 말한 마하트마 간디Mahatma Gandhi. 그의 자서전, 『나의 진리 실험 이야기』를 읽으며 나도 이렇게 살고 싶다, 내 생애 마지막에 '나의 삶은 진리 실험을 하는 것이었다'라고 말할 수 있으면 참 좋겠다며 수십 수백 번 다짐했던 지난날이 떠오릅니다. 간디의 장례식에서 네루는 "이는 앞으로 인류가 천 년을 두고 생각할 일이다."라고 했다지요. 티베트의 자유와 평화, 인류의 행복을 위해 자비를 실천하시는 달라이라마도 간디를 정치적 스승으로 모신다는 말을 들었습니다.

『쉽게 풀어 읽는 바가바드기타』 1강 「다르마의 길」에서 관옥 선생은 간디를 이와 같이 이야기합니다. "앞으로 계속 인류가 참고하고 존경하고 배워야 할 위대한 스승이요, 그렇기 때문에 그분은 고인이 아니라 앞으로 세월과 함께 더 활기차게 살아 계실 분입니다. … 자, 바야흐로 21세기가 도래했는데 어떤 세상이 되어야 할 것인가? 몇몇 분들이 이야기하는 것을 들어보면, 방금 말씀드린 사회변혁운동과 영성운동, 기도와 사회생활, 이 두 가지가 조화를 이룬다 할까, 이것이 합해져야 한다는 것이에요. 이것이 앞으로 지구상에서 사람들이 해야 할 중요한 과제라고 내다보는데, 거기서 간디 선생을 하나의 모델로 바라보는 것입니다. 그래서 제가 무식한대로 간디 선생이 해설한 『바가바드기타(Bhagavadgitā)』를 옮겨 본 것입니다."

어느 날 책을 한 권 받았어요. 『평범한 사람들을 위해 간디가 해설한 바가바드기타』. 책표지에는 'ॐ(옴)'이라는 글자가 새겨져 있었습니다. 세월이 꽤 흘렀네요. 책표지를 넘기니 이런 손글씨가 씌어있습니다.

일부一夫 도반道伴에게
쾌락과 아픔을 하나로 여기고 흙과 돌과 금을 똑같이 여기는 사람,
언제나 침착한 사람, 슬기롭고, 칭찬과 비난에 마음이 흔들리지

않는 사람,

  유쾌함과 불쾌함을 똑같은 무게로 저울에 다는 사람.

  2001, 가을, 관옥觀玉

  책을 받으며 선생님께 한 말씀 부탁드렸던 그날, 이 글귀에 얼마나 놀라고 충격이었던가! 돌과 금을, 그리고 칭찬과 비난을 똑같은 무게로 받아들이는 사람! 나에게 『기타(Gita)』(『바가바드기타』를 줄여 부르는 말-편집자)는 이 말씀이 요체要諦(essence)올시다.

  『바가바드기타』는 인도철학이 낳은 가장 위대한 작품으로, 힌두교의 모든 가르침이 들어있다고 볼 수 있습니다. 시대를 초월해 역사상 가장 심오하고 영적인 저작 가운데 하나로 꼽히지요. 『기타』는 『리그베다』, 『싸마베다』, 『야주르베다』, 『아타르베다』, 네 개의 베다 이외 제5의 베다Veda('지혜' 또는 '앎'이라는 뜻의 고대 힌두교 성전聖典-편집자)라고 불리는 『마하바라타(Mahābhtarata)』('바라타 왕조의 대서사시'라는 뜻)의 제6편 「비스마파르바(Bhishma Parva)」의 일부로, 『마하바라타』는 기원전 4세기에서 기원후 4세기, 그러니 근 800년에 걸쳐 씌어졌고 비야사Vyasa라는 사람이 편찬했다고 합니다.

  관옥 목사님의 말씀을 들어보겠습니다.

  『기타』는 전쟁 마당에서 벌어지는 대서사시의 한 에피소드예요. 그 안에 사건은 별로 없습니다. 대부분이 아르주나와 그의 마부이자 스승인 크리슈나 사이의 대화예요. 게다가 아르주나의 말은 별로 없고 주로 크리슈나의 말씀입니다. 얘기가 어떻게 시작됐는지 한 번 짚어 보지요.

아르주나가 전장에 서서 보니까 자기가 죽여야 할 상대가 형제, 사촌, 친척, 선생 등 피붙이거든요. 그래서 회의에 빠져 활과 화살을 땅에 던져버리고 자기는 안 싸우겠다고 합니다. 그런데 그의 마부이 자 스승인 크리슈나는 싸워야 한다는 거예요. 그러면서 그 이유를 설명합니다. 네가 지금 전쟁을 하지 않겠다는 것은 착각과 집착에 의한 것이라고, 그게 왜 착각이고 집착인지를 설명하면서 제2장으 로 넘어갑니다.

여기서 아르주나(판다바 가家)의 군대는 '다르마Dharma(만물의 법 칙, 인간의 도리나 임무 등을 통칭하는 법-편집자)'입니다. 저쪽 카우라바 가家의 군대는 '아다르마Adharma('다르마'의 반의어로 법칙에 어긋남을 뜻함-편집자)'라고 하지요. 아르주나의 군대는 바로 그 하늘이 준 성 스러운 임무를 수행하는 군대이고, 반대편 적은 아다르마, 곧 하늘 이 준 임무가 아닌 다른 어떤 임무, 하늘이 준 길이 아닌 다른 어떤 길을 대표하는 겁니다. 지금 이 두 길이 전쟁을 하는 거죠. … 결국 '다르마'와 '아다르마'의 충돌입니다. 『기타』에는 몇 가지 중요한 개념 이 있는데, 그 가운데 하나가 '다르마'예요. … 다르마가 뭐냐? 신이 우리에게 제시한 삶의 길, 또는 임무라고 봅니다. 간디 선생은 임무 (duty)란 말을 많이 쓰시지요. 사람은 누구나 자기 임무를 가지고 태어났다는 거죠. 세상에 올 때 그냥 온 사람은 없다는 거예요. 그 게 다르마예요. 열심히 일을 하는데 그 일이 신이 내린 임무가 아니 면 아다르마인 거죠. 이 책은 거듭거듭 다르마를 얘기합니다. 우리 모두 하느님의 뜻을 찾고 그 뜻대로 살아야 한다는 거예요.

*

다시, 그대가 피할 수 없는 그대의 임무를 보아라. 크샤트리아에게는 정의로운 전쟁보다 더 높은 선善이 없느니라. (2;31)

*

정의로운 전쟁을 하는 것이, 크샤트리아(무사武士)인 너에게 신이 내린 가장 선한 임무다. 그걸 왜 피하려고 하느냐? 그걸 피하려는 핑계가 꽤 근사하다만 대체로 근사한 얘기가 사람 잡는다. 거기에 속지 마라, 그것이 네가 임무를 포기할 이유는 되지 못한다. 이런 얘기예요. 그러므로 네가 이 전쟁을 포기하면 그것은 하느님이 준 거룩한 임무를 포기하는 것이다. 따라서 일어나 적과 싸워야 한다, 이런 얘기를 하는 겁니다.

인간 세상의 갈등의 바탕은 착각과 집착에 의해, 실제로 있는 그대로 보는 게 아니라 자기가 보고 싶은 대로 보는 데서 빚어지는 건데, 『기타』는 끊임없이 우리의 이런 착각을 무너뜨리지요. … 이렇게 우리가 지닌 종교적 착각과 환상으로부터 벗어나게 해주는 재미있는 책입니다. 아르주나가 우리 모두를 대표해서 이 이야기를 이끌어가는 것이에요.

요약하면, 모든 사람 내면에서 하느님의 법에 순종하는 다르마의 삶과 자기 욕구대로 살아가려는 아다르마의 삶, 이 둘이 전쟁을 일으키는데 그것은 피해서 되는 전쟁이 아니라 감당해야 할 거룩한 전쟁이라는 그런 얘기를 시방 하는 거예요.

알게 되었습니다. 사람이 태어나 복福 중의 복은 스승을 만나는 것이라고. 스승을 만나는 일은 신神을 만나는 것과 같다는 것도. 그리고 스승을 모시고 사는 사람은 마치 호랑이 입에 물린 먹이처럼 손발이 있어도 아무것도 할 수 없는, 그야말로 속수무책束手無策 상태에서 그저 살아간다는 것을, 뒤늦게야 깨달았습니다.

그래요, 스승은 잠자는 나의 영혼을 일깨웠고, 그 만남은 나의 인생을 불행 끝 행복한 삶으로 이끌어 갔습니다. 그야말로 신의 은총이지요. 그리고 알게 되었습니다. 스승과 제자의 전통은 면면히 이어져 내려왔고 지금도 이어지고 있다는 것을. 그래서 사람들이 '살아있는 붓다'를 이야기하고, '예수는 지금 여기에 살아있다'고 말한다는 것도. 그리고 그런 스승을 따르며 오롯이 그 길을 가는 사람들이 살고 있다는 것도 이제야 알았어요. 기독교 집안에서 자란 나에게는 매우 생경한 일입니다.

관옥 목사님은 말씀하십니다.

… 종교적 깨달음에도 제일 중요한 것은 선생을 제대로 만나는 거예요. 그게 사람이 누릴 수 있는 가장 큰 행운이라고 저는 봅니다. 그래서 우리 그리스도교 신자에게는 예수라는 분이 선생으로 오셨지요. 우리를 가르치러, 우리의 눈을 열어주러 오셨단 말입니다. 얼마나 고마운 일입니까? '나를 따라오너라, 내가 너를 사람 낚는 어부로 만들겠다.' 베드로에게 그러셨죠. 그게 무슨 말입니까? 무슨 약속입니까? 내가 너를 그렇게 만들겠다는 겁니다. 아, 처음 이 이야기를 읽었을 때에 저는 얼마나 좋았는지 몰라요. 가만히 있어도 돼요. 당신이 그렇게 하시겠다는데, 그거 안될 수가 없단 말이에요. 당

신이 우리를, 새로운 눈으로 세상을 보는 사람, 가치관이 바뀐 사람, 돈을 위주로 살던 사람에서 사람을 위주로 사는 사람으로 바꾸어 놓겠다는 겁니다. … 얼마나 고마운 일입니까! 이만큼 우리에게는 예수가 어떤 분이신지를 아는 것이 굉장히 중요하지요.

마찬가지로 아르주나에게 가르침을 베푼 크리슈나가 어떤 존재인지를 『바가바드기타』도 여러 가지로 설명합니다.

*

나는 이 불멸의 요가를 비바스반에게 가르쳤노라. 비바스반은 그것을 마누에게 전했고 마누는 이크슈바쿠에게 전했노라. 오, 파란타파여, 이렇게 전해 내려오면서 훌륭한 현자賢者들이 그것을 배웠도다. 그러나 오랜 세월이 흐르는 동안 그것은 이 세상에서 스러져 갔느니라. (4:1~2)

*

그러니까 이분이 세상에 무엇 하러 왔느냐 하면 불멸의 요가를 가르치러 오신 분이라는 겁니다. 불멸의 요가가 무엇이냐? 그것은 소멸되지 않는 수행의 길입니다. 그리스도교의 언어로 말하면 '구원의 도道'라고 할 수 있겠지요. 그것을 가르쳐주러 왔다, 신과의 합일로 가는 길을 보여주고 가르쳐주러 왔다는 거예요. 신과의 합일, 그것을 다른 말로 하면 곧 '존재하는 모든 것과 하나로 됨'입니다. 존재하는 모든 것과 하나로 됨, 그게 바로 신과의 합일이지요. 어떤 선사禪師가 이런 시 구절을 남기셨죠. 여러분도 잘 아실 거예요.

'천지여아동근天地與我同根이요 만물여아일체萬物與我一體'라.

하늘과 땅이 나와 같은 뿌리고, 만물이 나와 한 몸이다.'

이 말이야말로 그리스도교 언어로 '하느님과 하나됨을 체험한' 사람이 내뱉을 수 있는 말이에요. 그 '나'가 누구입니까? '천지와 만물이 자기와 하나임을' 깨친 나'지요. 나무를 보아도, 구름을 보아도, 그 모두가 나의 다른 모습들인 거예요. 그냥 머리만 가지고 생각해봅시다. 머리로라도 자꾸 하다 보면, 뭐가 잦으면 뭐가 나온다고(웃음), 계속 그 생각을 하면 가슴으로 젖어드는 거예요. 그렇게 돼있어요.

… 이런 깨달음을 얻은 사람들이 지금 한바탕 노래하는 거예요. 이런 사람은 어딜 가나 거기가 고향이지요. 타향이 따로 없단 말입니다. 아무 데 가도 거기가 아버지의 집인 거예요. 그러니까 두려울 게 없지요. 뭐가 두려워요? 지금 있는 곳이 바로 아버지의 집이요, 어머니 품인데.

관옥 목사님께서 자주 들려주시는 말씀이 있습니다. 하느님을 어떻게 믿어야 제대로 믿을 수 있느냐고 여쭐 때도 하시는 말씀이에요. 언제인가 '대사일번大死一番'이라는 말을 써주시면서 "크게 한번 죽어라, 살아서 한번 죽어라, 그것만이 살 길이다."라고 하셨습니다. 당신의 삶을 주의 깊게 보면서 흘끗 알게 되었는데, 당신은 그렇게 살고 계시더군요.

우리는 그가 과연 자아에 대한 애착에서 벗어났는지, 신이(미라의 말대로) 가느다란 명주실로 잡아당기는 대로 기꺼이 따라가는지, 순리로 일을 하고 있는지, 그런 것을 살펴보아야 한다.

*

  시인 미라Mira의 명주실 비유. 그게 아주 절묘한 바가 있어요. 명주실 같은 것으로 신이 우리를 끈다는 거예요. 굵은 밧줄을 당기면 내 몸이 끌려가겠지요. 그런데 아주 가느다란 명주실로 당기면 어떻게 되겠어요? 내가 조금만 버텨도 줄이 끊어지는 겁니다. 조금이라도 사심이 있으면 그러면 그분이 인도하는 대로 못 가는 거지요. 그러니까 내가 깃털처럼 가벼운 존재가 되지 않고서는 하느님이 이끄시는 대로 못 간다는 거예요. 에고ego라는 게 말끔히 없어져서 마치 투명한 허공처럼 될 때 가느다란 명주실이 이끄는 대로 따라갈 수 있다는 그런 이야기올시다. 그러니까 저 사람이 순리로 일을 하는지, 이치를 좇아서 일하는지, 저 사람이 정말 신을 아는 사람인지, 정말 무심으로 일하는지, 진짜 요기yogi인지를 살펴보아야 한다는 것입니다. 오죽하면 예수님께서, 나하고 같이 가려면 자기를 부정하고 자기 십자가를 지고 나를 따라오라고 하셨겠습니까? 자기를 부정하라는 말은 '나'가 따로 있다는 착각에서 벗어나라는 얘기예요. '독립된 별개의 나'라는 개념을 부정하란 얘깁니다. 십자가를 지라는 말은 한발 더 나아가서 죽으라는 얘기 아닙니까?
  … 우리가 성경을 읽거나 『기타』를 공부하는 것은, 그 목적이 다른 데 있는 게 아니에요. 진실을 몸으로 확연하게 깨달아 마침내 진실 자체가 되는 겁니다. 그렇게 될 때까지 자꾸만 되풀이해서 연습하는, 그게 수련입니다. … 이 책이 무슨 얘기를 하려는 것이냐? 그것이 나와 무슨 상관이 있나? 이걸 알았다면 책을 잘 읽는 것이라

할 수 있을 겁니다.

　사람이 스승을 잘 모셔서 가르친 대로 열심히 노력하다 보면, 그러면 스승처럼 되고 스승과 하나 됨으로써 마침내 하느님과 하나 될 수 있는 경지까지 갈 수 있다고 지금 『바가바드기타』가 말하는 것입니다.

　이 글을 쓰게 되어 큰 선물을 많이 받습니다. 그 가운데 하나가 지난 《풍경소리》를 새롭게 보게 된 것이에요. 『바가바드기타』를 1999년 9월 《풍경소리》 4호부터 싣기 시작했으니, 그즈음 《풍경소리》를 찾아 들춰보다가 2001년 3월호에서 제가 쓴 〈나의 일기〉 한 편을 보게 되었습니다.

　　"金一夫(김일부). 어떻소? '한 사나이'라는 뜻인데, 뜻밖에 얻어 들은 이름이오. 근세近世에 이 이름을 쓰신 선생先生 한 분이 계셔서 송구스럽긴 합니다만. '사내'라는 이름 들을 만하게 되기를 바랍니다. 관옥觀玉."

　지난 연말 즈음, 새롭게 살고 싶다는 마음을 주체할 수 없어 선생님을 뵙고 막무가내로 "선생님, 저에게 이름을 주십시오." 말씀드렸다. "이름이 많은데 뭘…" 하시는 선생님께 "선생님께서 이름을 주실 것 같아요."하고 간곡하게 말씀드렸다. 선생님께서 "하늘이 주시면 그렇게 하지." 하셨다. 오랫동안 마음에 두며 때를 기다린 일이다. 그 답을 선생님께서 보내신 것이다.

이 편지를 보내주신 날이 2001년 1월 19일이니 스무 해가 지났네요. 사람은 7년마다 완전히 새롭게 변한다는데, 벌써 세 바퀴를 돌았습니다. 어느새 종심소욕불유구從心所欲不踰矩라, 무엇이든 마음 따라 하고 싶은 대로 해도 법도에 어긋나지 않는다는 나이가 되었네요. 문밖을 나서지 않아도 천하를 안다는 그런 자리에 앉았습니다. 숨 쉬는 것만으로도 그저 고마울 뿐이에요. 이름값을 하며 살아야겠다는 마음이 절로 간절해집니다.

창밖에는 비가 내리고 있군요. 만물일화萬物一花라, 어딘가에 부딪히며 들려오는 빗소리들과 바람에 흔들리는 꽃과 나뭇가지, 생명 있는 모든 것들이 하나 되어 노래하며 춤을 춥니다.

함께 길 걷자는 초대

『기독교인이 읽는 금강경』를 읽으며

김용우
사단법인 한알마을 대표

송영送迎

책을 펼치자 내지에 증정문안이 보인다. "○○선생께. 2005.3.8. 이현주 空". '공空'은 이현주 선생의 서명이다. 사람의 얼굴을 닮았지만, 세상 사람들의 숫자만큼이나 다양하고, 한사람의 얼굴에 들어있는 오만가지 상像만큼이나 변화무쌍한 표정을 '空'자에 형상화한다. 마치 '모든 것이 空하다'고 설법하는 듯하다. 십여 년 전 나는 팔자에 있는(?) 훈장노릇을 하고 있었다. 갑작스레 교사가 되다보니 어설픈 게 한두 가지 아니었지만, 나름 주어진 사명에 충실하려 애썼다. 관옥 선생은 당시 회갑을 맞아 1년간의 '묵언수행'을 마치고 외부활동을 막 시작한 때였다. 당시 학교에서는 새 학년 특강이 권장됐다. 한창 사춘기 아이들에게 인생의 길이 되는 말씀을 들려줄 분으로 이현주 선생을 모시게 된 것이다.

어찌어찌 모시게 된 특강은 선생의 조용한 강의(?)를 학생들이 조용하게(?) 들어준 덕분에 무사히 끝났다. 선생의 말씀은 내게 하나도 기억이 안 나지만, 아이들 중 혹시 누군가 기억한다거나, 한 아이의 가슴에 한 마디라도 남아 삶의 지표가 되었다면 다행이겠다. 선생은 검정고무신에 스웨터를 걸치고 '空'자의 'ㅗ(갓머리 면)' 모양의 모자에 단소를 들고 오셨다. 충주로 돌아가시는 길을 차로 모시면서 몇 가지 질문을 드렸지만 나는 오른쪽 귀가 들리지 않는데다 선생의 말씀이 워낙 낮고 차량 방음상태도 좋지 않아 기억은 불분명하다. 다만 그 어투에는 너그러움과 단호함이 섞여있었다. 충주 엄정에 있는 댁에 도착해 차를 한 잔 대접받았는데, 벽에 장일순 선생이 써준 선시禪詩 한 구절이 걸려있었다. 절기종타멱切忌從他覓. 남에게서 구하지 말라! 동산양개洞山良价 스님의 시다.

　집을 나서는데 책을 두 권 내미신다. 『이 아무개의 장자 산책』과 『이 아무개 목사의 금강경 읽기』. 누구나 이름을 내세우고 이름나기를 바라는 세상에서 이름 없는 존재로 남기를 바라며 '이 아무개'로 된 저작이 나오던 시절이었다. 처음으로 선생이 직접 건네주신 책이 『장자(莊子)』와 『금강경(金剛經)』이다. 장일순 선생을 뵙기는 했지만, 살아계실 때 배울 기회가 없었던 나는 당시 장 선생이 말씀이나 글씨에서 언급한 책들을 찾아가며 사숙私淑하고 있었다. 방대한 동양의 고전과 불경 및 선어록, 동학의 경전을 비롯한 한국의 고전들을 섭렵한 장 선생을 사숙하는 것은 쉬운 일이 아니었다. 정돈되지 않은 내 삶은 마치 『장자』 「인간세」 편, '장석匠石과 역사櫟社의 문답'에 나오는 상수리나무처럼 막 자라 쓸모없는 나무(散木) 같았다. 그래서 이현주 선생이 번역한 고전과 해석한 경전 들은, 장 선생의 삶과 사상을 이해하는 데 많은 도움이 되었다. 장 선생을 가까이 뵙고 『무위당 장일순의 노자 이야기』를 통해 장 선생의 면모를 세상에 남기셨기에, 이 책은 이현주 선생뿐만 아니라 장일순 선생의 사상과 풍모를 유추해볼 수 있는 매력이 있었다. 내게는 장일순 선생이 살아있는 사람으로 만난 첫 선생이라면, 이현주 선생은 두 번째 선생이다.

대문을 나서는데 선생이 배웅을 나오신다. 산업문명과 교통과 정보통신이 발달하면서 없어진 문화 중 하나가 마중과 배웅이다. 어릴 때만 하더라도 누군가 가까운 읍내로 며칠만 다녀와도 무사한 여행을 기원하는 배웅이 있었고, 누군가 오면 버스정류장이나 동구 밖까지 마중 나가는 것이 사람을 모시는 일상적인 문화였다. 마중과 배웅을 그저 한물간 민간예절이나 옛 문화로만 볼 수는 없다. 한 사람이 오고간다는 것은, 동학의 지혜로 말한다면 한울님이 오고가는 것이고, 불성을 간직한 붓다가 오고가는 것이며, 한 우주가 오고가는 것이다. 사회운동을 한다면서 사람 모시는 법을 잊고 산 것은 나도 마찬가지였다. 그날 이후 선생은 늘 내 뒷모습이 사라질 때까지 오래도록 서계셨다.

경經과 스승

금강경의 본문은 수보리 장자의 질문에 대한 세존의 설법으로 진행된다. 수보리의 질문은 두 가지다. 발심發心한 사람이 '마음을 어디에 마땅히 머물러야 하며', '어떻게 그 마음을 무릎 꿇릴 수 있겠는가.' 그런데 세존께서는 마음을 어떻게 무릎 꿇려야 하는지만 언급하신다. 하나를 풀면 자연스럽게 나머지 질문도 풀린다는 뜻이리라. 이후 세존과 수보리의 답문은 제자와 스승 사이 자애에 바탕을 둔 대화로 진행된다. 물론 1250명의 비구가 함께 있지만, 두 사람은 대화에 잠겨있다.

문득 어디서 많이 본 장면이 떠오른다. 스승과 제자가 진리의 삶을 놓고 대화하는 정겨운 장면은 『무위당 장일순의 노자 이야기』 속의 대화하고 비슷한 느낌 아닌가? 이현주 선생은 당시 무위당 선생과 대화하던 공간이 방으로 꾸민 지 얼마 되지 않아 도배만 한 상태로 텅 비었는데, 아무것도 없는 빈 방에서 노자를 같이 읽던 장면이 기억에 선명하다고 누차 이야기했다. 노자를 읽다 말고 장 선생이 종종 침묵할 때가 있었는데, 그때 텅 빈 방에서 느끼던 절대 고요寂靜를 잊을 수 없다고 했다.

텅 빈 고요를 이야기하자면 빼놓을 수 없는 것이 또 있다. 이현주 선생이 감리교신학대 재학 중이던 어느 가을날, 유동식 선생이 강의하다 말고 한참 창밖을 내다보시더란다. 일순 강의실이 고요했는데, 선생이 무얼 보시나 궁금했던 이현주도 창밖을 내다보았더니 거기 은행나무가 한 그루 서 있었다고 한다. 아무도 없는 절대 고요가 흐르는 교정에서 노란 은행잎이 폴폴~, 한잎 두잎 바람에 날리고 있었다. 그 텅 빈 고요는 어떤 명상으로도 경험하기 쉽지 않은 것이다. 가르치는 자도 없고, 배우는 자도 없으며, 마침내 배움도 없다.

수보리의 질문에 대한 부처님의 답은 대답이면서 길(徑)이다. 그것이 인간의 말(글)로 이루어진 길이기에 경經(책)이라고 부른다. 길은 그리로 가지 않으면 길이 아니다. 부처님의 가르침은 그 가르침을 따라 살아가는 중생이 있기에 마침내 경經 곧 길(徑)이 된다. 아무리 위대한 성인의 심오한 가르침이라 해도 그대로 따라 살아가는 '우리들(我等)'이 없으면 아무것도 아닌 것이다. … 사람이 경을 잘 받들어 모시는 길은 책을 가슴에 안고 소중히 여기는 데 있지 않고, 거기 적힌 대로 살아가는 데 있다. 거기 적힌 대로 살려면 먼저 거기 적힌 내용을 틀림없는 것으로 믿어야 한다. (p.86)

성경이든 불경이든 동양의 고전이든, 그것은 사람이 가야 할 길을 말과 글로 안내하는 책이다. 경을 읽는다는 것은 거기 적힌 대로 살기 위해서다. 그런데 세상에 길들여진 사람들은 단번에 경을 쫓아 살기 어렵다. 깊게 배인 몸과 마음의 습기習氣를 극복하려 계율도 지키고, 몸과 마음을 닦는 수행법을 익히고, 수행공동체에 합류하거나 혼자서라도 일상적인 수련을 해야 한다. 불가에서 멸도滅度란 '일체의 습기와 번뇌를 없애 삶과 죽음의 큰 바다를 건넌다'는 의미다. 아무리 당연한 길이라 해도 혼자서는 쉬운 길이 아니다.

수행자로 살아가려면 무엇보다도 모델이 되는 사람이 있거나, 그렇게 살아간 사람을 선생으로 모셔야 한다. 먼저 사람의 길을 살아간 사람을 성인聖人 또는 성자聖者라고 부르는데, 예수나 붓다 같은 사람이다. 현재 살아있는 스승을 만나는 것은 복이다. 이현주 선생은 사람에게 '살아있는 인간 스승과 궁극의 스승'이 있다고 말해왔다. 학생 이현주에게도 잊을 수 없는 스승이 몇 있다. 그중 한 분은 이현주의 결혼식 주례를 두 번이나 맡아준 유동식 선생이다. 감리교신학대에서 만난 유동식 선생은 최근 소천하기 전까지 이현주의 삶을 지켜본 스승이다. 그는 '풍류신학'을 주창해 한국 신학 토착화의 기틀을 놓으신 분이다.

또 한 분은 그가 '살아계신 사람으로 만난 마지막 스승'이라고 일컫는 장일순 선생이다. 장일순 선생은 원주를 중심으로 활동하며 교육운동과 사회운동으로 민주화에 앞장섰으며, 가톨릭 신자였지만 다양한 종교와 사상의 경계를 넘나들었다. 말년에는 '생명사상'을 제창하고, 서구적 근대 산업문명을 넘어선 '한살림운동'을 시작해 생명공동체 문명으로의 전환을 제시했다. 이현주 선생은 두 스승의 이야기를 후학들에게 전할 때마다 눈시울을 붉힌다. 그럴 때마다 나도 '스승이란 무엇인가'를 생각하며 숙연해진다.

한 길

대승의 길은 보살菩薩의 길이다. 금강경에 따르면 아상我相, 인상人相, 중생상衆生相, 수자상壽者相이 있으면 보살이 아니다. 이른바 고苦의 원인이 되는 사상四相이다. 아상은 '나'라고 불리는 존재가 '나'인줄로 아는 것이다. 아상이 있으니 인상, 중생상, 수자상이 있다. 이현주 선생의 주석을 따라가보자.

> '나', 그것이 모든 불행의 원인이다. 예수님도 당신을 따르려면 누구든 자기를 부정하고 자기 십자가를 지고(죽고) 따라야 한다고 하셨다. 한마디로 아상을 여의고 나서 당신을 따르라는 말씀이다. 그분이 제자들에게 그것을 요구한 까닭은 당신이 그렇게 길을 가신 분이기 때문이다.

이현주 선생은 경전에 충실하면서도 그것을 예수의 행적이나 말씀에 비추어 재해석한다. 고정된 실체이자 독립된 존재로서 '나'라는 것은 허상이며, 그것에 집착하는 것이 모든 불행의 원인이다. 예수나 붓다나 근본에서 같다는 것이다. 예수를 궁극의 선생(terminal teacher)으로 모신 사람이 모든 종교가 주창하는 바가 근본에서는 같다고 하는 것은 '종교적 아상'을 벗어난 것이라 할 수 있겠다.

그의 스승 장일순 선생도 비슷한 이야기를 한다.

그런데 여러분이 화장장에 가보면 사람 죽고 나서 뼈까지 빻고 나면 재가 한 움큼밖에 안 남는다, 그럼 어디 갔느냐 이 말이에요. 그러니까 진실한 '자기'라는 '나'라는 것이 뭐냐. 그걸 이제 따져 들어갔을 때, 진실한 '나'라는 것은 보이질 않아. 너 나가 없는 거라. 그러면, 우리 교회 다니는 사람은 하느님, 불교 다니는 사람은 부처님, 뭐 여러 종교마다 다 있어요. 그것은 보이는 존재가 아니다, 이 말이야. 만져질 수 있는 게 아니야. 그런데 거기에 대해서 고맙다는 것, 또 가까이 그러한 하느님, 그러한 부처님은 풀 하나, 돌 하나 어디 안 계신 데가 없어. 우리도 아침에 일어나면 하늘과 땅과 만물에게 고맙다고 생각하는 예배를 해야 한단 얘기죠. (『나락 한 알 속의 우주』 (녹색평론, 2009) p.51)

장일순 선생과 이현주 선생은 사제지간답게 종교적 진리를 근본에서 회통會通시킨다. 그것은 스승의 시선을 그대로 수용하는 것이 아니라 스승의 길을 따라 오랫동안 정진한 결과다. 불취외상不取外相 자심반조自心反照(『팔만대장경』에 나오는 불교 가르침의 핵심으로 알려진 구절, 바깥에서 찾지 말고 제 마음속을 비춰보라는 뜻-편집자)의 길이다. 이현주 선생에게 깨달음이란 "이미 알고 있던 것을 아는 것이 깨달음이다. 이미 지니고 있던 것을 지니게 되는 것이 '얻음'이다. 부처가 부처로 되는 것이 '성불成佛'이다." (p.49)

『이 아무개 목사의 금강경 읽기』는 20년 전에 쓰인 책이다. 이 부분에 관한 최근의 말씀은 더 구체적이고 섬세하다.

네가 숨 쉴 때 너만 숨 쉬는 게 아니다. 우주가 너와 더불어 숨 쉬는 거다. 아니다, 우주가 너와 더불어 숨 쉬는 게 아니라 한님이 우주와 너로 숨 쉬는 거다. 옳다, 그래서 사람은 땅을, 땅은 하늘을, 하늘은 도道를, 도는 자연을 본받는다 하였지. 자연은 스스로 있는 '나인 나', 또는 여여如如, 또는 하느님, 또는 라마, 또는 붓다, 또는 깨어있음…(본디 이름이 없어 호칭만 무수하다.). 도道는 말씀인 길 또는 이理, 하늘은 보이지 않는 물物 또는 흩어진 기氣, 땅은 보이는 물物 또는 뭉쳐진 기氣. 명심하자, 부분이 움직이는 건 전체가 움직이는 거다. 한마디로, 우리가 움직이는 건 한님이 움직이는 거다.

하지만 여기서 착각하지 말자. 발이 움직여 몸이 움직이는 것 아니다. 몸이 발로 움직이는 거다. 부분이 움직여 전체가 움직이는 것 아니다. 전체가 움직여 부분이 움직이는 거다. 우리가 움직여 한님이 움직이는 것 아니다. 한님이 우리로 움직이는 거다. 보이고 만져지는 우리가 주체 아니다. 보이지도 만져지지도 않는 한님이 주체다. 이를 기도로 바꾸면 '아버지, 제 뜻대로 마시고 아버지 뜻대로 하십시오, 아버지 뜻을 제 몸으로 이루십시오'가 된다. (《풍경소리》, 2023년 4월호, p.37)

이현주 선생이 그동안 번역하거나 저술한 책을 보면, 선생의 시선은 유·불·도뿐만 아니라 이슬람과 유대교, 힌두교의 고전古典까지 시선이 넓다. 그러나 선생의 시선은 다양한 종교적 외피나 경직된 교리가 아니라, 해당 고전이 가리키는 영성적 진리를 수행과 깨달음으로 꿰고 있다. 기독교의 하느님이든, 이슬람의 알라든, 또는 노장의 도든 불교의 불성이든,

신앙으로 받드는 게 아니라 본래 내안에 있는 것을 깨닫는 것이다. 이현주의 시선은 포함包含이나 회통會通을 넘어, 이미 존재하는 '영성'을 '깨달음'이라는 키워드로 일이관지一以貫之하는 통합의 시선으로 재해석하는 것이다. 여러 물줄기가 바다에서 만나듯, 산행길이 여러 갈래지만 한 정상에서 만나듯, 성현의 다양한 가르침이 모두 궁극의 한 길로 향하는 것이다.

삼국사기에 실린 최치원의 「난랑비서(鸞郎碑序)」에는 다음과 같은 표현이 나온다. '나라에 현묘한 도가 있으니 풍류'라 하며, '근원적 가르침은 포함삼교包含三敎(儒佛道)하고, 대중을 접하여 교화한다'는 표현이다.(國有玄妙之道曰風流. 設敎之源, 備詳『仙史』, 實乃包含三敎, 接化群生. 且如入則孝於家, 出則忠於國, 魯司寇之旨也; 處無爲之事, 行不言之敎, 周柱史之宗也; 諸惡莫作, 諸善奉行, 竺乾太子之化也. 『三國史記』) '풍류도'라는 영성과 수양법이 여기서 유래하며 한국인의 종교성과 관련해 학자들이 종종 인용하는 문장이다.

여기서 말하는 포함삼교는 유·불·도 삼교의 근원적 진리가 풍류도에 있다는 의미와 풍류도가 유·불·도를 종합하고 있다는 의미로 나누어 볼 수 있다. 전자가 '가리키는 진리'의 근원적 소통성을 강조한다면, 후자는 '가리키는 진리'의 토착적 종합성을 강조한다. 장일순과 이현주의 경전經典에 대한 시선은 전자에 가깝다. 각 경전이 지닌 진리와 근원에서 소통할 뿐, 도그마화한 종교와 일체화하지는 않는다. 전통적으로 동아시아에서 '교敎'라는 것은 성인의 가르침을 의미할 뿐 종교를 지칭하지 않았다. 유교는 공자와 그 제자들의 가르침을, 불교는 붓다의 가르침을 의미한다. 이 가르침을 나라가 채택한다는 것도 국가가 종교적 형식을 받아들였다는 뜻이 아니라 국가가 백성을 그 가르침으로 교화한다는 뜻이다. 이런 측면에서 보면, 장일순 선생과 이현주 선생에게 경전들은 특정 종교의 경전이 아니라 인류를 향해 근원적 진리를 설한 성인의 가르침일 뿐이다.

길벗

한때 선생을 모시고 공부모임을 했다. 노자를 같이 읽거나 성경의 복음서를 함께 읽고 토론하기도 했다. 직장인들이 많아 주로 저녁시간에 진행했다. 매번 선생은 순천에서 원주까지 장거리 버스를 타고 오셨다. 오후 느지막이 버스터미널에 마중을 나가면 언제나 한없는 웃음을 지으며 버스에서 내리셨다. 잘 웃지 못하던 나는 선생에게 무뚝뚝한 인사를 할 뿐이었다.

어느 날, 선생은 도착하셔서 어디 가서 좀 걷자고 하셨다. 좀체 없던 일이지만 마침 수변공원길이 생각나 그리로 안내하였다. 한 바퀴 도는 데 1 킬로미터 남짓한 길이었다. 걸음이 빠르고 앞만 보고 걷는 데 익숙한 내게 선생이 팔짱을 끼고 천천히 걸으시니 자연스레 보폭과 속도를 맞추게 되었다. 걸으면서 살아오신 이야기며, 무위당 선생과의 인연이며, 삶의 화두 같은 이야기를 해주시는데, 이른바 '법보시法布施'다. 귀를 쫑긋 세워 보지만 하근기下根器인 내가 완전히 소화한다는 것은 어불성설이다. 다만 하근기도 노력하면 상근기 뒤꿈치라도 따라가게 마련이다. 그 이후 몇 차례 함께 걸으며 이야기를 나누었는데, 가끔은 귓구멍이 뚫릴 때도 있었다. 가끔은 둘이 마주보고 웃었다.

육조혜능六祖慧能이 나무를 팔러 장거리에 나갔다가 탁발하는 스님이 외는 금강경 한마디에 깨쳤다는 이야기가 있다. '응무소주이생기심應無所

住而生其心', 마땅히 아무데도 머물지 않고 마음을 낸다는 뜻이다. 무엇에 머물지 않는다는 이야기일까? 바로 앞 문장에 나온다. 모양(色)에 머물러 마음을 내지 말고, 소리(聲)·냄새(香)·맛(味)·감촉(觸)·법(法)에 머물러 마음을 내지 말아야 한다. 보살은 머물지 않고 보시(無住相布施)해야 보살이다. 다음은 이현주 선생의 주석이다.

예수님 말씀에, 마음이 깨끗하면 하느님을 본다고 했다. 눈으로 보면서 그 모양에 잡히지 않고, 귀로 들으면서 그 소리에 잡히지 않고, 몸으로 느끼면서 그 느낌에 잡히지 않으면, 그는 하느님 나라에 살고 있는 것이다. 모양에 잡히지 않으려면 모양을 잡지 말아야 한다. (p.73)

예수를 따르는 자가 좇을 길이다. 예수를 따르는 자란 예수를 궁극의 스승으로 모시는 학생이자 수행자다. 수행자는 진리의 길에서 '강을 다 건너기 전에 뗏목을 버리는 우'를 범하지 않는다. 이현주 선생의 준엄한 한마디가 귓전을 때린다.

뗏목은 그것을 타고 강을 다 건넌 사람에게만 '마땅히 버려야하는(尙應捨)' 물건이다. 한참 깊은 물을 건너고 있는 놈이 다 건넨 줄 알고 뗏목을 버린다면 어찌되겠는가? (p.48)

『금강경』 제15 「지경공덕분(持經公德分)」에는 다음과 같이, 갠지스강의 모래알만큼의 보시보다도 이 경을 베껴서 몸에 지니고 읽으며 남을 위해 풀어주는 복덕이 헤아릴 수 없이 크다는 문장이 나온다.

"수보리야 만약에 착한 남자와 착한 여자가 있어 아침에 갠지스강 모래알처럼 많은 몸으로 널리 베풀고, 대낮에 다시 갠지스강 모래알처럼 많은 몸으로 널리 베풀고, 저녁에 또한 갠지스강 모래알처럼 많은 몸으로 베풀어, 이렇게 헤아릴 수 없는 백 천만억겁을 몸으로 널리 베풀어도, 만약에 다시 한 사람이 있어 이 경전을 듣고 믿는 마음이 거스르지 않으면 그 복이 저보다 많을 것인데, 하물며 베껴서 몸에 지니고 읽으며 남을 위해 풀어준다면 어떠하겠는가."
(p.119)

누군가에게 경을 건넨다는 것은 깨달음의 기회를 제공하는 것이자 함께 길을 걷자는 의미다. 옛날에는 책이 귀하고 문자를 아는 사람도 드물어 누군가 경을 베껴 써서(寫經) 몸에 지니고 늘 공부하다가, 함께 길을 갈 만한 사람을 만나 사경본을 전해주거나, 소리 내어 읽어 주는 것이 크나큰 공덕이었다. 현대는 인쇄술의 발달로 책도 흔하고, 교육수준이 높아져 글을 모르는 사람이 없기에 경이 인쇄된 책을 건네는 것이 상대적으로 쉬워졌다. 그러나 오늘날에도 경을 건네고 함께 읽고 함께 수행하자고 하는 것은 큰 공덕이다. 하물며 자신이 주석을 달고 해설한 경(冊)이라면 두말할 필요가 없다.

경을 건넨다는 것은 함께 그 경을 읽고 그 길을 가자는 이야기다. 그런 의미에서 나를 비롯해 이 경을 읽는 모든 사람은 이현주 선생으로부터 길벗이 되자는 제안을 받은 것이다. 이현주 선생은 일상에서 만나는 어린

아이부터 노인까지, 어떤 사람에게든 자신의 삶을 나누어왔다. 선생을 만나는 누구나 그의 길벗인 것이다. 그러나 이현주에도 머무르지 말아야 한다. 금강경의 어법대로 '이현주는 이현주가 아니라 이름이 이현주이기 때문'이다.

이현주 목사의 신앙과 신학

『나의 어머니, 나의 교회여』를 중심으로

이정배

현장아카데미 원장

팔순을 맞는 이현주 목사의 삶이 이 책의 키워드처럼 '더욱 겸손하고 오만해질 것'을 기도한다. '진실에 대해서는 한없이 고개 숙이고 거짓에 대해서는 독사처럼 고개를 쳐들게 해달라'는 기도가 그의 여생에 꼭 이뤄질 것을 믿으며 응원하고 싶다. 평소 '겸손과 오만의 경계 속에서 살아왔다'는 그의 고백이 내게도 예사롭지 않게 다가왔던 까닭이다. 바람에도 흩날리는 인생이지만 태산같이 무겁게도 살고 싶다는 오십대 이현주의 글을 칠순 앞둔 내가 공감하며 읽었으니 은혜다.

우선 책이 편안하게 읽혀서 좋다. 어려운 신학 이야기를 이렇듯 쉽게 풀어내는 능력을 누가 따를 것인가? 유학을 마치고 갓 돌아온 교수 초년 시절의 일이다. 긴 세월 독일어로 사유하며 논문을 쓰다 보니 모르는 사이 문장이 길어지고 수동태가 많아졌다. 누군가 내게 이현주 목사의 글을 한 편 보내며 '글은 이렇게 쓰는 것'이라 고언해 주었다. 묵직한 내용을 어렵지 않게 풀어낸 이번 책을 대하니 그 시절 부끄러움이 다시 소환된다.

교회라는 울타리를 뛰쳐나와 교회를 더 사랑하게 되었다는 역설조차 그의 글에서는 자연스럽다. 어머니 품을 떠나야 어머니를 더 사랑할 수 있다는 말에 다른 말을 보탤 수 있을까? 그에게 교회는 자신을 키운 어머니였으니 말이다. 그의 스승 변선환 학장의 종교재판 때 있었던 일이다. 당시 그를 염려하는 이들이 이런저런 살길을 제시했다. 아마도 일종의 정치(종교)적 타협이었을 것이다. 허나 선생은 제자의 말을 따랐다. "선생님, 그냥 죽으시라"는 제자의 말, 그것이 스승에게 답이 된 것이다. 선생은 이런 제자를 스승이라 여겼다. 평생 겸손과 오만의 경계 속에 살았던 그다운 표현이라 생각한다.

나는 『나의 어머니, 나의 교회여』란 책을 통해 이현주 목사의 신앙과 신학을 성찰해보려 한다. 이 책에서 그는 하느님, 예수, 내세來世, 성령, 한국역사 등을 고백적으로 풀어냈다. 이어진 다른 글에서는 목회를 주제로 삼았다. 기독교가 중시하는 제 교리를 자신의 고백으로 재구성했는데, 여기서 '고백'이란 말은 하느님 앞에서 자기의 모든 것을 '이실직고'하는 행위를 신앙고백이라 여긴 것이다. '세상 것이 하느님 것'이란 말이 '그것이 모두의 것'이란 뜻이듯, '하느님 앞에서'란 말은 결국 '모두의 앞에서'라는 의미다. 만인 앞에서 솔직한 것이 하느님 앞에서의 신앙고백인 셈이다. 그렇기에 그는 신앙고백이 내밀한 것일 수 없고 공개적인 것이라 했다. 고백은 정직이자 용기의 산물이었다.

그렇기에 때로 그의 이실직고는 자신을 적당히 변호하고 감싸며 사는 우리를 당혹스럽게 했다. 공사에 그처럼 솔직한 사람을 본 적이 없을 정도다. 때론 그의 고백에 불편했던 사람도 적잖았을 것이다. 이처럼 그에게 고백은 필히 '행위'를 요구했다. '주기도문'은 행위 없이는 고백할 수 없는 기도문 아닌가? 삶 없이 신앙을 말하고 고백을 운운할 수는 없다. 그가 북산 최완택 목사를 좋아했던 것도 발(산행)과 손(민들레주보)으로 신앙을 표현했던 까닭이리라. 하여 기독교 핵심교리에 대한 저자의 고백은 교회에서 통용되는 신조와 멀다.

하지만 그 역시 괴리를 느꼈을 것이다. 고백과 행실이 어긋나기도 했고 용기가 부족할 수도 있었을 테니, 그것이 그의 괴로움이자 아픔이었다. 아마도 윤동주의 서시는 그와 같은 마음이 있어야 제대로 이해할 수 있을 듯싶다. 이런 심정으로 이현주 목사는 자신을 길러준 어머니 같은 한국교회, 그곳에서 사용되는 종교적 언어들을 힘껏 풀어냈다. 이 과정에서 드러난 변별된 신앙과 신학은 기존 틀에서 솟구친 더 큰 사랑의 고백이라 이해해도 좋다.

이현주 목사, 그가 고백하는 하느님은 어떤 분인가? 내가 나를 모르듯 그분 역시 자신에게 자신의 전부를 알리지 않는다. 그의 숨어있음(Deus Absconditus)을 누구도 찾아낼 수 없다. 어떤 이름으로도 하느님을 명명할 수 없다. 하지만 앞서 말했듯이 하느님은 '모두(모든 사람)'를 뜻한다. 뭇사람을 믿고 사랑하는 것이 그에게는 하느님을 고백하는 일과 같다. 우리가 종종 경험하는 하느님의 무력無力 혹은 부재는 '무위無爲'와 같은 뜻으로 사용되기도 한다. 어느 곳에도 머물지 않으면서 안 계신 곳이 없고, 아무것도 하지 않는 듯 보이나 모든 것을 다하는 분, 그가 바로 하느님이시다.

이런 하느님은 선교사의 등에 업혀 오신 분이 아니다. 하느님은 그럴

만큼 장애를 입지 않았다는 것이다. 유불선儒佛仙 우리 역사 속에 처음부터 살아있었기 때문이다. 다석 유영모 선생도 '유불선 역시 하늘로부터 계시 받을 것은 다 받은 종교'라고 했다. 하지만 이들이 존재 이유를 잃었을 때 가차 없이 등 돌릴 수 있다 했기에 기독교 역시 버림받을 수 있음을 명심해야 한다. 기독교가 할 일은 앞선 종교들을 배척하는 것이 아니라, 그들과 함께 민족의 '뜻'을 찾는 일에 힘써야 한다는 것이 『뜻으로 본한국 역사』의 핵심이었다.

이현주 목사에게도 '선교(Missio Dei)'는 하느님을 교회 울타리에서 해방시키는 운동이었다. '교회가 하느님을 독점할 수 없다'는 것이다. 그는 종교의 울타리를 넘어 진리의 길로 나서는 것을 선교이자 구원이라 여겼다. 인간을 자유롭게 하고 해방시키는 일, 구체적인 이웃사랑을 기독교의 존재 이유라 본 것이다. 이 책에는 표현되지 않았지만 분단 상황 및 기후위기 극복 등이 그에 해당한다. 그는 하느님을 이렇게 이해했고 기존의 기독교, 그 틀거지는 얼마든 깨질 수 있음을 천명했다. 교회라는 틀을 벗어나야 교회가 보이듯, 기독교보다 더 큰 하느님을 다시 살려내는 것을 급선무라 여긴 것이다.

이현주 목사는 예수를 무척 사랑했다. 그분이 세상을 거꾸로 살았던 이단자(?)였기 때문이다. 그가 노자를 좋아했던 것도 노자에서 이런 예수상을 보았기 때문이다. 세상의 부조리를 자신이 걸머져야 할 짐으로 여긴 그를 어찌 좋아할 수 있을까? 세상을 거꾸로 산 결과가 십자가라면 십자가로 상징되는 예수의 삶은 당시도 오늘도 기피되어 마땅하다. 세상 욕망대로 살면서 십자가를 사랑할 수는 없다. 그런데 이런 십자가를 믿으면 구원받는다는 이상한 주술이 생겨났다. 정작 거꾸로 산 예수를 말하면 아주 불편해하면서 말이다. 이것이 자본주의적 욕망과 결탁한 대형교회들의 탄생 배경이다.

그러나 이현주 목사 또한 동시대의 아픈 현실에 눈감지 못하면서도 감당할 수 없어 쩔쩔매고 있었다. '계속 버릴 것'(마19:29)을 요구하는 예수 말씀에 아파하는 자신을 발견한 것이다. 그럴수록 자신 또한 거꾸로 살아야 할 운명인 것을 깨쳐 감당해야 했다. 이것이 그가 교회라는 틀 밖으로 나간 이유였다. 그가 노자를 좋아했던 것도 자기 방식으로 예수를 따르고자 함이었다. 그는 세상에서 부자와 가난한 자를 없애는 길을 성서에서 찾았다. 부자 나사로가 집 앞 거지를 거듭 도와주면 부자도 거지도 세상에서 사라질 수 있다고 믿었다. 부자와 가난한 자 모두 죽어 천국에 이를 수 있고, 살아서 구원을 살 수 있는 멋진 방책이다. 하여 예수는 거듭 '너희 가진 것을 팔아 나눠주라' 명했는데, 이것이 바로 자신을 해방시키는 길이기도 했다.

이현주 목사는 예수처럼 거꾸로 살되 자기 십자가를 지고 그를 따르고자 했다. 자신의 인생 속에서 자신만의 십자가를 생각한 것이다. 성서 속 예수가 실로 '나의 예수'가 되어야 했다. 따라서 그는 예수에게 붙은 '구세주'를 비롯한 많은 이름표를 떼어내 버렸다. 자신에 앞서 주어진 뭇 이름들에 주눅들 필요도 없었고, 그 틀에 자신을 맞출 생각은 애시당초 않았던 것이다.

그는 기성 껍질을 벗겨내고 관념에서 탈피하여 눈앞의 현실을 해방시키는 예수, 자신이 느끼고 찾은 그만의 예수를 말하고 싶었다. 그의 예수는 '도道'에 이름 붙이기를 거부했던 노자를 닮았다. 주변을 이롭게 하며 아래로만 향하는 물 같은 존재, 이것이 그가 만난 생생한 예수였다. 어떤 교리(Dogma)로도 하느님을 통칭할 수 없다. 형상으로 상상할 수 있을 뿐이다. '대속代贖 사상' 역시 교리로는 수용하기 어려웠을 수밖에. 이현주 목사는 그것이 '예수가 내 삶의 길을 바꿔놓았고 삶의 여정에서 그 없이 살 수 없다'는 고백 정도면 충분하다 보았다. 오히려 교리로 인식을 한정시키는 것이 더 큰 죄란 것이 그의 생각이다.

그는 또한 예수를 우리와 같은 몸을 지닌 인간으로 생각했다. 이천년 역사 속에서 예수의 신성이 강조된 나머지 예수의 인간됨을 말하는 것은 불온한 일이었다. 그는 배가 고파도, 이성에게 사랑을 느껴서도 안되는 존재였다. 기독교를 수용한 유대인들의 예수 이해(Ebionism;그리스도는 인간 일 뿐이며 신神의 법을 충실히 따른 의인義人이라는 주장)를 소위 정통 기독교인들이 부정한 것이 대표적 경우다. 십자가도 '하느님 나라를 위한 열정의 결과'라기보다 '만인을 위해 죽은 대속'으로 격의된 것 또한 마찬가지다. 이렇듯 인간성의 강조는 오롯이 신성모독으로 간주되었다. 이런 연유로 목사의 인간됨 역시 감추는 것이 미덕이었다. 그럴수록 자신의 거룩함만 드러내려는 가식의 폐해가 커졌음을 우리는 잘 알고 있다. 삯군 목사들이 위선 속에 사는 것을 수없이 목격했기 때문이다.

하지만 신성모독보다 더 큰 죄는 진실을 망각하고 경홀히 여기는 일이다. 인간의 배고픔을 부정하는 안식일법 역시 이런 이유로 재고되어야 마땅했다. 예수가 바로 그 법을 깨트린 장본인이다. 교회가 강도의 소굴 되는 것 또한 인간의 진실함을 잊은 결과였다. 이현주 목사는 변선환, 유동식 교수의 제자로서 기독론의 배타성에 대해서도 언급했다. 하느님의 무한성과 짝하는 개념이 인간의 유한성인 것은 사실이다. 내 속에 나보다 더 큰 존재, 나 아닌 어떤 것이 존재한다는 확신만큼 소중한 것이 없다. 그 존재 방식은 종교마다 다르기에 획일적으로 서술할 수 없다. 하지만 그것이 자신의 절대화로 귀결될 때 우상이 된다. 기독교 내에 있다 해도 저마다 하느님이 현존하시는 방식이 다르고, 각자의 성장사 속에서도 그것이 거듭 변화하는 까닭이다.

서로 다른 것에 두려움을 느낄 이유가 전혀 없다. 오히려 고정 불변하게 머무르려는 욕망을 무서워해야 할 것이다. 하느님은 교회보다 크신 분이다. 기독교 안에 구원이 갇힐 수 없기 때문이다. 그렇기에 '기독교 밖에 구원이 없다'고 하기보다 '교회 안에 구원이 있는가'를 치열하게 물어야 한다. 예수는 밖을 향해서는 너그럽고 자비로웠으나 정작 내부를 향해서는 엄격하신 분이었다. 자신을 십자가에 못 박았던 이들을 용서했음에도 제자들에게는 바리새인들보다 도덕적으로 더 우월한 존재가 되라고 요청하셨다.

이현주 목사는 이 세상이 끝난 후 이어지는 다른 세계가 있음을 믿었다. 그러나 흔히 말하는 천당과 지옥은 아니다. 어떻게 살았든 '믿습니까? 아멘!'에 따르는 천국행이 아니라는 말이다. 그는 천국 가는 길이 바로 지금 여기서 결정된다고 믿었다. 지금 이 땅에서의 삶이 내세를 확정 짓는다는 것이다. 그는 어느 율법학자가 한밤중에 영생을 묻고자 예수를 찾아온 이야기를 소환했다. 대답은 앞서처럼 '가진 것 팔아 가난한 이들을 주고 나를 따르라'는 것이었다. 예수는 영생, 곧 내세는 지금 행위에 달렸다는 것을 여실히 보여주었다. 그러나 내세에 이르겠다고 선한 일을 하라는 것은 아니었다. 세상에 태어나 사람답게 사는 길을 예수에게서 보았기에 그렇게 살 뿐, 천국은 그렇게 사는 이들에게 주어진 결과이리라.

초기 천주학이 전래되었을 때 유학자들은 천국을 강조하는 서학교도들을 이기적이라고 여겼다. 유학자들은 양심에 따라 옳게 살면 그것으로 족했던 것이다. 이현주 목사의 생각 역시 이들과 유사했다. 그에게도 천국이 결코 삶의 목적이 아니었기 때문이다. 천국은 지금 여기서 살았던 삶의 결과로서 은총의 영역에 속한다.

분명한 것은 죽음이 끝이 아니라는 것이다. 다른 세상이 시작된다고 믿는 것, 이것이 이현주 목사의 생사관生死觀이다. 그렇다면 그는 자신이 이 땅에서 할 일을 무엇이라 생각할까? 그는 슬픈 한국 역사에 주목했다. 스스로 서려는 민족을 안팎의 세력이 꺾고자 하는 탓에 비운을 타고난 조국, 이 땅의 역사를 사랑하려 했다. 그렇다고 민족주의자가 되겠다는 것은 아니다. 외세를 통해 내부를 다스렸던 위정자들, 그 탓에 지금도 노예처럼 살아가는 민족, 그 민초들을 살피자는 것이다. 자본주의, 공산주의 등의 이념이 아니라 이 땅의 사람들이 지혜와 사랑으로 살아가자는 것이 그가 생각하는 민족주의였다. 외부에서 온 온갖 이념들에 사람도 환경도 지구도 죽게 된 지금이다. 그럴수록 그는 우리 역사, 이 땅의 지혜로 민족을 살리는 일을 자신의 과제로 여겼다. 이 나라 사람들의 생각과 사상으로 세계 속에 우뚝 서자고 한 것이다. 그러나 현실은 이웃나라 눈치 보느라 핵오염수조차 막을 수 없으니 슬픈 일이다.

그래도 그의 마지막 말에 다시 눈길이 간다. 이 나라 역사를 모판 삼아 싹을 피울 '신학적 씨앗'을 찾으라는 것이다. 그는 민족분단을 비롯해 제 이념으로 쪼개진 이 나라에 새로운 좌표를 제시하려 했다. 기독교가 민족을 부정하는 외래 이념처럼 처신하지 말라 경고한 것이다. 이는 모든 경계를 허물 수 있었던 예수의 복음, '자유 덩어리'를 뱃속에 삼켜야 가능한 일이다. 이현주 목사가 지금 겸손과 오만의 경계에 앞서 그 일을 하고 있으니 참으로 복되다. 주변 사람들이 그를 얼마나 이해할지는 모르겠으나 겸손과 오만, 이 둘은 앞으로도 그가 짊어져야 할 무거운 십자가일 것이다.

이현주, 그도 목사였고 목회를 한 적도 있다. 지금도 여전히 목사지만 아이가 어머니의 몸과 분리되었듯 '탈脫 교회'했기에 목사라는 사명과 목회에 대한 이해도 달라졌다. 앞서 보았듯 그에게 목사는 세상을 위한 존재며 목회 역시 세상을 위한 일이었다. 세상과 세상 속의 사람들을 지속적으로 관심하는 일 자체가 목회였다. 하지만 그럴수록 목사는 '위기지학爲己之學' 해야 하는 존재다. 이 말은 '위인지학爲人之學'과 대비되는 것으로, 처음 것이 자신을 갈고닦는 수행이라면 나중 것은 남을 가르치고 이끄는 전형적인 목사 상像이다. 이 말은 본디 중국 유학의 두 학파, 즉 출세와 성공을 위한 도구로 변질된 주자학에 대한 양명학의 비판에서 비롯했다. 자기와의 씨름, 천리天理를 키우고 욕심을 줄이는 것-다석의 말로는 '몸 줄여 마음을 늘리는 일'-이 이웃을 위한 어떤 배려나 역할보다도 앞선다는 것이다. 목회가 교회를 키우고 교인 수 늘리는 기술, 일종의 경영학으로 전락한 것에 대한 문제제기다. 그는 이런 경향의 목회를 종교 타락의 지름길로 여겼다.

목회가 교회를 성장시키는 도구가 아니듯 목회자는 세상 속 정치적 사안에 온통 마음을 쏟는 일도 조심해야 한다. 자신을 거듭 무화無化시키는 노력 없이 말하고 행동해선 안된다. 세상에 한없이 개방적이되 자신을 향해서는 닦달이 필요한 존재가 바로 목사다. 목회란 사적 욕심을 버릴 때 비로소 시작된다. 자신이 누군지 깨쳐 알고 그것을 몸으로 살아낸 사람이 전하는 것만을 설교라 할 수 있다. 다석 유영모는 이를 '제소리'라 불렀다. 기록된 성서말씀은 그 자체로는 아무리 출중해도 남의 소리일 뿐이란 것이다. 불교의 『화엄경(華嚴經)』은 '신信, 해解, 행行, 증證(불교 수행의 네 단계로 진리를 믿고, 잘 이해하며, 실천하여, 궁극의 깨달음을 얻는 것-편집자)'이라는 단계로 소위 종교적 성사(Sacrament), 곧 목회의 여정을 제시했다. 이현주 목사는 비록 이 길에 지쳐 넘어진 적은 있어도 이런 시도나 노력 없이 살았던 경우가 없었을 것이다.

이렇듯 세상을 거꾸로 살았던 예수를 좋아했고 너른 품을 지닌 하느님을 사랑했기에 교회 울타리를 힘껏 벗어났지만 그는 여전히 교회를 '어머니'라 부른다. 교회를 떠날 수 없다는 사실을 숙명이자 은총이라 여긴 것이다. 하지만 어머니 품을 떠나 살아온 팔십 년 세월을 생각하면 교회란 출발지였을 뿐 결코 종착지는 아닐 것이다. 그는 교리적 틀에 갇힌 교회에 머물 수 없어 떠났지만 그 또한 답이 될 수 없어 수많은 세월 방황했고 고민했다. 자기를 낮추고 비웠으며 심지어 '아무개'라며 이름조차 지워버리기도 했다. 그러나 '그리스도의 몸 된 교회'가 지난 역사 속에서 창녀처럼 더러워졌어도 그 영혼만큼은 순결하다 믿고 있다. 어머니를 떠났으나 그것이 이별이 아니듯 교회를 떠났으나 떠날 수 없음을 누차 고백한 것이다. 이 과정에서의 고통과 절망 그리고 환희가 겸손과 오만의 여정으로 표현되었다. 교회의 잘못을 지적해야 했기에 오만했지만, 동시에 자신을 낳아준 교회를 생각하며 한없이 겸손하지 않을 수 없었다. 세상에는 그의 오만만 보고 그를 판단하는 이들이 있을 것이다. 그러나 그마저 나름의 사랑 표현인 것을 아는 이들도 적지 않다.

그는 자기 몸을 교회로 만들고 싶어 했다. 거꾸로 살았던 예수가 자기 안에서 살아가시기를 바랐던 것이다. 이 역시도 쉽게 이룰 수 없는 바람으로, 오만한 일이다. 이를 위해 백사천난白死千難의 노력을 해왔을 것이다. 이런 그를 보면 어머니처럼 모든 이를 품는 교회를 상상하게 된다. 노자에 대해 쓴 그의 글을 보면 예수와 노자와 이현주가 하나로 겹쳐 보일 때가 있다. 최근 청각장애 탓에 잘 듣지 못하나 오히려 사람들 마음을 더 잘 알게 되었다는 그의 말을 전해들으며 그가 애써 이룬 경지에 깊이 감사하고 싶다.

이현주 목사를 처음 알게 된 동화 〈알게 뭐야〉를 언급하면서 글을 맺겠다. 시멘트와 밀가루를 실은 두 트럭이 어느 휴게소에서 만나 운전자들이 서로 다른 차를 바꿔 몰고 떠난 이야기였다. 시멘트가 필요한 곳에 밀가루를 운반하고, 밀가루가 필요한 곳에 시멘트를 운반하면서도 정작 '알게 뭐야!'하는 세상을 염려하는 글이었다. 나는 이 짧은 동화에서 만난 이현주를 지금껏 기억하고 있다. 세상을 향한 우환의식이 화급한 시대를 살고 있기 때문이다. 이런 의식이야말로 신학과 철학 그리고 영성의 근본이다. 틀을 깨고 나간 그의 삶이 교회뿐 아니라 세상을 향해서도 더욱 오만해 질 것을 기대하며, 팔순 이후 그의 삶을 위해 기도한다.

말을 버리고 뜻을 얻어라

『젊은 세대를 위한 신학 강의』를 읽고

김정곤

부산 풀꽃유치원 이사장

자녀를 양육하는 그리스도인 부모라면 어떻게 자녀가 세상 가치관에 매몰되지 않고 올바른 기독교 가치관을 정립하도록 양육할 것인가 고민할 것이다. 나 또한 두 딸의 신앙교육에 어떤 교재를 활용할까 고심하던 중, 이현주 목사의 『젊은 세대를 위한 신학 강의』를 접하게 되었다.

나는 그동안 근본주의에 가까운 보수교단 교회에서 주일학교 어린이들에게는 『대소요리문답』을, 청년들에게는 『하이델베르크교리서(The Heidelberg Catechism)』를 가르쳤고, 교리가 신앙의 중심이 되어야 한다고 여겼다. 그러다 불혹에 이르러 종전의 신앙생활에 잦은 회의가 들었다. 삶에서 괴리되고 화석화된 교리 중심의 신앙이 정말 예수의 가르침일까 하는 의문을 지울 수 없었다. '순종이 제사보다 낫다'는 경구를 금과옥조로 여기며, 일체의 신앙적 의문은 배교의 씨앗으로 판단하고, 외운 것을 아는 것으로 착각한 채, 오직 열심이 최고의 덕목이라 여겨왔다. 성경에서 "영생은 곧 유일하신 참 하나님과 그의 보내신 자 예수 그리스도를 아는 것"이라고 했는데 나는 정말 예수를 제대로 아는 것인가, 스스로 자랑스러워하는 성경 지식이 정말 내 삶을 견인하고 있는지에 대한 회의가 이 책을 만나게 된 또 다른 배경이었다.

나는 『젊은 세대를 위한 신학 강의』를 통해 그동안의 신앙관에 적잖은 변화를 경험했다. '말을 잊고 뜻을 얻으라'는 목사님의 권고는 가슴에 파문을 일으켰다. 이 책을 통해 성경은 결코 무오無誤하고 매끈한 텍스트가 아니라, 이 땅을 살았고 살아갈 사람들의 하나님을 찾아가는 여정이 기록된 주름진 텍스트라는 것을 깨달았다. 그래서 이 책을 가족과 공부한 이후에도 기회 있을 때마다 목사님의 저서를 읽고 자주 찾아뵈었다.

나의 신앙관은 이현주 목사를 만나기 전후로 확연히 구분된다. 나는 이른 나이에 아버지를 여의고, 사는 동안 어른이라고 할 만한 사람이 나를 이끌어준 경험이 드물었다. 어른의 보살핌과 지도가 필요한 내게 목사님은 유일하게 신앙과 삶을 이끌어준 어른이시다. 목사님은 내게 책으로, 말씀으로, 앞선 걸음으로 많은 영향을 끼친 스승이시다. 그동안 목사님께 받은 가르침과 위로와 격려는 나를 성장시킨 자양분이었다.

이 책은 사유의 빈곤과 상상력 부재의 수렁에 빠진 한국 교회와 젊은 이들에게 "우리는 성경을 읽을 때 인간의 언어에 매달릴 게 아니라 그 속에 담겨있는 하나님의 말씀(뜻)을 읽을 수 있어야 한다."며 제발 말을 잊고 뜻을 얻으라고 강조한다. 한국 교회의 교인 상당수는 성경을 하늘에서 들려온 음성을 누가 그대로 받아쓰기라도 한 것처럼 인식한다. 그러나 성경은 오랜 세월 수많은 저자들에 의해 기록되고, 권마다 독자층이 다르며, 시와 편지를 비롯한 여러 장르의 글들의 모아 놓은 책이다.

한국에서 성경은 매년 150만 부 이상 팔리는 베스트셀러다. 그러나 한국 기독교와 교회는 시중의 조롱거리가 된 지 오래다. 제 종교만 유일하고 우월하다 믿으며 다른 종교를 배척해 고립을 자초하고 있다. 또한 풍요와 안락을 숭상하는 인간중심적 경제 우선주의에 빠져 좁고 초라해 보이는 예수의 길을 가려 하지 않는다. 약함과 희생의 상징인 십자가도 더는 지려하지 않고, 세상과 다름없이 경쟁과 효율을 추구한다. 성경의 주된 가르침인 가난과 소외, 차별과 불행을 해결하는 데도 눈과 입을 굳게 닫았다.

이현주 목사는 이 책에서 특유의 부드러운 어조로 차근차근 일러주다가도 본질과 비본질에 대해서는 더없이 단호하게 지적한다. 또한 그동안 신학과 교리의 이름으로 당연시한 것들에 의문을 제기하도록 이끈다. 종교개혁가 마르틴 루터Martin Luther의 말을 빌려 "하나님을 의심하고 부정하는 무신론자가 무턱대고 하나님을 믿는 맹신자보다 더 하나님께 가깝다."라고 강조한다. 누가 가르쳐서 하나님에 대해 아는 '지식'이 아니라 자기가 몸소 경험하고 실천하여 '깨달음'을 얻도록 깊은 성찰을 유도한다. "그리하여 가치관이 혼동되고 그리스도인이기에 해야 하는 고민을 안고 씨름하는 젊은 신앙 동지들이 멸망으로 치닫는 세상을 거슬러 우뚝 세운 반기叛旗 아래 모일 수 있다면 무엇을 더 바라겠는가."라고 이 책의 집필 목적을 분명히 하고 있다.

『젊은 세대를 위한 신학 강의』는 1991년부터 1993년까지 차례로 출간된 시리즈로 1권『예수의 삶과 길』, 2권『교회: 그리스도의 몸』, 3권『탈출의 하나님』으로 구성되었다. '신학 강의'라는 제목 때문에 다소 딱딱할 것 같지만 일반적인 조직신학 서적과 달리 세 딸과 대화하는 형식이라 부담감이 적다. 서문에 '이 책은 사랑하는 딸들에게 아비로서 거리낌없이 나눠주는 자신의 생각'이라고 씌어있는데, 과연 책 곳곳에서 딸들에 대한 아버지의 애정과 사랑의 온기가 느껴진다.

무엇보다 기독교 신학을 설명하는 데 동양의 고전과 다른 종교의 경전을 아울러 인용하고 해석하는 방식은 참 신선하고 융숭 깊다. 덕분에 모든 진리는 서로 통한다는 지극히 당연한 사실을 확인할 수 있다. 완고한 기독교 교리에 익숙한 이들에게는 다소 불편할 수도 있겠지만 이현주 목사의 신앙궤적을 조금이라도 아는 사람이라면 그리 이해 못할 것도 없을 것이다.

오래전 본인이 속한 감리교단이 아닌 성공회 본부에서 일할 때 '언제 개종했느냐'는 사람들의 물음에 이목사는 "울타리 없는 집에 산 지 오래인데 언제 담을 넘었느냐고 묻는 거냐. 예수는 우주의 중심에 서 계신 분이다. 우주의 중심은 곧 나의 중심이다. 그것은 나와 우주가 별개의 존재가 아닌 까닭이다. 오늘 나에게 주어진 유일한 과제는 중심에 서신 예수의 부르심에 더 옹골차게 응답해서 더 깊은 곳으로 내려가는 것이다. 내가 가끔 불경佛經을 읽는 것은 거기서 나의 예수, 그분의 친절한 음성이 들려오기 때문이다."라고 했다. 불교 수행공동체인 정토회를 이끄는 법륜 스님은 "이 목사님을 만나면 그냥 마음이 통하는, 오래된 도반과 같이 여겨진다. 고정관념이나 권위의식이 없고 사물을 보는 눈도 나와 다르지 않다."라고 했다.

『예수의 삶과 길』
책에서 이현주 목사는 딸들에게 묻는다.

"어떤 중이 와서 우리에게, 너희 기독교는 종교가 아니니까 불교를 믿어라, 이렇게 말한다면 기분 좋겠어? 나쁘겠지?", "어린아이들이 어렸을 때는 저만 알지? 너희도 그랬어. 저밖에 없는 줄 알아. 모든 걸 자기 위주로 하지. 그러나 차츰 자라면서, '아! 남도 있구나'하고 생각하게 되는 거야. 그리고 나 좋을 대로만 하면 안 되는구나, 자기 좋을 대로만 해가지고는 세상을 행복하게 살 수 없구나, 이렇게 나 아닌 상대방을 깨닫게 되는 것이 바로 어른스러워지는 것이거든."

사실 그동안의 한국 기독교는 '기독교도 하나의 종교다'라는 말에 심한 거부감을 나타내왔다. 기독교 외의 종교는 있을 수 없고, 세상의 종교란 기독교가 유일무이하다는 깊은 미망에 빠져있었다.

하나님이 한 분이고, 그 한 분 하나님이 이 세상을 만드신 분이라면, 하나님은 세상 사람들이 서로 싸우고 죽이고 하기를 바라겠니? 당연히 이 세상에 사는 모든 사람이 서로 사랑하고 안 싸우고, 그렇게 살기를 바라시지 않겠어? 그런데 사람들이 종교가 다르다는 이유로 서로 싸운단 말이야. 게다가 왜 싸우나 하고 보니까 다름 아닌 '하나님' 때문에 싸우거든. 하나님이 얼마나 답답하시겠니?

저마다 믿음의 방법이 다르니 자신의 확신을 말하되 상대에게 자기 확신을 강요하는 게 아니라 서로 힘을 합해 좋은 세상 만들기를 권유하는 것이 다른 종교인을 대하는 올바른 태도가 아닐까? 이 책은 그렇게 다른 종교인들과 어울리며 사는 것이 기독교인의 참모습임을 알고 자기를 바로 세워야 한다고 당부한다.

이현주 목사는 딱딱한 조직신학의 기독론을 실제적이고 명료하며 가슴에 와 닿기 쉽도록 설명한다.

> 모든 생명은 다른 살아있는 생명을 먹어야 살게 돼있어. 생명에는 먹는 생명이 있고 먹히는 생명이 있는 거야. … 너희들 누굴 먹고 살았니? 엄마 먹고 살았잖아? 엄마가 너희들 밥이거든. … 너희 엄마는 엄마의 엄마를 먹었고, 자꾸만 위로 올라가면 결국 모든 밥 중의 가장 높은 밥, 맨 처음 밥이 누구냐 하면 하나님이라 이 말이야. 하나님이 계셔서 사람이 있는 거지, 사람이 있어서 하나님이 계신 건 아니란다. … 그런데 자식이 자기를 살리느라고 스스로 생명을 내어준 어머니를 마구 구박하고 짓밟고 한다면 하나님이 그런 자식을 어떻게 하시겠니? 그래서 예수님이 오신 거야. … 이 세상에 밥으로 오신 예수님은 남은 살리고 자신은 죽는, 그래서 영원히 사는, 그런 길을 걸어가신 거야.

세상에서 가장 용기가 필요한 일은 기득권 세력에 싸움을 거는 일이며, 목숨을 걸어야 시작할 수 있는 일이다. "내가 안식일의 주인이다"라는 예수의 이 한마디는 낡은 세상을 상대로 전쟁을 선포하는 전사戰士의 군호 같은 것이었다. 예수는 약자를 보호하려고 만든 안식일이 되레 약한 사람들을 옭아매는 것을 더는 볼 수 없었던 것이다. 그 말은 기득권자들을 진노하게 했고 끝내 예수를 죽여야 할 명분이 되었다.

예수의 삶은 혼자 죽어서 여럿을 살리는 길이었다.

　　예수님은 당신 말씀대로 밀알 하나가 되어 땅에 떨어져 죽으셨어. 혼자서 외로이 죽으셨지. 그런데 다시 살아날 때는 혼자서만 살아나신 게 아니라 여럿으로(많은 열매로) 살아나셨어. 밀알 하나가 수십 배, 수백 배로 되살아난 거야! 그게 바로 예수님 부활의 신비란다. 개인으로 죽어서 무리로 살아난 거지. 예수님의 부활은 예수 한 분의 부활만이 아니라 그의 죽음과 함께 죽었던 많은 제자들의 부활이기도 했어.

　　예수의 죽음 앞에서 예수를 부인하고 절망과 실의로 은둔처를 찾던 제자들이 예수의 부활과 함께 희망과 용기를 품고 담대히 새 역사를 만들기 시작한 것이 예수 부활의 결과다. 그것은 죽음에서 살림으로 바뀐 민중의 부활이었다.

　　예수는 많은 사람들의 미움과 저항에 십자가를 질 수밖에 없도록 살아가신 분이다. 만일 지금의 교회와 그리스도인 들이 그때의 예수처럼 특권층에게 미움 받지 않는다면 아직 그 삶을 살지 못하고 있음을 스스로 증명하는 것이다. 예수의 말과 행동을 눈여겨보고 우리도 그 길을 따라 살고자 애쓰는 것이 그리스도인의 삶이다.

『교회: 그리스도의 몸』

　　세상의 모든 종교에는 교주와 교주의 가르침, 그리고 그 가르침을 좇아 살려는 무리가 있다. 기독교라고 예외는 아니다. 예수와 예수의 가르침과 그것을 좇아서 살려는 무리가 모인 곳(상태)이 교회다. 이현주 목사는 교회를 "내게 어머니와 같은 존재로, 어머니가 없었으면 내가 없는 것처럼 교회가 없었으면 예수를 만날 수 없었을 것이고 예수를 만날 수 없었다면 지금의 나도 없는 것"이라 고백한다. "자식이 어머니를 사랑하지 않을 수 없듯이 나는 교회를 사랑하지 않을 수 없다. 그렇게 교회를 사랑하려면 교회라는 틀에서 나와야 한다. 자식이 어머니 품에 안기려면 어머니의 자궁에서 나와야 하는 것처럼 말이다." 이것이 이현주 목사의 교회론이다.

그에게 '그리스도의 몸 된 교회'란 제례와 의식으로 고착된 조직이 아니라 지금 여기서 예수의 가르침을 끊임없이 실천해가는 움직임이다. "교회는 '나'라는 나무가 딛고 솟아야 하는 땅이다. 그러므로 나는 당연히 교회보다 커져 있어야 한다."는 말은 깊은 공감을 일으키기도 하지만 그가 非교회주의자라는 오해를 일으키기도 한다.

교회는 다름 아닌 그리스도 그분의 뜻을 실천하는 몸이거든. 교회가 하는 모든 일은 그리스도의 뜻을 실천하는 것이라야 해. 그분의 뜻에 어긋나는 짓을 하는 교회가 있다면 가짜 교회든가 병든 교회지. 비록 교회 간판은 내걸고 번쩍이는 십자가를 높이 세웠지만 이웃을 위해 자기를 바치는 삶이 실제로 이루어지지 않는다면 둘 가운데 하나일 수밖에 없어.

이현주 목사의 여정은 바른 교회에 관한 자신의 생각을 실천하려는, 목회자로서의 역할에 충실한 삶이었다. 그의 생애 전반은 죽변교회를 비롯한 기존 교회의 목회자였고, 예순 이후로는 교단이나 교파에 소속된 교회가 아니라 실험적이고 혁명적인 교회공동체 운동을 지속적으로 시도했다.('드림실험교회', '예수혁명교회' 등)

예수는 부드러움으로 세상의 강한 것들을 무너뜨렸다. 세상은 돈과 권력과 강력한 군대 따위에 힘이 있다고 여기지만 예수는 그런 것이 하나도 없었다. 오직 벌거벗은 알몸과 보이지 않는 말씀과 사랑의 힘으로 철옹성같이 단단한 유대교와 로마제국의 장벽을 무너뜨렸다. 그런 그리스도의 몸인 교회는 오늘도 자신의 나약함으로 세상의 강한 힘들을 굴복시켜 나가야 한다.

돈 아니면 안되는 것이 없는 세상이라 해서 교회까지 돈의 힘으로 무슨 일을 하려고 한다면 그런 교회는 일의 성취와는 관계없이 그리스도의 참 교회와는 거리가 멀다고 하지 않을 수 없구나. 그들은 예수의 일을 함께하는 것이 아니라 그분의 이름을 빌려 자기네 욕심을 채우는 모리배 집단에 불과하다.

예수는 그런 자들에게 "입으로는 '주여, 주여' 부르지만 결코 하늘나라에 들어가지 못할 것"이라고 경고했다.

이현주 목사와 동화작가 권정생, 두 분은 형제의 정을 나누는 사이였다. 예배당 종지기 권정생 집사와 이현주 목사의 교회에 관한 생각은 많이 닮아있다.

한국 교회는 현재 사람들이 누리고 있는 풍요나 교회 헌금의 수

량을 두고 하느님의 축복이라고 한다. 진정한 축복은 모든 생명이 각자의 몫을 골고루 나누는 것이다. 지금의 한국 교회는 권위주의, 물질만능주의, 거기다 신비주의까지 가세해 인간 상실의 역할을 단단히 하고 있다. 조용히 가슴으로 하던 기도는 괴성으로 변했고, 장로와 집사도 직분이 아니라 명예가 되고 계급이 되고 권력이 되었다. 예전의 교인들은 모두 가난했고 슬픈 사연들을 지니고 있어 가식 없는 대화를 나눌 수 있었다. 새벽이면 석유램프 불을 켜놓고 저마다의 아픈 사연을 기도하고 '이 세상 고락간 주 뜻을 받들고 내 몸이 의지 없을 때 큰 믿음 주소서'라고 흐느껴 찬송하며 하느님의 위로를 구했다. 가난한 사람들의 행복은 이렇게 교회에서 욕심 없는 기도를 할 수 있기 때문이다. 새벽기도가 끝나고 아침햇살이 창문으로 들어와 비추면 군데군데 마룻바닥에 눈물자국이 얼룩져있고, 그 눈물은 모두 얼어있었다. (권정생, 『우리들의 하느님』 녹색평론사, 2008)

오늘날 한국 교회는 구역질나는 자본주의와 손잡고 동행하는 불가사의不可思議를 서슴지 않는다. 그리스도인이라면 더더욱 세상과 잘못된 교회를 향한 예수의 반기叛旗를 내릴 수 없다. 이 땅에 '교회'로 존재하기를 포기하지 않는 한.

『탈출의 하나님』
이현주 목사는 천생 이야기꾼이다. 어려운 것도 쉽고 재미나게 풀어 설명하는 능력이 빼어나다. 또한 늘 부드럽고 작은 목소리로 속삭이듯 얘기

한다. 사람들이 아무리 많이 모여도 늘 깊은 대화를 하듯이 상대에게 눈을 맞추어 들려주는 이야기에 누구라도 빠져든다. 구약성경은 크기와 폭이 방대한 책이다. 그래서 처음 읽는 사람은 거기에 주눅 들어 포기하기도 한다. 그러나 탁월한 이야기꾼이 안내해준다면 길 잃고 헤매는 일은 없을 것이며, 그 안에서 갖가지 보물을 발견하는 묘미도 있을 것이다. 세 번째 책『탈출의 하나님』은 구약에 등장하는 사람들의 이야기로 오늘을 사는 우리에게 삶의 지혜를 들려준다.

구약이란 사람을 찾는 하나님과 하나님을 찾는 사람의 모습을 보여주는 움직이는 무대와도 같다고 할 수 있겠구나. 구약에 나오는 숱한 주인공의 인간다운, 너무나도 인간다운 이야기는 사실 너무나도 하나님다운 모습을 비춰주는 거울 같은 것이거든.

애굽에서 가나안으로 이스라엘(하나님의 백성)이 탈출하는 이야기는 모든 인간이 삶이라는 순례를 통해 하나님(가나안)을 찾아가는 여정의 상징이다. 흔히 탈출이란 어디서 도망쳐 나오는지만 생각하기 쉽지만, 성경의 탈출은 '어디서' 나오는 것과 '어디로' 향하는 것, 이 두 가지 의미가 있다. 애굽만 있고 가나안이 없다면 이스라엘의 '출애굽'은 불가능하다. 애굽이 없는 가나안은 있을 수 없고, 가나안 없는 애굽 또한 있어서는 안된다. 달리 말하면 이 세상 없이는 천국도 없고, 천국 없이는 이 세상도 없다는 것이다. 모든 인간은 직선의 두 끝점 사이 팽팽한 선 위를 가는 나그네다. 직선의 한끝은 이 세상이고 또 다른 한끝은 천국이니 이 세상에서 천국으로, 노예와 굴종에서 해방과 자유인으로 나아가는 것이다.

이스라엘 백성들의 출애굽을 이끈 지도자는 모세지만 그것을 기획하고 주동하신 분은 하나님이다. 야곱의 아들들을 애굽으로 이끈 이도, 모세를 호렙산으로 불러 해방의 씨앗으로 준비시킨 분도 하나님이다. 해방의 주체이신 하나님은 억눌린 자, 울고 있는 자들 속에 계시고, 누가 보아도 내일이 없는 절망의 구덩이 가운데 계시는 분이다. 이스라엘 민족의 역사는 인간의 뜻이 아니라 하나님의 말씀(명령)에서 비롯되었다. 하나님은 족장 아브라함에게 '내가 약속한 땅으로 가라'고 명령하셨고, 아브라함은 따랐다. 새로운 땅과 성대한 자손을 이루어주겠다는 하나님의 약속을 믿음으로써 새 역사는 시작된 것이다. 가는 곳이 어딘지도 모른 채 떠나는 나그네는 오직 하나님의 인도에 의지해야 했다. 그 하나님의 인도와 보살핌은 다름 아닌 길에서 만난 이웃들의 따사로운 호혜와 환대였다.

'우리에게 생겨나는 모든 사건은 하나님이 주시는 것이다.' 이런 신앙고백은 이스라엘이 역사 속에서 하나님을 경험하며 어렵게 체득한 진리였어. 나쁜 일도 좋은 일도 모두 하나님이 우리에게 주시는 것이라는 신앙고백은 이스라엘이 고통스러운 역사 경험을 통해 체득한 것이면서 동시에 영문을 알 수 없는 오늘의 고난을 견뎌내는 힘이기도 했단다.

모든 경험을 꼭꼭 씹어 삼키면 은혜 아닌 것이 없다. 그것이 출애굽이라는 거대한 사건의 여정에서 이스라엘이 찾은 하나님의 모습이다. 이 책을 읽다 보면 애굽을 탈출한 이스라엘 백성들, 아버지의 집을 떠나 나그네의 길을 가는 아브라함의 모든 이야기 속에서 존재의 근원이신 하나님께로 돌아가는 오늘 우리 자신의 모습을 발견할 수 있을 것이다.

"말을 버리고 뜻을 얻어라." 이현주 목사는 책에서 여러 차례 이 말을 강조하고 있다. 문득 이 말은 다른 사람에게 하는 것이 아니라, 하나님을 향한 순례길을 가는 스스로에게 하는 다짐 같은 것이 아닐까 하는 생각이 들었다.

최근 어느 종교집단 교주의 만행이 세상에 알려져 많은 사람이 분개했다. 한때 그 집단에 있었던 목회자는 그 교주의 성경에 밑줄이 수없이 쳐 있고 하도 많이 읽어서 책이 너덜거렸다고 증언했다. 교주가 그토록 많은 밑줄을 그으며 읽은 성경구절은 무엇이었을까? 하나님 말씀의 참뜻을 찾는 게 아니라 성경구절 그 자체에 매몰되면 벌어지는 일이란 비단 그 교주의 사례뿐만이 아님을 우리는 알고 있다.

그러니 기독교인으로서 우리는 매 성경구절에 집착할 것이 아니라, 매일의 삶을 좀더 주님 보시기에 합당한 모습으로 가꿔나가는 데 마음을 써야 할 것이다. 이 책은 성경을 구체적으로 읽고 이해하는 데 친절한 길라잡이가 되어줄 것이다. 그래서 오랫동안 애정으로 곁에 두며 다른 이들에게 권하고 싶은 책이다.

지
혜
의

샘
으
로

달을 좇다 달이 되는

『공空, 저는 어디에도 없으면서 모든 것을 있게 하는…』을 읽다가

김수진

작가, 소마틱스Somatics[심신통합기법] 안내자

"위아래사방 꽉 막힌 방 안에, 성난 황소 한 마리와 네가 있어. 황소가 콧김을 씩씩 뿜으며 날카로운 뿔을 세우고 너한테 있는 힘껏 달려오기 시작해. 자, 이제 너는 어떻게 할래?"

어느 날, 선생님이 내신 뜬금없는 수수께끼에 나는 한참이나 끔벅거렸다. 죽은 척 한다든가, 폭력보단 합리적인 대화로 풀자고 사정한다든가, 꽉 막힌 방 한구석에 혹시 작은 쪽문이라도 있지 않을까 하는 기대 따윈 소용없어 보였다. 눈알을 이리저리 굴리던 끝에 한숨으로 답이 뭐냐고 여쭈자 선생님은 잔뜩 개구진 표정으로 내 미간을 가리키며 말씀하셨다. "뿔과 뿔 사이로 빠져나간다!"

『공, 저는 어디에도 없으면서 모든 것을 있게 하는…』, 이 책을 집어 들고는 어쩐 일인지 오래전 선생님이 내셨던 수수께끼가 떠올랐다. 그날 이후 오랫동안 내 화두였던 이 수수께끼가.

동화작가와 초등학생 독자로 몇 차례 편지를 주고받은 후, 선생님을 직접 뵙고 모임에 참석하게 된 것은 이십대 후반이었다. 내 기억에 그때도 선생님은 늘상 '내 뜻대로 마시고 아버지의 뜻대로 하옵소서'를 실천하고 계셨다. 막 사회에 나와 주체할 수 없는 '자유의지!'에 한껏 농락당하던 이십대의 나는 선생님과 선생님의 선생님(또는 '아버지' 또는 '그분')과의 관계를 유심히 관찰하기 시작했다.

사실 내게 선생님과 '그분'은 다소 일방적인 관계로 보였다. 그분은 선생님께 이런저런 것들을 요구하고, 때로 그건 보통사람 눈에 황당하거나 변덕스럽거나 무책임해 보이기도 했다. 선생님의 그분은 대체로 좀 냉정하고 때로 가혹했다. 종종 선생님을 시험에 빠뜨리고는 '네가 어떻게 나오는지 볼라고 그랬다' 하시기도 했다.

언제나 어떤 상황에서나 내 편이고 나를 사랑하신다더니, 그분을 따르는 길에는 부비트랩booby trap이 그득한 것 같았다. 그분 뜻을 따르지 않았다면 겪지 않았을 온갖 고초는 기본이고, 그걸로 내 속의 흉측한 것들을 끝도 없이 들춰봐야 했다. 게다가 그 끝이 해피엔딩 같지도 않았다. 선생님이 따르다가 망해도 좋다던 스승 예수도 조롱과 돌팔매질 끝에 십자가에 달렸고, 일평생 남들의 해방을 도왔던 싯다르타는 설사병으로 돌아가셨으며, 선생님 또한 이런저런 곤란과 구설을 피할 수 없으셨다. 이런 '그분'의 뜻을 믿고 따르는 게 맞는지, 이러다 인생 망하는 건 아닌지, 나는 자주 혼란스러웠다.

『공空, 저는 어디에도 없으면서 모든 것을 있게 하는…』은, 지금으로부터 십년 전, 칠순을 맞은 관옥 선생님의 단상斷想 혹은 선시禪詩를 엮은 책이다. 한때 선생님은 손글씨로 짧은 경구 같은 것을 써서 책갈피로 나눠주신 적이 있는데, 한동안은 '空(공)'이라는 글자만 끝없이 쓰셨다. 나도 이 무렵 선생님께 얻은 책갈피가 몇 개 있고 그중에 '空'도 있어, 꽤 여러 해 지갑에 넣고 다녔다. (참고로 이 책에는 선생님의 선시와 어우러진 다채로운 글꼴의 '空'을 음미하는 재미가 있다.)

머리말에 선생님은 '자연이 사람 손을 빌리지 않고 베푸는 모든 것이 공짜'라고 하셨다. 값이 없어서가 아니라 값을 매길 수 없어서 공짜. 구글에서 '空'이라는 글자를 살펴보니 '비어있다' 또는 '하늘'이라는 뜻으로 가장 많이 쓰이는 듯했다. '자유롭다' 또는 '값이 없다'는 뜻으로 쓰이는 영어의 'free'와도 통하는 듯하다. 한자를 뜯어보면 집(宀)과 숫자 여덟(八), 짓고 만든다는 뜻과 소리(工)가 합쳐진 표현이다. 흔히 우주를 '집'에 비유하고 도교에서는 숫자 8이 모든 가능성의 현현顯現을 뜻한다니, '공空'은 '우주에 존재하는 모든 가능성을 현현하게 만드는 무엇'이라는 어마무시한 뜻이 담긴 글자였다. 『도덕경(道德經)』에서 말하는 '현묘한 암컷(玄牝)'이나, 양자물리학에서 '영점장(Zero point field)' 또는 '통합장(Unified field)'라 부르는 것도 이 '공空'의 다른 표현일 것이다.

사람이 몸을 입고 이 생에 왔다가 결국에 돌아가는 곳이 바로 '공空'이며, 그것이 늘 선생님이 말씀하시던 '아버지의 집' 또는 '그분의 품'인 듯하다. 그러나 앞서 이 길을 간 선배들의 숱한 기록에도 전해오듯 인간이라는 형상과 마음을 지니고는 그리로 갈 수 없다. 우리가 할 수 있는 일이란 다만 사람에 불과한 '나(ego)'를 비우는 일이기에, 선생님의 평생은 아마도 '나'를 내려놓고 비우는 과정의 연속이셨구나 짐작한다.

선생님을 만나 가장 많이 들었던 비유는 '속이 텅 빈 피리'와 마더 테레사의 '나는 그분의 손에 들린 몽당연필'이라는 말씀이었다. '안경알은 제 스스로 자신을 닦을 수 없다'는 말씀도 닳도록 들은 것 같다. 이 모두가 인간인 '나'를 비우고 내려놓아야 비로소 '그분'이 일하실 수 있다는 선생님 나름의 설명이었다. 단순하면서도 심오한 노자와 장자, 통찰로 눈이 번쩍 뜨이는 붓다와 틱낫한, 아름다움으로 정제된 루미와 익살로 승화된 나스룻딘, 일상의 자각이 피부로 느껴지는 디팩 초프라와 요가난다 등, 시대와 국경을 넘어 선생님이 소개해주신 선배들도 같은 말을 하고 또 했다. '나(ego)'를 포기하라. '공空'에 내맡기라.

> 주인어른 말씀인즉
> 내가 네 몸으로 하는 일을
> 한 걸음 떨어져
> 지켜보라 하시는데,
> 그 한 걸음이 떨어지지 않아서,
> 그래서 이렇게 고생이 심하구면, 허허허. (p.12)

나는 '자유의지'로 뭔가를 한다고 생각하지만, 정작 내 몸으로 일하시는 분은 따로 있으니, 나를 통해 일어나는 일에 간섭도 방해도 불안도 걱정도 말고 그저 구경꾼처럼 지켜보라는 말씀이다. 양자물리학에서 말하는 소위 '관찰자'로 남으라는 것이다. 선생님은 책의 첫머리에 제일 먼저 이것의 어려움을 고백하셨다. 머리로 아는 것을 몸이 체득하기에는 칠십 년도 모자란다니, 아, 역시 나는 망한 것인가!

어쨌든 행위가 아니라 관찰을 하려면, 일어나는 행위와 지켜보는 존재가 분리돼있다는 사실을 알아야 한다. 그 건강한 분리를 통해 '나'라는 환상을 깨뜨리고 나면 사실은 행위자도 관찰자도 없는 자리, 오로지 관찰만 남는데, 선생님은 그것을 '위면서 위 아니고, 아래면서 아래 아닌 데, 위도 없고 아래도 없는 허공虛空, 허虛이면서 공空인 그곳(p.17)'이라고 표현하셨다. 그리고 비로소 '밖에 있는 그분'이 아니라 '안에 있으며 나인 당신'을 느꼈다(p.21)고 하셨다.

그러나 그 과정에 숱하게 물로 돌아가는 물거품처럼 '안팎에서 부서지고'(p.27), 금으로 돌아가려는 금반지처럼 '안팎에서 녹아야'(p.27)했다는 것과, 그토록 철저히 부서지고 녹아내리는 순간에조차 '내 뜻을 버리는 아버지'(p.27)를 마주해야 하는 잔혹함은 이 길이 예수가 걸은 십자가의 길과 같다는 뜻이기도 했다. 그럼에도 칠순을 맞은 선생님은 이렇게 망할 수 있어 더없이 행복하다고 노래하시니, 이건 뭐란 말인가.

> 행복하여라, 둥지 없는 작은 새여!
> 허공에 뿌리 내린 나무여!
> 향해서 달려갈 목표 없는 인생이여!
> 선 곳마다 종점이자 출발점인 가난뱅이 영혼이여! (p.37)

내려놓고 맡겨서 자신을 텅 비운다는 것은, 아무것도 쥔 것 없는 빈손으로 벌거벗은 느낌일 듯하다. (나는 종종 이런 악몽을 꾸었다.) 모든 것이 끝장날 것처럼 두렵고 극도로 취약한 느낌, 눈물도 한탄도 말라버려 누구와도 나눌 수 없는 절대고독. 그러나 아무것도 남지 않은 그 내맡김의 자리에 홀연히 드러나는 무언가. '나 자신(I AM)'이자 '그분'인 존재와의 만남은 잃었다고 생각하는 모든 것을 보상하고도 남는 기쁨이기에, 이런 오도송惡道頌(깨달음을 노래한 시)이 절로 터져 나오는 것 아닐까. 그러니까, 역설적으로 이 지복至福은 자발적으로 망한 이들에게만 허락되는 것이다. '나'를 철저히 포기하고 '그분'이 모든 것을 차지하면서 딸려오는, 일종의 '사은품'처럼.

선생님은 이렇게 비워서 얻은 기쁨을 '사랑'으로 치환하려고 하셨던 것 같다. 『공空…』에는 칠순을 맞은 선생님의 사랑에 관한 생각도 많이 담겨 있다. 선생님은 모임에서도 종종 해가 고운 꽃 미운 꽃 가리지 않듯이, 모든 것에 고루 닿아 어루만지는 햇살 같은 사랑을 경험해보는 게 소원이라고 하셨다. 그러나 그 사랑을 '내가 하는' 것이 아니라 사랑이 '나를 통해' 흐르기를, 그렇게 서로를 사랑하는 일이 결국은 '자기 사랑의 통로'(p.121)가 되기를 기도하셨다.

> 붓다는 깨달은 사람이 아니라 깨달음이다.
> 사랑은 함이 아니라 있음이다.
> 사랑 안에서 실종되어라, 그리하여
> 네 사랑으로 하여금
> 너와 네 연인을 두루 삼키게 하라. (p.117)

정향 사모님이 돌아가시고 몇 년 후, 선생님은 이런 사랑을 직접 실험해보기로 하셨다. 그 과정에 수년간 함께 해온 모임이 와해됐는데, 저마다 기대한 '스승'이라는 환상이 무너지자 더러는 상처받고 더러는 분노하며 뿔뿔이 흩어졌다. 선생님과 모임에 온 존재를 의탁했던 나는 한동안 우주 미아가 된 기분이었다. 사막 바람에 나뒹구는 잡초뭉치처럼 갈 곳도 방향도 잃은 것 같았다. 이제 어디서 지혜를 구하나, 누구를 이정표 삼아 이 길을 나아갈까 막막하기만 했다.

그러던 어느 날, 이 일은 오래전 선생님을 통해 내게 왔던 수수께끼와 본질이 같다는 것을 알게 되었다. 사방이 막힌 공간에서 나를 향해 뿔을 세우고 돌진하는 황소, 도저히 답이 없을 것 같은 상황 속에서 내가 해야 하는 선택. '어떤 일이냐'가 아닌 '어떻게 해석할 것이냐'가 문제라던 선생님의 가르침.

이것은 지금껏 선생님과 공부해온 것을 내 삶에 적용해볼 기회였다. 또한 다음 단계로 나아갈 준비가 되었는지 '그분'이 내게 던지는 질문이기도 했다. '문제가 일어난 그 차원에는 해답이 없다'던 아인슈타인의 말처럼 이는 드러난 현상을 넘어서야 풀리는 문제였고, 내겐 이것이 '이원성을 넘어설 수 있느냐'는 질문으로 귀결됐다. 참과 거짓, 옳고 그름, 빛과 어둠, 나와 너를 넘어선 자리에서 '그분이자 나'로 현존할 수 있는가. 인간인 나에게 사각지대와 맹점이 필연이라는 사실을 인정한다면, 내가 보는 세상이 옹근 전체가 아니라 장님 코끼리 더듬듯 조각난 정보를 뭉뚱그린 것이라는 사실도 받아들일 수 있지 않을까.

그러자 선생님의 오랜 실험들 또한 그 이원성을 넘어보려는 시도였다는 것을 어렴풋이 짐작할 것 같았다. 언젠가 선생님과 둘이서 하릴없이 혜화 로터리에 앉아 지나는 사람들을 구경하는데, 문득 선생님이 말씀하셨다. "나는 저기 저 사람들과 내가 다르지 않다는 거, 저 사람들이 전부 나라

는 걸 알게 되는 게 깨달음인 것 같아." 그러고 보니 선생님의 이런 시도
는 사랑뿐만 아니라 삶 전반의 모든 것들로 두루 향했고, 그러므로 선생
님은 언제 어떤 경우라 해도 한쪽을 편들어 다른 쪽과 다투지 않으려 경
계하셨다. '아담이 선악과를 따먹으면서 시작된 분리, 보는 주체와 보이는
객체가 따로 있다는 어미 착각이 결국은 저를 떠나 저에게로 돌아가는
순례이며, 이것이 결국 인류 진보의 여정'(p.128)이라는 것을 늘 몸으로
깨닫고 싶어 하셨다.

스스로를 견뎌내기 몹시 어려웠던 시절, 선생님은 내게 '따를 순順'에
'참 진眞', '순진順眞'이라는 이름을 주셨다. 촌스러웠지만 그 이름을 사랑
했다. 수년 전 여행 중에 만난 어느 신학자가 내게 뭐 하는 사람이냐고
묻기에 버릇처럼 "구도자(seeker)예요"라고 답했다. 그런데 순간 내 안에
서 아주 단호한 외침이 들려왔다. '더는 아니야!' 무언가를 구한다(seek)
는 것은 그것이 내게 없다는 뜻이고, 진리를 따른다는 것은 진리와 내가
분리돼있다는 뜻이었다. 그런 연기演技에는 지쳤고 신물이 났다. 이제 나
는 아무것도 구하거나 따르고 싶지 않았다. 그냥 그것이고 싶었다. 이제
나는 나의 왕이었으며, 부처님 말씀마따나 오직 '나 자신과 진리에 의지
해(自燈明法燈明)' 나아가야 했다.
선생님은 종종 당신을 '달'이 아니라 달을 가리키는 '손가락'이라고 하
셨다. 그리고 당신부터 달을 바라보려고 하셨다. 그렇게 스승이신 예수처
럼 '어디에도 없으면서 모든 것을 있게 하고, 아무 일 안하면서 모든 일이
되게 하는 허공 같은 사람'을 끝내 당신의 운명으로 받아들이겠다(p.8~9)
는 말씀이 종심소욕불유구從心所欲不踰矩, 칠순을 맞은 선생님의 고백이

었다.

어린 시절 선생님의 목사님은 '사는 동안 불가능한 꿈을 꾸라' 말씀하셨다고 한다. 노력으로 이룰 수 있는 것은 허무한 꿈이니, 가다가 끝내 다다르지 못할 것, 그 길에 쓰러져도 좋을 것을 꿈꾸라 하셨다고. 한때 성자聖者가 되기를 꿈꾸던 선생님은, 마침내 그 꿈도 내려놓고 그저 '달'을 보기로 하셨다. 그리고 그 달을 가리키는 '손가락'을 자처하셨다.

나에게 선생님은 앞서 걸어간 발자국이다. 그 발자국은 숲속 오솔길이나 단단한 바위에도, 미끄러운 뻘밭이나 흐트러진 모래톱에도 나있다. 나는 가끔 그 발자국을 살피며 내 걸음을 고른다. 달을 가리키던 선생님이 드디어 팔순에는 달이 되셨는지, 아니면 언제쯤 되실는지 나는 모르겠다. 사실 그건 중요하지도 않다. 다만 선생님처럼 나도 달을 좇다 달이 되는 그 여정에 있다는 것, 그 하나는 분명히 알겠다. 끝내 달에 가 닿지 못해도, 스승 예수를 따르다가 망한대도 어쩔 수 없다는 선생님처럼, 나 역시 선생님 발자국을 따라가다 망한대도 이번 생은 별 수가 없겠다.

어느 겨울날, 선생님이랑 〈신神과 인간〉이라는 영화를 보고 여운에 젖어 안국동 골목길을 타박타박 내려오던 참이었다. 긴 침묵 끝에 선생님이 나직이 입을 떼셨다. "죽으러 가는 사람들이랑 죽이러 가는 사람들이…" 다음 말을 내가 이었다. "…한 사람이네요."

나를 보고 있는
나를 본다.

저 나는 언제 어디서나 이 나를 지켜보고

이 나는 가끔 어쩌다가 저 나를 보지만

얼마나 황홀한 순간인가?
나를 보고 있는 나를 보다니! (p.217)

땅에 글 쓰는 사람을 만나다
『그러므로 저는 당신입니다』를 읽으며

김유철

시인, 삶예술연구소 대표

2003년 여름에 나온 책이다. 21세기가 문을 연 시점에 그는 이 책에 생각을 넘어선 '몸'을 담았다. 그가 계룡산을 떠나 바다 가까이 살던 시절, 바다에 담긴 하늘을 눈으로 보고, 자연의 냄새로 마음을 채우고는 '몸'을 통해 한 말은 이것이었다. "그러므로 저는 당신입니다." 그해 삼척 바닷물이 밀물이었든 썰물이었든 혹은 멈춘 순간이었든, 그의 고백은 믿음의 메아리가 되어 오래도록 그 바다에 남아있는 듯하다.

해마다 새해 선물처럼 그의 붓글을 받는다. 내용을 차치하고 그가 왜 이 글을 썼을까 곰곰이 생각하며 붓글을 대한다. 오래전 팔레스타나에 살던 사람들이 '땅에 글 쓰는 사람'을 만난 적이 있다.(요8:6) 그가 선생님으로 따르는 '땅에 글 쓰는 사람'처럼 그 역시 묵묵히 글을 쓰는 사람이다. 비록 활자를 거쳐 책으로 나오지만 글이 새겨진 자리는 책이 아니라 땅일 것이다. 아니면 하늘이든가.

그럼에도 맹자가 그랬던가, '독기서부지기인가호讀其書不知其人可乎'라고, '책을 읽는다면서 그 사람을 모른대서야 그게 될 말이냐'라는 뜻이다. 그가 '주바라기'라는 분명한 사실 외에는 그가 누구인지 모르니 죄송한 일이다. 그러니 그도 스스로를 '이 아무개'라고 부르는 것 아닐지.

책을 펴기도 전에 결론으로 치달았다. 사실 '치달았다'는 말은 글 읽기에 서툰 내가 그가 슬쩍 보여준 것을 감지덕지 받아먹었다는 말이다. 어설픈 독자는 늘 '어서 빨리!' 하며 정답 같은 결론을 요구하지만, 분명한 것은 세상에는 정답도 지름길도 없다는 것이다. 그저 그가 한발 또 한발 성실하게 내딛은 발자국 소리와 그 자리에 담긴 하늘을 볼 뿐이다.

그는 책의 앞 표사에서 이렇게 말했다. "제가 어디를 가든, 세상 끝날까지 내가 너희와 함께 있겠다는 당신의 약속에 의하여, 거기에는 당신이 계십니다. 그리고 제가 어디를 가든 거기에는 우주인 제 몸이 있습니다. 포도나무 가지인 저와 포도나무인 당신이 함께 있는 것입니다."

앞 표사에 답하듯 뒤 표사에서 그는 대답했다. "정말 제가 '무엇'으로 되느냐는 더 이상 저에게 문제가 되지 않습니다. 저의 문제는 어떻게 하면 '아무 것도 아닌 존재'로 되느냐 하는 것입니다. 그것이야말로 저에게는 참된 자아실현입니다. 본디 '아무 것도 아님'이 저의 '자아自我'이기 때문입니다." 그의 자문자답이지만 깊은 울림은 그것이 누구의 소리인가 하고는 무관했다. 그렇게 바다가, 산이, 사람이 울고 있을 뿐이다. 누구든, 무엇이든 맑고 깊은 울림은 이내 울음처럼 들린다.

어느 책에서나 그렇지만 그는 책의 머리말을 머릿돌처럼 여기며 그 위에 언어를 넘어선 집을 짓는다. 그의 집이 소박하지만 머무를 공간이 넉넉한 이유는 머릿돌 선 자리가 모래 위가 아니기 때문이리라. 그가 선생님이라 부르는 존재가 게파(바위)를 선택하고 그것을 디딤돌이거나 징검다리로 여겼듯이 그 역시 늘 그러했다. 새가 날갯짓을 어미에게 배우듯 모방은 창조의 첫걸음이기에 더욱 그러할 것이다.

『그러므로 저는 당신입니다』머리말에서 그는 이렇게 머리를 숙였다.

"발자국 또 하나 남기는군요. 제가 아직 안 죽고 살아있으니, 어쩔 수 없는 일이올시다. 침묵의 세계, 그 텅 빈 고요를 바라고 걸어가는 저의 여정은 아직 끝나지 않았습니다. 그저 모든 것이 고마울 따름이지요. 한때 우리 곁에서 '예수'라는 이름으로 호흡을 나누었던 분, 지금은 어느 '이름'으로도 부를 수 없는 그분을 향한 저의 걸음이 언제 어떤 모양으로 지상에서 자취를 감출지는 모르겠습니다만, 아무래도 상관없습니다. 그분과 제가 처음부터 하나였고 지금도 하나고 언제까지나 하나일 수밖에 없음을 알아버렸으니까요. 제 인생은 그러니까, 저를 만나 저와 제가 하나 되기를 바라는, 다른 말로 하면, 저와 제가 하나임을 깨우치는 과정이라고 하겠습니다. 아, 이게 무엇일까요? 처음부터 가지고 있는 것을 가지겠다고 하는 이것 말씀입니다. 실물을 향한 그림자의 그리움 또는 사랑이라고 하면 어떻습니까?"

그의 머리글은 독자가 아니라 스스로에게 하는 사랑 고백이거나 다짐이다. 아마도 그의 생이 다하도록 그 고백과 다짐은 남겠지만, 마치 오래된 당산나무를 동네어귀에서 만나 등을 기대고 있는 광경이 겹쳐지는 듯하다. 나무 '목(木)'에 사람 '인(人)'이 기댄 것을 '쉼(休)'이라 했던가. 예수가 홀로 기도하는 모습도 때로 쉼이었기에 그도 선생님을 따라 그 모습 안에 머물렀으리라. 그의 삶의 결론이 예수였듯이.

성속이든 종교든 무엇에든 아예 문턱이 없기를 바라는 그의 마음은 이 책 전체를 관통하며 흐르는 물관이다. 그 물관 안으로 개신교의 예배당, 천주교의 성당, 불교의 법당이란 공간은 상관이 없었고, 노자, 달라이라마, 텃낙한을 스승으로 삼아 귀하게 모셨다. 우리 삶 곳곳에서 고수를 만난다는 '인생도처유상수人生到處有上手'를 증명하듯 그는 새로운 배움이라면 주저하지 않았고, 그 배움의 끝에서는 여지없이 예수를 만났다. 그러니 그의 길은 물돌이동(강이 말발굽처럼 구불거리며 휘어 흐르는 것-편집자) 이런가.

본문을 열면 그가 말한다.

> "'너희가 나를 떠나서는 아무것도 못한다'는 예수님의 말씀을 '너희가 너희 몸을 떠나서는 아무 것도 못한다'는 말로 새겨 읽는데 주저하지 않는다. 예수님께서는 눈이 죄를 짓게 하거든 눈을 뽑아버리라고 하였다. 눈이 죄를 짓게 하는가? 그런 일은 있을 수 없다. 강도 손에 칼이 들려 있어서 그것으로 사람을 죽였다. 과연 그의 손에 들려 있는 칼이 사람을 죽인 것인가? … 몸이라는 '이 물건' 속에 뭔가 있다! … 하느님이 내 몸 안에 계시므로 내가 내 몸을 통하지 않고 하느님을 만날 길이 없다."(p.15~17)

그는 이기주의자인가? 사실 그러하다. 그는 분명히 "내 인생 하나 행복하게 살아가는 일에만 매달리고 싶다"고 말한다. 글을 쓰는 이유도 "내 인생에 보람을 느끼고, 그래서 조금이나마 행복할 수 있다고 생각해서… 독자에게 무슨 도움이 되려고 글을 쓰는 것이 아니"라고 말한다. 그러나 그의 이기적 행복은 "시비是非의 경계를 훌쩍 넘어선 인간을 지향하여 나가고 싶은 것"이며 "내 눈길이 바깥 세계가 아니라 내 속으로 들어갈수록, 거기에는 더욱 넓고 더욱 깊은 세계가 펼쳐져 있음"이라고 밝혔다. 분명 내면으로 들어간 단순 소박함이기에 "아, 나는 정말로 행복하게 살고 싶다. 그러다가 행복하게 죽고 싶다."는 눈물 섞인 바람으로 충만하다. 그의 글을 읽으며 나 역시 행복하게 살다가 행복하게 죽는 이기주의자가 되고 싶었다. 달라이라마도 절실한 소원이 티베트의 독립이 아니라 행복하게 살고 싶은 것이라 하지 않았던가. 그것은 "참된 이기利己가 참된 이타利他의 뿌리"(p.133)임을 확연히 드러내는 말이다.

정치적으로 말하는 일은 드물지만 그의 소신은 분명하다. 이른바 '발전', '변혁', 특히 '큰소리로 외치는 자'들에 대한 거부는 명확하다.

> "붓다도, 예수도 고통과 죄에서 해방되는 길을 사람들에게 보여주고 가르쳤지만, 그것을 위해 억지를 부리지는 않았다. … 내가 그들을 믿고 존경하여 따르고자 하는 까닭은 그들이 내게 아무 것도 강요하거나 윽박지르지 않기 때문이다. … 목적지상주의야말로 세계를 혼돈과 고통으로 몰아가는 사탄이 애용하는 수단이라고 나는 생각한다. … 길게 말할 것 없다. 거짓말 하는 놈, 억지를 부리는 놈, 자기 아닌 남을 비난하고 헐뜯고 내치고 잘라버리는 놈, 저만 옳다고 우기는 놈, 그런 놈은 그리스도인이 아니다." (p.54~60)

그는 다양한 모습으로 대중에게 다가섰지만 분명히 목사다. 그러기에 그가 마주한 기독교적인 명제들을 '좋은 말'로 풀어내려 한다. "알아듣기는 쉽고, 뜻은 헤아릴수록 깊고, 그대로 하기는 어렵기도 하고 쉽기도 한, 그런 말이 좋은 말"이라고.

첫째 '믿음'이다. "내가 누구를 있는 그대로 받아들인다는 것은 나를 그에게 있는 그대로 내어 맡기는 것 … 그래서 더 이상 자신의 '나'가 없는 사람이다. … 믿음은 수행修行이다. 날마다 '나'를 닦아나가는 과정 없이 어떻게 믿는 자의 삶이 가능할 수 있겠는가?"

둘째 '신학'이다. 명토를 박듯 그는 말한다. "농사가 사람을 위해 있듯이 신학도 사람을 위해 있다. … 신학은 신에 '관한' 학문이 아니라, 신을 '지향'하는 학문인 것이다. … 신학은 절대자 앞에서 그분과 자신의 관계를 성찰하고 나아가 고백하도록 추궁함으로써 '사람의 길'을 바로 걷게 하는 것이다."

셋째 '수행'이다. "행行은 행실이다. 내가 생각과 말과 몸으로 하는 모든 '짓'이 행이다. 그것을 닦고 닦아서 본디 맑고 깨끗한 성품이(하느님이 지으신 그대로) 드러나게 하는 것이 수행의 목적이다. … 수행은 한평생 계속되어야 한다. … 수행하는 사람은 일용동정日用動靜의 모든 것이 자기를 닦는 일에 연관되어야 한다." (p.95~109)

그가 걸림이 없는 것은 그의 선생님이 걸림이 없기 때문이다. 스승을 보고 배우는 것이 제자 아닌가. 그와 그의 선생님은 심각하지 않게 대화를 나눈다. 일반인의 눈에 기적적인 일은 두 분의 대화를 통해 기적이 아닌 일이 된다. 훌륭한 선생님을 둔 그가 부럽고 그 대화가 아름다울 뿐이다. 나는 이 대목을 읽고 오랫동안 물구나무를 섰다.

　"선생님, 그날 새벽 왜 물 위를 걸으셨습니까?"

　"마침, 시간도 없고 배도 없었다."

　"저는 왜 물 위를 걷지 못합니까?"

　"너도 할 수 있다. 배를 타야 하는 내가 물 위를 걸었다고 생각하지 말고, 물 위를 걸을 수 있는 내가 배를 탔다고 생각하여라. 이것이 진실이다."

　그는 이 책이 나오던 시기 『무위당 장일순의 노자 이야기』를 펴냈고, 그의 또 다른 스승 노자의 종지宗旨를 '무위자연無爲自然'이라고 주저 없이 요약했다. 물과 구름이 흐르듯이 쉬운 길을 쉽게 가라는 것이 노자의 가르침이며, 그와 같이 가는 모습을 일컬어 "아·버·지·집·으·로·돌·아·간·다!"는 것이라고 또박또박 힘주어 말했다. 그는 노자를 통해서도 '아버지'와 '예수'를 거리낌 없이 마주한다. "예수님은 우리에게 '아버지와 아들/딸'로 살아간다는 게 어떤 것인지를 말씀과 몸으로 가르치고 보여주신 분이다. '내 뜻대로 마시고 아버지 뜻대로 하소서'는 그분의 마지막 기도였을 뿐 아니라 평생토록 한순간도 놓치지 않으셨던 기도다." 노자가 말한 '돌아가는 것이 도의 움직임이다.(反者道之動)'를 그는 예수의 기도와 발걸음에서 보고 있었다.

　그는 말한다. "종교에서 가장 중요한 것은 스승과 제자 사이의 '믿음'이다. 믿음 없는 종교란 있을 수 없다."라고 말하며 동시에 "스승에 대한 나의 믿음은 사실상 모험이다. 왜냐하면 그의 가르침이 과연 나를 산마루로 이끌 것인지 아닌지 모르기 때문이다."고 주저(?)했다. 그럼에도 불구하고 "내가 예수님을 믿는 것은, 그의 가르침을 따랐다가 공연히 아까운 인생만 허비하고 말 수도 있다는 가능성을 내다보면서 믿는 것이다."며 한 발 더 내딛는다. 그가 말하는 가능성은 '실패의 가능성'이지만 그는 일말의 두려움마저 야훼의 명命에 주저 없이 고향을 떠난 아브라함을 생각해 낸다. "눈에 보이는 것만 믿는다면 그게 무슨 믿음이겠는가?" 그의 떨리는 믿음에 나도 동의하는 바이다. "아멘!"이라고.

그는 평생을 종교인으로 살며 "종교인이란 가장 높은(낮은) 가르침을 받아 살고자 뜻을 세우고, 그 길을 가르치는 스승의 말씀에 좇아서 살아가는 사람을 가리킨다."고 말한다. "'종宗'은 마루와 밑동을 뜻하는 말"이며 "가장 높은 데가 가장 낮은 데니까 한 글자에 반대되는 두 뜻이 함께 들어 있는 것이, 제법이다."라고 했다. 아마도 종교인으로 사는 즐거움과 짊어진 숙제를 동시에 밝힌 것일 게다. 또한 "종교는 넓이의 세계가 아니라 높이 또는 깊이의 세계라고 생각한다."며 "산을 오른다는 것은 힘들지만 즐거움이다. 강을 따라 바다에 내리는 일은 생각만 해도 가슴 벅찬 축복이다. 더 높게, 더 가난하고 더 넉넉하게, 더 깊이, 더 고요하고 더 너그럽게, 종교는 참으로 소중하고 아름다운 것"이라고 스스로 가는 길을 바라보았다. 산마루를 비추는 그의 손가락 덕분에 길을 올라가는 종교인들의 등짐이 쉽고 가벼워졌다.

그는 자신이 평생 따르는 스승 예수를 '두 얼굴을 지닌 사람'이라 부른다. 무슨 뜻이었을까? "하나는 '나자렛 사람 예수'라는 호칭으로 불리는 몸의, 눈에 보이는 얼굴이었고, 다른 하나는 당신 입으로 말씀하신바 '아브라함보다 먼저 있었던' 몸의, 눈에 보이지 않는 얼굴이었다. 이 두 얼굴 가운데 어느 얼굴이 실물이고 어느 얼굴이 그림자인가? 물어볼 것도 없이 앞의 얼굴(나자렛 예수의 얼굴)은 뒤의 얼굴(아브라함보다 먼저 있었던 예수의 얼굴)을 비쳐주는 그림자에 지나지 않는다."고 말했다. 그러기에 "우리가 지금 눈으로 보고 손으로 만져볼 수 있는 예수의 얼굴이란 모두가 마음이 작용하여 만들어낸 그림이나 조각 작품일 뿐이다."고 한다. "그분은 우리에게 하느님 아버지를 보여주시고자, 우리와 똑같은 얼굴을 가지고 세상에 오셨다. 거울에 비친 내 얼굴을 통해서 영원한 내 얼굴을 보지 못한다면, 저 벽에 걸려있는 루오의 예수 얼굴을 통해서 내가 볼 수 있는 것은 아무 것도 없다."는 그의 말에는 언젠가 하느님을 보여 달라는 제자의 말에 답하는 예수의 안타까움이 고스란히 묻어났다. 어쩌랴, 보고 있으면서도 보지 못하는 것이 사람의 눈이니.

결국 다다를 곳에 이른 것인가. 그는 말한다. "선생님, 당신을 선생님이라고 부를 수 있게 해주셔서 참으로 고맙습니다. 그렇습니다. 제가 당신을 선생님이라고 불러 모시는 게 아니라 당신께서 저로 하여금 당신을 선생님이라고 부르도록 해주셨습니다. '너희가 나를 택한 것이 아니라 내가 너희를 택했다'고 말씀하신 것을 기억합니다. 옳으신 말씀입니다." 이어서 그는 길에서의 여정 중 "제가 성공적으로 악을 피하고 선을 취할 때마다 선생님은 흐릿해지고 그 대신 제가 또렷해짐으로써, 제가 진정으로 가야 할 길에서 오히려 더욱 멀어져왔음을 이제 겨우 눈치 채기에 이르렀습니다."라는 작은 깨달음을 고백한다. 다양했던 인생 여정과 그 길에서 마주한 숱한 '만남'이 우연이 아니었음을 그는 선생님께 아뢴 뒤, 이제 조금 더 큰 깨달음을 고백하기에 이르렀다. "그러므로, 저는 당신입니다."

2003년 이 책을 쓸 당시 그는 이미 지은 책과 옮긴 책이 구십여 권이라고 말하며 "아무래도 그동안 써온 글은 '예수' 한사람을 떠나서는 있을 수도 없고, 있을 이유도 없는 것"이라고 한 뒤 "그러므로 내 글에 어떤 형식으로든 예수에 관한 고백이나 증언이 담겨 있지 않다면 그것은 잘못 쓴 것이다."라고 옷깃을 여몄다. "결국, 글을 쓰면서 걸어온 내 발자취도 사람에게서 사람에게로 걸어가는 사람의 그것에 지나지 않는다. 그래서 나는 누가 뭐래도 행복한 인생인 것이다."라고 고백한다.

그가 쓴 글을 통해 그의 마음을 읽거나 그것을 글로 옮기는 일이 쉽지는 않았다. 어깨가 결릴 정도로 힘이 들어갔던 모양이다. 혹여 잘못된 인용이나 해석이 있다면 내 편협한 생각의 소산이니 두루 용서를 구한다. 여전히 나에게 그는 선생님이며 함께 걸어온 길이 행복했다.

오래전 내 아이들이 어렸던 시절 그의 예배에 갔다가 함께 간 두 아이의 머리에 축복을 해주십사 부탁하자 그는 지금처럼 한결같이 느리고 낮은 음성으로 아이들에게 물었다. "너희도 원하는 일이냐?"

따스하고 넉넉한 품에 기대어

『할아버지 무릎에 앉아서』를 읽고

김희선(가행)

양산 화제초등학교 교사

'질문을 품은 아이들에게 이현주 할아버지가 전해주는 지혜의 씨앗'이라는 표지문구가 적힌 『할아버지 무릎에 앉아서』라는 책을 두 손 고이 다시 펼쳐든다. 5년간 월간지 《작은 것이 아름답다》에 아이들이 묻고 선생님이 답하신 동명의 꼭지를 엮은 책이다. 책이 나왔을 때 초등교사인 내게 꼭 필요하겠다 싶어 얼른 사두었는데, 아이들의 질문이 내 예상보다 어렵고 근본적인 것들이라 조금 당황스럽기도 했다. 그러나 아이들의 다양한 질문에 손글씨로 전해주신 선생님의 말씀은 아이나 어른 모두에게 가슴이 따뜻해지며 고개를 끄덕이게 하고 생각에 잠기게 하는 것들이다.

몇 년 전 3학년 아이들을 담임했을 때, 아침마다 이 책에 실린 글을 하나씩 읽어주곤 했다. 어린아이들이 이해하기 어렵지 않을까 싶었는데, 학부모상담 때 한 어머니가 내가 읽어주는 그 글들을 아이가 참 좋아하고 기다린다고 얘기해주셨다. 가슴으로 전해지는 이야기는 나이나 지식, 경험에 상관없이 모두의 마음을 적시는 힘이 있다. 더욱이 삶의 순간순간을 진솔하게 맞닥뜨리며 깊은 성찰을 통해 깨쳐온 지혜이기에 아이들도 그 말씀의 깊이를 다 '이해'하지 못해도 충분히 '느낄' 수 있었으리라.

실제로도 선생님은 언제나 질문을 품은 이들을 무릎에 앉힌 손자처럼 따뜻하게 품어주며 가슴속에 씨앗 같은 말씀을 하나씩 심어주셨다. 15년 전, 남편이 부산 화명동에서 대안학교를 시작했는데, 마침 거기서 선생님과 인연이 닿는 사람들을 알게 되었다. 당시 그분들이 한 달에 한 번 선생님을 부산에 모시고 좋은 말씀을 청했는데, 남편과 나도 그 모임에 합류했다. 그것을 인연으로 선생님이 순천 사랑어린학교에 머무시는 동안 틈틈이 찾아뵈었다. 부산에서, 순천에서, 《풍경소리》 독자모임에서, 때로는 편지로 나를 비롯해 많은 이들이 저마다의 삶에서 품은 질문을 선생님께 여쭈었다.

> '어떻게 하면 사람의 품위를 잃지 않고 사람답게 살 것인가'를 연구하고 그 길을 찾아보는 것이 바로 너희에게 주어진 숙제라는 생각이 드는구나. (p.29)
> 알아두렴. 사람은 어떤 과제를 안고 살아가느냐가 그 과제를 풀었느냐 풀지 못했느냐보다 훨씬 중요하다는 사실을. (p.36)
> 사람을 사람답게 만드는 것은 그가 찾은 '대답'이 아니라 그의 가슴에 묻혀있는 '질문'이라고 나는 생각해. (p.42)

우리는 '정답(정해진 답)'을 찾아 질문했지만, 선생님은 중요한 것은 '답'이 아니라 가슴에 있는 '질문'이라고 하셨다. 어떤 질문을 품고 사는가에 따라 그 사람이 나아가는 방향이 달라진다.

선생님께 "왜 늘 똑같은 실수를 반복하고 비슷한 질문을 하게 될까요?"라고 여쭈었던 적이 있다. 구체적인 상황은 달라도 넘어지고 실수하는 지점은 늘 비슷하고 그래서 여쭈는 질문도 비슷한 것 같아서였다.

선생님은 손가락으로 나선형의 소용돌이를 그려 보이며 말씀하셨다. "늘 같은 자리를 맴돌고 있는 것처럼 보이지만 실은 이렇게 점점 더 넓어지고, 점점 더 높이 올라가고 있는 거라. 한 바퀴 돌아 제자리에 온 것 같아 보여도 질문을 품고 사는 사람은 이전의 나보다 더 높은 차원으로 옮겨가 있는 거지."

덕분에 늘 엇비슷한 질문이지만 답을 찾지 못한 자신에게 절망하지 않으며 질문을 품고 살아갈 힘을 얻었다. 묻는다는 행위는 그 자리에 주저 앉지 않고 다시 앞으로 나아갈 힘을 주었다.

저마다 아픔과 회한과 혼란한 질문을 안고 찾아온 이들에게 선생님이 먼저 해주신 말씀은 "괜찮다, 그럴 수 있지, 잘했어."였다. 책에서 질문하는 아이의 마음을 먼저 다독여주셨던 것처럼.

선생님은 만나는 사람들에게 작은 선물을 나눠주셨다. 직접 쓰신 작은 글씨나 손수 나뭇가지를 깎아 만든 십자가 같은 것들이다. '괜찮아', '잘하고 있어'라고 쓰인 작은 글씨 카드는 그 자체로 위로가 되었다. 봄날 햇살 같은 다독임 앞에서 겨울을 지나며 얼었던 땅이 녹듯, 딱딱하게 굳어가던 마음은 보슬보슬 녹아 씨앗 같은 선생님의 말씀을 가슴에 품을 수 있었다. 신기한 것은 '괜찮아, 그럴 수 있지.'라고 해서 내가 저지른 실수나 잘못을 외면하는 게 아니라는 점이었다. 오히려 잘못한 자신을 책망하지 않고 스스로 그 잘못을 인정하고 똑바로 보는 힘을 얻게 되었다.

나 역시 실수하지 않으려 애쓰던 긴장감을 내려놓고 자신을 있는 그대로 볼 수 있게 되었다. 내가 저지른 잘못을 솔직하게 인정하고, 내 안에 숨어있는 부끄러운 어둠도 알아차리게 된 것이다.

> 네가 무슨 잘못을 저지르고 후회하더라도 딱 한번만 후회하고 두 번 다시 되풀이하지 않도록 노력했으면 한다. 딱 한번 크게 후회하고 두 번 다시 지난 일에 묶이지 않는 사람을 우리는 '성자'라고 부르지. 아우구스티누스 같은 사람. 그러니 너는 어떻게 하면 후회하지 않을까보다, 어떻게 하면 같은 후회를 두고두고 되풀이하지 않을까, 그걸 고민하는 게 좋겠구나. (p.78-79)

코로나로 가장 큰 타격을 입은 곳 중 하나는 학교였다. 아이들은 두 달 넘게 학교에 오지 못했고, 가정에서 돌봄 받지 못하는 아이들은 공백이 더 컸다. 그중에 특히 한 아이에게 마음이 쓰였는데, 수년 전 엄마가 암으로 돌아가시고 아버지가 삼남매를 돌보는 가정이었다. 저학년인 아이가 학습꾸러미로 원격교육을 대신하도록 꾸러미를 집으로 가져다주며 아이가 좋아하는 꽃게된장국을 끓여다 주기도 했다. 그러다 이 아이를 오래도록 곁에서 챙겨주고 싶다는 욕심이 생겼고, 거기에 눈 멀어 선을 넘고 말았다. "○○아, 선생님은 아들이 없는데 너랑 나랑 양아들, 양엄마 할까?"

두 달 후, 학급 전체 아이들이 등교하면서 정상수업이 재개되자 문제가 생겼다. 원래 장난이 많고 사소한 다툼도 잦던 아이라 수업 시간에 내게 지적받고 야단맞는 일이 종종 생겼는데, 그러자 아이의 눈빛에 '분노'

가 담기기 시작한 것이다. 둘이 있을 때는 더 따뜻하게 품어주려 했지만, 오히려 그것이 아이에게 더 큰 혼란과 배신감을 주었던 것 같다. 아이는 나의 어떤 호의도 거부하고 모든 지시에 반항하기 시작했다. 그러던 차에 마을도서관에서 관옥 선생님을 모시는 자리가 있었다. 그날 선생님이 들려주신 이야기에 한 대 맞은 것 같은 아픔이 느껴졌다.

교도소에 다녀온 소년이 있었는데, 어느 신부가 그 소년을 돌보게 되었다. 신부는 무심히 다른 아이들과 '똑같이' 그 소년을 대했다. 조금씩 마음이 열린 소년은 나중에 그 신부에게 "만약 당신이 나에게 '사랑한다'라고 했으면 칼로 찔러 죽이려 했다."는 것이다. 주변 어른들이 '호의'라고 베푸는 말과 행동이 소년에겐 더 큰 상처와 분노를 안겨주었던 것이다.

그제야 내가 얼마나 큰 잘못을 했는지를, 엄마가 없다고 함부로 말하던 다른 친구들보다 아이에게 훨씬 큰 상처를 주었다는 것을 깨달았다. 그리고 또 다른 마음, '내가 특별히 대해주는 만큼 내 말을 잘 따르는 아이가 되길 바라는' 욕심이 내 안에 숨어있었음도 뒤늦게 알아차렸다.

아이에게 어떻게 용서를 구해야 하나 고민하는 사이 방학이 되었다. 모두 집으로 돌아간 후 아이의 책상서랍 속 구겨진 종이에 '선생님, 죽인다'라고 씌어있는 낙서를 발견했다. 마음이 무너지는 것 같았다. 내가 아이의 가슴에 엄청난 분노를 심어놓고 말았다는 부끄러움에 홀로 울면서 한님께 용서를 빌었다. 방학 내 끙끙 앓다가 개학 직전에 겨우 아이를 찾아가 용서를 구했다. "미안하다. 감히 흉내 낼 수 없는 거였는데, 엄마 흉내를 내려다가 너에게 큰 상처를 주고 말았구나." 아이는 말없이 고개를 끄덕였지만 이후에도 어른들의 말을 따르지 않는 모습은 여전했다.

이 문제로 선생님께 편지를 드렸는데, 아무래도 마음의 부담을 덜고 싶어 스스로를 기만하는 것 같아, 뒤늦게 그런 내 모습을 알아차리고 솔직하게 다시 말씀드렸다. 잘못을 만회하려고 이리저리 애쓰는 내게 선생님은 평소의 따뜻함과는 달리 추상같은 냉철함과 단호함이 깃든 말씀을 보내주셨다.

"가행, 실수는 한번으로 족하다. 만회하려는 시도는 아직도 '내가 할 수 있다'는 교만의 실증일 뿐. 그 아이도 하느님의 아들이다. 하느님께 맡기고, 딱 한번 참회로 여기서 끝내자. 하느님이 어떻게 하시는지 지켜보자. 나 아닌 누구를 바꾸려는 건 터무니없는 욕심일 뿐. All is well!"

그 간명한 말씀에 정신이 번쩍 들면서 오히려 맑고 상쾌해지는 기분이었다. 내 잘못을 만회하려는 헛된 노력 대신, 그저 처분을 기다리는 마음으로 넙죽 엎드리고 나니 마음이 편안해졌다.

그로부터 3년이 지난 지금, 그 아이는 고맙게도 다시 밝고 건강한 모습으로 나에게 웃으며 장난을 걸어온다. 한님께서 하신 일이다. 내가 꽤 괜찮은 선생이라는 착각에 빠지는 순간, 그 착각이 얼마나 무서운 결과를 가져올 수 있는지 뼈저리게 배운 경험이었다.

아이들 질문 앞에 서는 것은 한편으로 즐거우면서도, 또 한편으로는 마음을 다잡게 만드는 일입니다. 뒤틀리고 더러워진 몸으로 맑은 거울 앞에 서는 것과 비슷하거든요. 그래도, 그럴수록, 어른은 자주 아이를 만나서 그 진솔하고 엉뚱한 질문 앞에 설 필요가 있다고 봅니다. 그 질문에 무슨 말로든 답을 하려면 어쩔 수 없이 아이의 세계로 들어가야 하고, 바로 그것이 어른에게는 하늘이 내리는 소중한 선물일 수 있기 때문입니다. (서문)

아이들의 질문에 주신 선생님의 답글에선 "그것은 나도 모르겠구나. 네 생각은 어떠니? 내 생각은 이렇단다."라는 구절을 종종 발견한다. 아이들을 대하는 선생님의 마음을 느낄 수 있는 부분이다.

나는 아이들 앞에 서는 것이 두렵다. 교사도 부모도 아이도 서로를 온전히 신뢰하기 어려워진 요즘은 더욱 그러하다. 그런 두려움을 딛고 다시 아이들을 만날 용기를 갖게 되는 건, '아이들을 가르치는 이'가 아니라 '아이들에게서 배우는 이'로 살아야 한다는 선생님의 가르침 덕분이다.

선생님 말씀처럼 아이들은 나를 비춰주는 맑은 거울이다. 그 맑은 거울 앞에서 나는 내면 깊이 숨어있던, 뒤틀리고 더러운 나를 더 이상 숨기지 못하고 정면으로 마주한다. 어른들을 만날 때는 나를 적당히 포장할 수 있지만, 아이들 앞에서는 불가능하다. 나도 모르게 교만해지려 할 때마다 그 거울은 내가 얼마나 부족한 존재인지 돌아보게 해준다. 외면할 수 없는 그 모습에 다시 마음을 다잡고 배움의 길을 걷게 된다.

언젠가 선생님이 사람들에게 자기가 하는 일이 행복한지 물어보신 적이 있다. '나는 아이들을 만나는 일이 행복한가?' 한 5년은 같은 물음을 가슴에 품고 있었다. 결론은 그 배움의 길이 '내가 이 지구별에서 풀어가야 할 과제를 잊지 않게 해주는 하늘의 선물'이라는 것이었다. 그때부터 아이들과 함께하는 삶이 행복하다고 느끼게 되었다. 아이들과 함께하면서 좀더 깊어지고 넓어진 나를 만난다.

사람에게는 잘못을 저지를 가능성도 있지만, 그것을 스스로 고치고 극복할 능력도 있다는 사실. 인류 역사를 돌이켜보면 사람들은 언제나 문제를 일으켰고 동시에 그 문제를 해결하면서 지금까지 살아왔어. 그러니 앞으로도 사람들은 지금 우리가 안고 있는 문제들을 해결하면서 더 좋은 세상을 만들어갈 것이라고 나는 믿는다. (p.228)

어둔 밤에 길을 가려면 등불 하나만 있으면 돼. 난 그저 오늘 하루 아니면 내일이나 모레, 길면 한 열흘쯤 뒤의 일이나 미리 생각하며 살기로 했지. (p.278)

때로 내가 사는 사회, 만나는 아이와 부모님들, 그리고 나 자신에게서 비롯된 어둠을 맞닥뜨리곤 한다. 그 어둠 앞에서 나는 한 발짝을 더 내딛지 못하고 절망하기도 한다. 그러나 온통 어둠뿐인 것 같은 순간에도 '하늘을 우러르며 하늘 뜻을 따라 사는 사람'이 밝혀내는 작은 불빛이 우리 안에 항상 존재했다고 선생님은 말씀하신다. 그 빛이 우리를 지금 여기까지 이끌어왔다고.

선생님이 밝힌 빛에 의지해 더듬더듬 따라오며 깨달은 건, 그 불빛은 세상 저 먼 곳에서만 빛나는 게 아니라는 사실이다. 바로 내 안에서도, 내가 만나는 아이와 부모님들 안에서도, 이 지구별 곳곳 많은 이들의 영혼 속에서도 별처럼 빛나고 있다. 우리 모두 안에 존재하는 그 내면의 빛을 선생님은 '한님'이라고 하시는 것 같다.

"나는 내 안에 환한 빛을 바라봅니다. 그 빛은 내게 배움의 기쁨을 알게 하고, 나를 바른길로 이끌어 줍니다." 매일 아침 아이들과 하루를 시작하며 낭송하는 아침 시의 한 구절이다. 아이들이 잘못을 하거나 거짓말하는 것 같을 때, 나는 다시 물어본다. "네 마음의 빛에게 물어봐. 정말 네가 하지 않았니?" 그러면 아이들은 금세 표정이 달라지며 "사실은 제

가 그랬어요."라고 말한다. "그래, 네 마음의 빛이 다시는 같은 잘못을 하
지 않도록 너를 도와줄 거야. 또 화가 나서 친구에게 나쁜 말을 하고 싶
을 때는 얼른 마음의 빛에게 도움을 청해보렴." 그것은 아이에게 해주는
말이기도 하고 나 자신에게 하는 말이기도 하다.

지난해 선생님은 오랫동안 머무르시던 순천을 떠나 충주로 삶터를 옮
기셨다. 한동안 소식이 뜸했는데, 그런 나에게 선생님께서 편지를 보내주
셨다. "나는 충주로 자리를 옮겼지만 한 걸음도 옮기지 않았네. 여기, 그
리고 지금이 있을 뿐."

선생님을 늘 가까이 만나 뵙고 매일 그 말씀을 들을 수는 없지만, 우리
모두 안에서 빛나는 그 작은 빛이 서로를 이어주고 있음을 믿는다. 그런
믿음으로 나 역시 오늘 하루, 여기에 더욱 오롯이 집중하게 된다.

> 내가 나의 선생님한테서 잘 사는 법을 배우듯이, 너도 네 선생님
> 한테서 잘 사는 법을 배우렴. 나는 지금 예수님을 스승으로 모시고
> 그분한테서 잘 사는 법, 올바르게 사는 법, 행복하게 사는 법, 인생
> 에 성공하는 법을 배우고, 그 배운 바를 몸으로 익히는 중이야. 너
> 도 나처럼 진짜 좋은 선생님을 모시고 그분한테 배우며 살아가는
> '제자의 행복'을 맛보았으면 좋겠구나. (p.184)

선생님의 이야기 속엔 선생님의 실수담이 들어있을 때가 많다. 크고 작
은 잘못과 실수의 경험, 그 경험에서 얻은 배움도 들려주신다. 그래서 안
심된다. 내가 닿을 수 없는 자리에 계신 분이 아니라 나와 함께 '살아가고
계신' 분의 말씀이기에 그대로 한번 살아볼 용기를 갖게 된다고나 할까?

어찌해야 할지 막막할 때 언제든 달려가서 여쭐 수 있는 존재, 잘못을 저질렀을 때는 엄하게 한 말씀 해주시는 존재, 힘들 때는 괜찮다고 어루만져주는 존재, 그분이 이현주 선생님이시다. 봄날 햇살 아래 돋아나는 작은 새싹처럼, 선생님이 그 너른 품으로 심어주신 씨앗 같은 말씀들이 내 삶에 뿌리를 내리고 이파리로 돋아났다.

지금 나는 할아버지 무릎에 앉을 나이는 지났다. 하지만 한 하늘 아래서, 그 따스하고 넉넉한 숨결에 기대어 '사람의 품위를 잃지 않고 살아가려면 어떻게 살아야 하는지', '나는 이 지구별에 무엇을 배우기 위해 왔는지' 가슴에 품은 질문을 놓치지 않고 살아갈 힘을 얻는다.

선생님 말씀을 듣고 있으면 나도 착한 사람이 되는 것 같다. 선생님의 내면에서 솟아난 맑고 선한 마음이 그대로 나에게 흘러와 복잡하고 혼란한 나를 맑게 적셔주고는 내 곁의 다른 이에게로 흘러간다. 내게 흘러온 그 맑고 선한 마음을 내 욕심으로 더럽히지 않고 원래 마음 그대로, 내가 만나는 아이들과 사람들에게 흘려보낼 수 있으면 좋겠다.

큰 바위 얼굴을 바라보다 큰 바위 얼굴을 닮아갔다던 사람. 바라보면 언제나 그 자리에 한결같은 모습으로, 예수님을 스승으로 모시고 살아가는 선생님을 바라보며 살 수 있어 참 고맙다.

산문을 선집하며
『이 아무개의 비망록』을 읽고

이재심(韶弦)

순천 사랑어린마을배움터 어머니교사

미안하다, 내가 너에게 보여줄 수 있는 건 삶의 기술이 아니다.

아무 기교技巧 없이 한 그루 나무처럼 자연으로 살고 싶은 가슴 하나다.

2023년 새해 초, 선생님께서 조용히 부르시더니 지난 십여 년 쓰신 원고의 선집을 맡기셨다. 철저하게 내 시선으로 골라도 되고, 선생님도 더하거나 빼시겠다는 말씀에 안심하고 덜컥 받아들었다. 올해 가장 큰 선물이다.

파일을 열어보니 '비망록備忘錄'이라는 제목이 보였고, 곧바로 필사를 시작했다. 선생님이 손으로 쓰신 글을 따라 써보고 싶어서였다. 그 사유의 흐름과 깊이를 가늠할 수는 없겠지만 그저 그 순간과 에너지의 진동을 느껴보고 싶었다. 비망록, 사전을 찾아보니 '어떤 사실을 잊지 않으려고 적어둔 기록'이라고 한다. 선생님은 무엇을 잊지 않으려고 하신 걸까?

읽고 베껴 쓰다가 잠시 멈춘 순간 떠오르는 것들에 기대어, 선생님 흉내 내면서 홀낏 엿본 것들을 연습하고, 그림자처럼 따라갔다. 선생님이라는 거울을 통해 나를 바라보는 시간이었다. 씨앗에서 나무를 보는, 고치에서 나비를 보는 눈이 조금은 더 열리기를 바라면서.

아름답고 멋스러운 단어들을 만들어내는 건 시인의 임무다.
하지만 누구는 될수록 가난한 어휘로 말하겠다.
겨우 이백여 자 단어로 넉넉하게 산다는 저 아프리카 무슨 원주민처럼.

선생님 신혼 무렵, 이사를 도와주러 가셨던 북산 최완택 선생님의 이야기를 전해들은 적이 있다. 이삿짐더미에서 몇 박스나 되는 선생님의 습작원고를 발견하고는 자신은 이현주처럼 할 수 없다며 평생 글 쓰는 일은 하지 않겠노라 했다는 것이다. 선생님의 언어는 오랜 습작과 사유로 곰삭아 거미가 거미줄을 잣듯이 자연스럽게 흘러나온 것이리라. 장자壯者에 '지극한 사람은 발꿈치로 숨을 쉰다'는 말이 있던데, 그런 게 아닐까? 그러니 읽는 사람에게도 자연스레 스미는 게 아닐까? 군더더기나 찌지가 붙지 않은 '가난한 어휘'로 명료하게 씻겨주면서, 어떤 것도 더 보태지 않고 있는 그대로, 그냥 허공으로, 가난한 마음으로 가만히 있어주는.

달이 떠 있다는 것은
달이 해를 보고 있다는 말이다.

달이 떠 있다는 것은
해가 달을 보고 있다는 말이다.

달이 떠 있다는 것은
해와 달이 마주보고 있다는 말이다.

달이 떠 있다는 것은
해 품에 달이 안겨 있다는 말이다.

아, 달이 저렇게 떠 있다는 것은
시방 달을 바라보는 내가
그이의 해 사랑을 가로막지 않았다는 말이다.

　선생님의 사유는 단순한 듯 명쾌하다. 그런 깨침은 어디서 비롯된 것일까? 가만 보면 선생님은 늘 보이거나 보이지 않는 모든 것과 대화하고 계시는 것 같다. 순간순간 대화를 통해 더 깊은 나와 만나는 것이다. 세상이라는 거울을 통해 시선을 안으로 돌려 진짜 '나'와 쉼 없이 소통하고 계신다. 열린 호기심으로 묻고 답하면서, 눈에 보이는 것들을 통해 보이지 않는 것을 함께 보면서, 점점 깊어지는 만큼 가벼워지고 가난해진다. '여쭙기'를 하고 승복하며 몸으로 진실을 살아가신다.

　한번은 선생님께 여쭈었다. "당연해 보이는데도 굳이 물어야 할까요?", "그렇지. 묻지 않으면 답을 해주지 않으니까!", "마음에게 물었는데 떠오르는 답이 그냥 내 생각인지 어쩐지 어떻게 알 수 있나요?", "자기한테 속

을 때도 있지만 그것도 자꾸 해봐야 알 수 있어. 계속 해, 하다보면 알게
되어있어."

가슴이 아픕니다, 스승님.
당신 이름을 부르는 자들 속에서 따돌림 당하는 당신 모습이…

나는 하나도 아프지 않은데 너는 아프냐?
여전히 네가 기대와 희망의 안경을 벗지 못했구나.
아직 갈 길이 멀다.
하늘 맑은 눈으로 너와 세상을 보려면…

하지만 세상에 사는 동안 기대와 희망을 버릴 순 없는 일,
그렇다면 차라리 하늘 맑은 눈으로 보게 되기를 기대하고 희망하
여라.

불용구진不用求眞이니 유수식견唯須息見하라,
너의 온갖 견해가 사라지는 거기에서 하늘 맑은 눈이 열리느니.

그러다가, 여쭙기를 접는다고 하신다. 늘 말씀하시는 것처럼 사이 없는
사이, 하나(空)가 되신 걸까? 지금 나는 아주 하찮게 여겨지는 것에도 내
생각을 버리고 그저 열심히 묻고 답한다. 지금도 이 순간에도 그렇다. '이
거 쓸까요, 말까요?'

이제 그만!
여쭙기,
여기서 접는다.

묻고 답하거나 답하지 않거나
명하고 따르거나 따르지 않거나
모두가 '사이'를 전제하고 확인하는 것!

사이 없는 사이가 되고 싶다면
이쯤에서
여쭙기, 그만 접기로 하자.

그런가하면 낱말 속에 숨어있는 뜻을 모조리 찾기라도 하겠다는 듯 여러 사유思惟의 시선이 흘러나와 개울로 만나다가 문득 깊은 바다로 흘러든다. 한 사물을 한 관점으로만 보는 것은 '신성모독'이며 모든 관점들이 용납되는 거기가 바로 '예술의 낙원'이라고 하신다.

선생님은 무슨 일이 생겨서 여쭐라치면 말씀하신다. "꼭 그렇게 해야되냐? 좀 다르게 생각해보면 안되냐? 버릇처럼 하지 말고 한번 달리 해보면 안될까?" 지금까지 배운 대로 혹은 사회관습이 시키는 대로 기계처럼 하지 말고 생각하라고 하신다. 근본으로 돌아가 다시 질문하게 하시는 거다. 그리하여 나에게 오는 모든 상황은 성숙해지기 위한 배움이라는 것을 일깨워주신다.

누구를 또는 무엇을 만나든지,

그 꼴에 머물지 말고 배후를 보라.

거기에서 네 존재의 뿌리,

그 또는 그것과 네가 하나임을 보게 될 것이다.

2012년, 혹독한 겨울이었다. 학교에서 크게 상처받은 아이와 겨우내 바람 부는 들판을 걷다 막 돌아온 참이었다. 아이가 다니던 사랑어린학교에서는 학부모·배움지기(교사) 겨울공동수련 중이었다. 배움지기가 선생님과의 면담을 제안해 함께 앉았다. 선생님과의 첫 만남이었다. 작고 조금 추웠던 관사의 작은방에서 무슨 이야기를 했는지 내용은 희미하다. 속으로 '지금 이런 이야기를 하는 게 다 무슨 소용이란 말인가' 회의도 들었지만 물에 빠진 사람이 지푸라기 잡는 심정으로 털어놓았다.

그런데 내내 마주앉은 선생님의 눈길은 충격이었다. 따뜻하지도 차갑지도 않은, 알 수 없는 위로를 주는 진지한 눈빛으로, 나의 두서없는 말을 놓칠세라 살짝 어깨를 돌려서 잘 들리는 귀를 내 쪽으로 기울여 마음을 다해 듣고 계셨다. 순간 서럽고 힘들던 마음이 봄 햇살에 흔적도 없이 녹아버리는 눈처럼 사라졌다. 선생님이 배움터에 몇 년째 오고 계셨는데도 그제야 처음으로 선생님을 만나뵈었다. 오랫동안 모난 돌멩이였던 가슴이 부드러운 흙으로 변하는 순간이었다. 이제 나는 누구를 만나든 무엇을 보든 선생님처럼 연습해본다. '말하고 나서 듣는 게 아니라, 듣고 나서 말하는 게 아니라, 말하면서 듣기. 들으면서 말하기.'

바위와 소통하려면 입을 다물어야 한다.

바위한테 사람 말 배우라고 할 수는 없지 않으냐?

일상에서 만나는 예기치 않은 순간, '지금 내가 바위한테 말하고 있나? 아니, 내가 꽉 막힌 바위로 있는 건 아닌가?' 하고 가슴이 철렁할 때가 있다. 상대의 말이 불편하게 느껴지거나 책을 읽다가 이해가 되지 않을 때 나에게 묻는다. '너, 지금 무슨 생각을 붙잡고 있는 거지?'

왜 진선미眞善美인가?
선미진善美眞도 아니고 미선진美善眞도 아니고
어째서 하필 진선미眞善美인가?

진眞은 선善하지 않아도 진眞이고
미美하지 않아도 진眞이다.

선善은 미美하지 않아도 선善이지만
진眞하지 않으면 선善이 아니다.

미美는 진眞하지 않으면 미美가 아니고
선善하지 않아도 미美가 아니다.

그래서 승법불僧法佛이 아니라 불법승佛法僧이듯이
미선진美善眞이 아니라 진선미眞善美인 것이다.

승僧이 불佛과 법法을 품듯이
미美가 진眞과 선善을 품는 것이다.

선善을 포함한다는 말은 악惡을 포함한다는 말이고
진眞을 포함한다는 말은 위僞를 포함한다는 말이다.

그런 까닭에,
아름답지 않은 것들이 모두 포함되지 않았으면 아직 아름다움이
아니다.

아름다움을 보는 선생님의 눈은 항상 연민과 자비가 함께 하는 것 같다. 순간순간 생겨났다 사라지는 음악처럼 생겨나면서 동시에 사라지는 찰나에 함께 진동한다. 그래서 '아름다움'이라고 말한다. '모든 죽어가는 것들을 사랑하는 시인의 시선'으로 바라보라고 하신다. 모든 사람, 모든 사물, 모든 사건에 아름다움이 숨어있으니 그 아름다움을 알아보고 감상하는 건 순전히 내 몫이라고 하신다. 그러고 보니 나는 지금 화양연화花樣年華를 누리고 있는 게 아닌가.

선생님은 볼 때마다 뭔가를 번역하고 계신다. 마음에 새겨지는 글귀는 메모해두었다가 꼭 전해주신다. 좀 쉬시라고 말씀드리면 "나는 번역하는 게 쉬는 거야."라고 말씀하신다. 번역은 잘 씹어서 소화할 수 있게 해준다면서 당신의 책 읽는(먹는) 방법이라고. 그걸 또 몸으로 살아보시고 말씀해주시니 나에겐 더 큰 복이 없다. 머리로 아는 것은 모르는 것이라고, '등줄기에 소름이 돋아야' 제대로 아는 것이라고 하신다. 가슴으로, 손발

로 와서 몸으로 구현되어야 비로소 참된 앎이라는 것이다. 그리하여 살면서 무엇을 배우는 게 아니라 앎이 나로 살도록!

얘들아, 할아버지 말이라고 해서 무턱대고 믿지 마라.

부처님 말씀도 예수님 말씀도 공자님 말씀도 그냥은 믿지 마라.

말씀대로 살아보고 나서 진짜로 받아들여지거든 그때 믿어라, 늦지 않다.

문聞·사思·수修. 많이 듣고, 깊이 사유하고, 마지막에는 몸으로 해보면서 자기경험으로 배워야 한다는 옛 선인들의 지혜로운 공부법을 보여주신다. 그저 선생님 따라서 하다 보면 사는 게 참 쉬워짐을 느낀다.

화가 이중섭은 피난시절 종이가 귀해 담뱃갑에 들어있던 은박지에 그림을 그린 것으로 유명하다. 선생님은 영감이 떠오를 때 종이를 찾다 없으면 청구서 종이나 화장지에 메모를 하신다. A4 종이를 접고 접어 빼곡하게 메모를 하시고는 선물이라며 주시기도 한다. 나는 한때 손바닥만한 수첩과 볼펜 한 자루를 늘 가지고 다녔다. 수첩들은 정리되지도 않은 채 서랍에 쌓였다가 흔적도 없이 사라져갔다. 그럴 때마다 손가락사이로 흘러내리는 모래알처럼 허무했다. 문득 하루의 메모를 그날 정리할 수 없다면 생의 마지막 날을 어떻게 맞게 될까 하는 의문이 생겨난다. 손끝에서 저절로 글이 나오는 순간에 덧칠을 하고 나면 지나치게 유려해지는 게 싫었는데, 이제는 순간순간 생겨났다 사라지는 모든 것을 있는 그대로 받아들인다. 다만 내 안에서 일어나는 크고 작은 물결들을 바라볼 뿐이다.

내 심장을 두근거리게 하는 힘이
저 앞뜰 매화나무에 꽃을 피우는구나.
바라건대 앞뜰 매화나무에 꽃을 피우는 힘이여,
또는 힘의 임자여,
내 남은 생을 너로 경영해다오.

선생님은 사람이 살면서 빛과 어둠을 경험하지만 실재하는 건 빛뿐이라고, 만날 때마다 이야기하신다. 어둠은 다만 빛의 부재 또는 가로막힌 빛일 뿐이라고, 실재하는 건 사랑뿐이라고, 그늘 속에서 빛을 함께 보라고 말씀하신다. 모든 것 속에 있는 나를 보라고, '모든 것이면서 아무것도 아닌' 나를 보라고.

기억해라, 아무야, 네가 무엇을 볼 때마다,
보는 너도 없고 보이는 나무도 없고 오직 봄이 있을 따름이다.

기억해라, 아무야, 네가 누구를 사랑할 때마다,
사랑하는 너도 없고 사랑받는 누구도 없고 오직 사랑이 있을 따름이다.

선생님이 사랑어린학교의 관사에 오시고 어느 봄날, 공양간에서 참외를 먹다가 선생님께 가져다드렸다. 아마도 어렵고 조심스러워 허둥거렸나 보다. 쟁반을 놓고 돌아서는데 선생님께서 부르셨다. "바람빛(필자의 별칭), 천천히!" 지금도 조바심 나거나 나도 모르게 서두를 때는 귓가에 조용한 선생님의 목소리가 들려온다. "바람빛, 천천히!"

산문 선집이 마무리되어갈 즈음 선생님께서 물으셨다. "재미있냐?", "네.", "그러면 됐다, 급할 거 없어."
그러고 보니 선생님 글은 나에게 온 편지였다. 아, 행간에서 빛나는 모든 나여!

온갖 깃발 가운데 가장 아름다운 깃발이 백기白旗다.
백기는 세상 모든 분노와 증오와 눈먼 싸움을 끝장내는 마지막 힘이다.

누구든지 오라, 너에게 나는 하릴없이 흔들리는 백기다.
사탄이라도 올 테면 오라, 너에게도 나는 바람에 나부끼는 백기다.

이 세상 모든 너에게 나는 무조건 항복이다.
네가 어떤 얼굴을 했어도 나는 안다, 내가 바로 너인 것을.

임 아무개의 마음공부
『이 아무개의 마음공부-누가 당신을 보잘것없다고 그럽디까?』

임옥경

순천 사랑어린마을배움터 학부모

관옥 선생님과 가까워진 것은 8년 전 어느 겨울, 아침명상을 시작하면서부터였습니다.

> 일단 호랑이 입속으로 들어온 먹이는 빠져나갈 수 없듯이…
>
> 신神과 스승은 다르지 않다. 일단 호랑이 입속으로 들어온 먹이는 다시 빠져나갈 수 없듯이, 일단 스승의 자애로운 은총 속으로 들어온 제자는 스승에 의해 구원받게 되어있다. 물론 신이나 스승이 제시한 길을 스스로의 노력을 통해 따라와야 한다. 자신의 지혜의 눈을 통해서만 자신을 알 수 있으며 다른 사람의 눈을 통해서는 불가능하다. -라마나 마하리쉬(『이 아무개의 마음공부』 p.14)

선생님께 질문했어요. "선생님의 마음공부를 착실히 따라했어요. 명상도 기도도 정성껏 하니 말투도 부드러워지는데, 어느 날부터 도대체 내가 무얼 하고 있는지 모르겠고, 앞이 깜깜해서 모든 게 다 무너지는 느낌이 들어요. 깊은 구덩이에 빠진 기분이랄까. 내가 뭘 하고 있었나 괜한 원망도 들고요."

그러자 선생님은 말씀하셨습니다. "그랬단 말야? 괜찮아. 일단 마음공부 길에 들어선 사람은 뒤로 가는 법이란 없어. 지금 경험하는 것들은 한 님이 허락하셔서 네가 겪는 과정일 뿐이야. 괜찮아, 잘하고 있어."

한번은 남편이 회사를 그만둘까 고심하고 있다는 상황을 말씀드렸더니 "그래? 음... 얼마나 힘들겠냐? 네가 좀 안아줘, 진심으로. 그리고 애썼다 그래. 어떡하겠냐? 네가 위로해줘야지. 그만두게 되면 그때도 그렇게 해 줘. 잘했다고, 애썼다고."

개인적인 생각이지만 선생님껜 모든 게 다 '잘했다'로 통하는 듯합니다. 어떤 질문을 해야 제가 원하는 답을 얻을 수 있을지는 고민입니다. 하지만 살아보니 그 말이 또 사실입니다. 거부할 수 없는 진리고요. 저는 아직 이해하고 받아들이기에 시간이 걸리는 것 같지만, 하루하루 일상의 경험을 통해 배워가는 중임을 알겠습니다. 참 어렵지만, 어쨌거나 호랑이 입속으로 들어온 먹이는 빠져나갈 수 없다고 하니까요.

누가 당신을 보잘것없다고 그럽디까?

어떤 사람이 자기 자신을 가리켜 '보잘것없는 놈'이라고 말했습니다.

"누가 당신을 보잘것없는 놈이라 합디까?"

"누군 누구겠어요? 내가 그러지요."

"다시는 그런 말 하지 마시오. 당신이 어째서 '보잘것없는 놈'이란 말입니까? 당신도 나도 하느님의 작품입니다. 당신이 뭔데 감히 하느님의 작품을 두고 보잘것없다고 깎아내리는 겁니까?"(p.84)

사랑어린배움터에는 '할아버지와 함께 하는 마음공부' 수업이 있습니다. 중등학생들, 배움지기(교사), 학부모가 함께하는 시간이지요. 수업은 주로 학생들이 써낸 질문에 선생님이 답하시는 방식입니다. 선생님이 질문하실 때도 많습니다. 그러면 선생님은 아이들의 대답을 들어야 하니 당신 자리에서 벌떡 일어나 학생들 곁으로 가십니다.

선생님은 귀가 많이 어둡습니다. 이제는 당신 목소리도 들리지 않는다고 합니다. "내 귀가 거의 들리지 않으니 그쪽으로 갈게. 일부러 크게 이야기 안 해도 돼." 하시며 학생이 있는 쪽으로 다가가 책상에 두 팔을 기대고 무릎을 굽힙니다. 그리고 왼쪽 귀를 기울여 가만히 대줍니다. 이야기를 다 마칠 때까지 기다렸다 일어서시면서 아이와 두 눈을 마주칩니다. 아이가 답을 모르겠다고 하면 "그게 용기야. 모르면 모른다고 그래! 잘했어!" 어떤 대답을 하면 "그래, 네 생각에 나도 동의해. 좋은 생각이야." 또는 엉뚱한 답에 "정말 그렇게 생각한단 말이야? 나는 미처 그런 생각을 못 해봤는데, 그럴 수도 있겠다. 좋아!" 대답을 못 하는 아이에겐 "지금 생각이 안 나도 괜찮아. 그걸로 꿀릴 것 없어, 괜찮아. 이따 혹시 생각나면 그때 말해도 돼. 좋아!" 모든 답변이 선생님에게는 그야말로 '좋아!'입니다.

저에겐 그날의 풍경 전체가 마음공부입니다. 또한 선생님과 함께 하는 한분 한분이 그렇게 귀하고 아름다울 수가 없습니다. 지금 여기가 하느님의 작품이 아닐까 감히 생각해봅니다.

가는 자 돌아오기를 바라지 않네

『역경(易經)』에 이런 말이 있다는군요.

"사건은 중요한 것이 아니다. 사건에 내가 어떻게 대처하느냐? 그
것이 전부다."

사람들은 흔히 말합니다. "그것은 도저히 있을 수 없는 일이야!"
그렇게 말하는 심정이야 얼마든지 이해가 됩니다만, 사실은 잘못된
말입니다. 이미 일어난 일은 일어날 수 있기 때문에 일어난 것이니
까요. 있을 수 없는 일은 일어나지 않습니다. 그러기에, 인간사에 '있
을 수 없는' 일이란 없는 것입니다. (p.78)

딸이 하나 있습니다. 스무 살이 되자 느닷없이 남자친구와 함께 살아보
겠다고 하니 부모인 우리는 "어떻게 이런 일이…, 어떻게 네가 우리한테…,
지금 네 나이가 몇인데!" 하며 울고불고 난리도 아니었지요. 마냥 슬프고
어렵더군요. 겨우 용기를 내어 선생님께 눈물콧물로 그동안의 이야기를
했어요. 그러자 선생님은 저를 토닥이며 이런 말씀을 해주셨어요.

"이럴 때 써먹으려고 우리가 마음공부 하는 것 아니야? 네게 일어나는
일들은 한님이 주시는 기회야. 중요한 건 사건이 아니야. 이 사건에 네가
어떻게 대처하느냐? 그것이 전부야. 네 가족은 지혜롭게 풀어나갈 힘이
있어. 그걸 믿고 한님께 기도해. 나도 기도할게. 괜찮아. 좋은 기회야. 에구,
힘들었겠구나…."

며칠 뒤 선생님은 이 내용을 편지로 보내주셨고, 남편과 저는 함께 읽
으며 눈가를 훔쳤습니다. 그렇습니다. 인간사에 '있을 수 없는' 일이란 없
지요. 정신을 차리니 '있을 수 없는 일'은 곧 '있을 수 있는 일'이 되었지

요. 또한 우리를 도우려는 누군가가 있음도 알게 되어 정말 고마웠습니다. 이를 통해 우리 가족은 누구도 홀로가 아님을, 수없는 사랑의 끈으로 연결된 존재라는 소중한 배움을 경험했습니다.

> 참으로 많은 은혜를 입고 살았습니다
> 알고 보면 아무도 저를 힘들게 하는 사람은 없습니다. 단지 제가 속으로, 누가 나를 힘들게 한다고 생각하는 것일 뿐이지요. 그러기에 제가 지금 힘겨운 상태에서 벗어날 길은, 나를 힘들게 하고 있다고 생각되는 그 누군가가 아니라 저 자신한테서 찾아야 합니다.
> (p.130)

너무나 분명한 사실인데도 자꾸만 아니라고 하고 싶습니다. 몸이 자주, 크게 아팠습니다. 그렇지만 이제는 전처럼 낙심하지 않습니다. 남보다 좀 약하게 태어났으니 잘 인정하면 되겠지요. 그동안 원망과 미움과 화를 무진장 쏟아냈는데 그게 결국 저한테 쏟은 것인 줄은 진정 몰랐습니다. 이십여 년을 혹독하게 보내고서야 이 사실을 겨우 머리로 이해하게 되어 지난 경험들과 화해하기로 했습니다. 아주 조금씩, 가끔은 뭉텅이로 기억을 소환해 '미안합니다, 용서하세요, 고맙습니다, 사랑합니다'라는 하와이 원주민 호오포노포노Hoʻoponopono 기도를 되뇝니다.

딱히 달라진 것은 없지만, 속이 덜 시끄럽고 웃을 일이 많아졌습니다. 이제야 참 많은 은혜를 입고 살았다는 걸 알았습니다. 그리고 '아무도 나를 힘들게 하는 사람은 없다'는 것도 알았어요. 구시렁댈 이유보다 깊이 고마운 일들이 많아졌습니다.

네가 네 몸을 떠나 무엇을 할 수 있느냐?

"네가 나를 떠나서는 아무것도 못한다"는 예수님의 말씀을 저는 "네가 네 몸을 떠나서는 아무것도 못한다"로 새겨 읽습니다. 그리고 놀랍게도, 저보다 제 '몸'이 훨씬 크고 슬기롭고 거의 무진장에 가까운 정보를 지니고 있다는 사실을 요즘 조금씩 깨달으며, 이 몸이 과연 하느님의 집임을, 이 몸에 하느님이 좌정해 계심을 피부로 느끼고 있습니다. (p.138)

5년 전 온몸에, 심지어 손발바닥까지 수포가 올라왔습니다. 수포가 올라온 자리마다 가렵고 작은 상처가 아물지 않아 계속 진물이 흘렀습니다. 지병에다 면역력이 저하되며 병이 깊어져 심하게 절망했어요. 무엇보다도 내 몸이 밉고 창피하고 징그러워서 아플 땐 아무도 곁에 오지 못하게 했습니다. 그런데 이번에는 사람들이 수시로 찾아와 그야말로 엉망진창인 내 몸을 어쩔 수 없이 보여주게 되었지요. 그런데 사람들은 저를 아프지 않았던 때와 똑같이 대했습니다. 농담하고, 웃기도 하고요. 희한한 경험이었죠. 이제는 이런 몸을 인정하며 살아야 하나보다 싶으니, 차츰 진물 흐르는 종아리에 붕대를 감고 동네산책도 나가고, 맑은 날엔 일광욕도 하고, 붕대와 소독솜이 떨어지면 친구한테 부탁도 하면서, 스스로 쌓은 벽을 허물고 아픈 제 모습을 그대로 드러냈지요.

뒤늦게 아신 선생님이 찾아오셨고, 오래전 군대에서 아팠던 경험을 들려주셨어요. 그리곤 말씀하셨습니다. "아픈 것이 아픈 걸로 끝나지 않게, 그것에 무엇이 들어있는지 잘 봐. 그러면 알 수 있을 거야. 너는 많이 아파봤잖니? 네 몸하고 잘 이야기해봐. 몸처럼 정직하고 훌륭한 스승은 없어, 알지?"

그래서 자연스럽게 몸하고 다시 대화를 시작했어요. '몸아! 이번 생에 나와 살려니 네가 고생이 많아 미안하다. 어쩌냐, 같이 살아야지. 그러니 봐주라.' 그랬어요. 새벽마다 가려워 잠을 못 자니 그 시간에 무엇을 할까 생각했죠. 늦은 밤이나 이른 새벽에 요가를 하고, 좁은 앞마당을 맴돌며 산책하고, 상처를 소독하며 노래를 불렀어요. 그렇게 석 달이 지나자 어느 날 종아리의 진물이 기적처럼 멎었어요. 종아리를 붙잡고 미안하고 고맙다며 엉엉 울었습니다. 이렇게 아팠던 시간들은 괴롭지만 즐거웠고, 힘들었지만 행복했어요. 정말 그렇더라고요.

저는 오늘도 이렇게 살아있는 것이 참 고맙습니다. 죽지 않고 살아있어서 고맙기도 하지만 그보다 진리를 깨우칠 기회가 아직 남아있다는 사실이 고마운 것입니다. (p.139)

동감입니다!

행복한 달라이라마

"행복하십니까?"

그가 대답했다. "예."

잠깐 숨을 고르고 나서 덧붙여 말했다. "예…, 확실히 그래요."

그의 목소리에는 조금도 망설임 없는 진지함이 묻어있었다. 그 진지함은 목소리뿐 아니라 그의 표정과 눈동자에도 배어있었다.

내가 다시 물었다.

"행복이란 우리 모두의 이상적 목표 아닐까요? 그게 과연 가능한 것입니까?"

"가능하지요. 행복은 마음공부를 통해 성취될 수 있다고 믿습니다." (p.118)

엊그제 수술 후에 요양 중인 지인이 제게 물었습니다. "마음공부를 꾸준히 하는 모습이 보기 좋아요. 왜 그렇게 계속하세요?" 그래서 제가 답했습니다. "스스로 좀더 편안해지고 부드러워졌어요. 예전엔 누군가를 이해하면 사랑할 수 있겠다 생각했어요. 그런데 지금은 그냥 이해 없이도 고개가 끄덕여져요. 내 시선이 많이 부드러워진 걸 느껴요. 마음공부를 의무적으로 해야 하는 게 아니라, 그렇게 하지 않으면 내가 행복할 수 없다는 걸 알았다고 할까요? 할 수 있는 것을 하나씩 배우고 연습해보세요. 그러면 좀더 여유로워지고 부드러워지고, 세상도 달라 보일 거예요."

저도 모르게 입에서 나온 말입니다. 와우! 정말입니다.

『행복의 기술』을 읽는 일 자체가 저에게는 행복이었습니다. 그리고, 마음공부야말로 사람이 땅에 살면서 해볼 만한 일 가운데 가장 가치 있는 일이겠다는 저의 생각이 튼실해졌습니다. (p.139)

토요명상 시간에 사랑어린마을배움터 촌장님이 물으셨습니다. "명상을 알게 돼서 인생이 달라졌다고 생각하는 사람 손 들어보세요." 순간 주변 눈치를 볼 새도 없이 손을 번쩍 들었습니다. 저에게 깜짝 놀랐어요. 생각지도 못할 만큼 빠르게 손이 들렸고, 잠시 후 번쩍 들었던 손을 내리고 스스로에게 물었습니다. '후회 없어? 창피하지 않아?' 제 가슴은 계속 두 근거렸습니다. '정말 그래! 이렇게 자신 있게 손 든 건 내 생애 처음이야!' 그리고 한님에게 여쭤보았죠. '맞죠?' 그러자 빙그레 한님의 웃음이 느껴졌습니다.

두 달 남짓 선생님의 책을 읽고 이렇게 글로 정리해보는 시간이 참 즐거웠음을 고백합니다. 선생님과의 시간을 떠올리며, 선생님이 스승을 따라갔던 길을 조금이나마 이해해보려 했습니다. 그러다보니 삐뚤빼뚤이나마 저 역시 그 길을 따라가고자 하는 마음이 간절해집니다.

길 찾는 사람에게 영감이 되어주다

『길에서 주운 생각들』을 읽고

박철

부산 샘터교회 원로목사, 시인

나는 불혹不惑의 나이에 진입하면서 '길'이라는 화두에 붙잡혀 살아
왔다. 내가 '길'을 붙잡았는지, '길'에 내가 붙들렸는지 모를 정도로 나는
'길'에 천착해왔다. 지금도 마찬가지다. 그러면서 깨달은 것은, 하나의 인
간은 하나의 길이며 하나의 사물도 하나의 길이라는 것이다. 길은 떠남과
버림으로 곧 세상과 소통하는 통로임을 길 위의 삶을 통해 보여준다. 그
길은 누구도 시시비비是是非非하지 못하며, 각자 주어진 몫만큼의 십자가
를 지고 가는 고통의 길, 좀더 가볍게 가고자 하는 평화의 길이기도 하다.

지난 이십여 년 하루도 빠짐없이 숲길이나 들판을 찾아 10킬로미터를
걸었다. 걸으면서 나는 늘 순례자라는 사실을 인식한다. 10년 전에는 작
은 공동체를 일구면서 교회 이름도 '좁은길'로 지었다. 좁은길교회는 우
여곡절을 겪고 7년 만에 문을 닫았다. 나는 왜 번듯하고 편안한 길보다
불편하고 고통스러운 길을 선택했는가? 나 자신을 향한 질문은 꼬리에
꼬리를 물고 이어졌다. 그런 질문에 대한 답을 이 아무개 선생의 『길에서

주운 생각들』에서 찾았다.

본래 이 책은 북산 최완택 목사가 만든 주보《민들레교회 이야기》에 5년 가까이 〈아무개 성경산책聖經散策〉이란 제목으로 연재되었던 것이다. 나는 이 주보를 주머니에 넣고 길을 걸으며 이 아무개 선생의 꼬불꼬불한 필체에 담긴 뜻을 마음에 새기곤 했다. 『길에서 주운 생각들』은 이 아무개 선생이 동서양의 경전 속으로 여행하면서 느끼고 생각한 바를 옮긴 것이다. 이 책은 경전에 대한 주해註解가 아니다. 그에게 경전은 산이나 물이나 바람 혹은 하늘의 별처럼 묵묵히 있으면서 그 말없는 언어를 들려주는 존재이다. 그는 이 책에서 경전의 말을 기계적으로 옮기는 것이 아니라, 이 땅에서 이 시대를 사는 자신의 언어, 곧 자신의 귀로 들은 경전의 소리를 옮길 따름이다. 어렵지 않아 누구나 쉽게 읽을 수 있고 귀에 쏙쏙 들어온다. 나는 법정 스님의 『무소유(無所有)』와 이 아무개 선생의 『길에서 주운 생각들』을 내 삶과 사유의 기둥으로 삼았음을 고백한다. 내 마음에 한동안 머물렀던 글 몇 개를 추려보았다.

민중교회, 민중선교가 가열차게 전개되던 시절, 그 전위에서 노동자의 인권을 지키는 데 몸을 던진 목사가 있었다. 그가 삼십 중반의 한창 나이에 뜻하지 않은 급성골수암으로 쓰러졌다. 목 아래 전신이 마비된 채 춥고 초라한 우리집 사랑채 아랫목에 누워서 그가 나에게 말했다.(의사는 그가 닷새쯤 연명할 것이라고 했다.) "이제껏 살아온 날들을 돌아보면 민중을 사랑한다면서 부모님과 처자를 사랑하는 일에는 실패한 게 저의 인생입니다. 만일 하느님께서 다시 한번 기회를 주신다면 가까이 있는 것들부터 사랑하는 법을 배우고 싶어요. 생명 있는 모든 것을 사랑하되 가까운 것들부터 사랑하는 겁니다." 이렇게 말하던 그는 끝내 '다시 한번의 기회'를 얻지 못한 채 숨을 거두고 우리 곁을 떠났다. (p.25)

이 부분을 읽으며 문득 내가 알던 어느 목사 형이 떠올랐다. 타는 목마름으로 학살의 총칼 앞세워 독재의 섬뜩한 광기 앞에 주눅 들어 살았던 그 시절, 지성의 깃발을 펄럭이는 행진 밖으로는 더 나아갈 길이 없었던 곳에서 그를 만났다. 형은 거침없는 육담과 걸쭉한 달변으로 좌중을 압도하며 시대정신을 이야기했으며, 모두에게 강한 인상을 심어주었다. 그는 자본주의의 거대한 모순이든, 이미 화석화되어 생명을 잃어버린 종교든 자신을 둘러싼 모든 힘 앞에서 타협할 줄 몰랐다. 다만 정면충돌, 저항만이 있었을 뿐이었다.

그의 화두는 언제나 가난한 민중들의 고단한 삶의 한복판이었다. 그는 돼먹지 않은 세상을 향해, 너무나 부자가 된 교회를 향해 쑥떡을 먹이며 반항했지만 또 어쩔 수 없는 자신에 대해, 가시지 않는 목마름에 대해 절망했다. 그는 정말 잘해보고 싶어 했다. 가난한 민중들, 질경이 같이 억센 농투성이들, 그들 삶의 한복판에서 이름 없는 들풀처럼 살고 싶어 했는데 세상은 그마저 허락하지 않았으니, 형은 참으로 억세게 운도 없는 사내였다.

"계문자는 세 번 생각한 뒤에 행했다. 이를 듣고 공자께서 이르시기를, '두 번이면 된다.'"(季文子, 三思而後行. 子聞之曰, 再, 其可矣.) 『論語』, 公冶長

*

　"무엇을 일부러 버린다는 것은 '집착'의 다른 모습이다. 없는 것을
버릴 수 있는 사람은 아무도 없다."『숫타니파타(Sutta Nipata)』의 이
말씀은 어디에도 집착하지 말라면서 집착에도 집착하지 말라고 한
다. 이 더러운 탐욕 덩어리를 떠나지 말고 떠나라 한다. 진흙탕을 떠
나지 않으면서 진흙탕을 떠난 연꽃처럼. (p.50)

　너무 좋아할 것도 너무 싫어할 것도 없다. 너무 좋아해도 괴롭고, 너무
미워해도 괴롭다. 사실 우리의 모든 괴로움은 이 두 가지 분별에서 온다
고 해도 과언이 아니다. 늙는 괴로움도 젊음을 좋아하는 데서 오고, 병의
괴로움도 건강을 좋아하는 데서 오고, 사랑의 아픔도 사람을 좋아하는
데서 오고, 가난의 괴로움도 부유함을 좋아하는 데서 온다. 좋고 싫은 것
만 없다면 괴로울 것도 없고 마음은 고요한 평화에 이른다. 그렇다고 돌
처럼 무감각하게 살라는 말이 아니다. 사랑하되 집착이 없어야 하고, 미
워하더라도 거기 오래 머물러서는 안된다는 말이다. 인연 따라 마음이 일
어나면 그것을 받아들여야겠지만, 집착만은 내려놓아야 한다.

　"나는 남보다 우수하다. 나는 남과 동등하다. 나는 남보다 못하
다"는 이런 식의 생각을 하지 않는다. 그는 모든 분별심을 버렸으므
로 더 이상 시간의 지배를 받지 않는다. 이 세상에서 '내것'이라 할
수 있는 소유가 그에게는 없다. 그러나 그는 내것이 전혀 없는 그 무
소유를 결코 슬퍼하지 않는다. 그는 욕망에 이끌려 물질 쪽으로만
다가가지도 않는다. 그러므로 그는 이 세상에서 가장 평안한 사람

이다."『숫타니파타』 848, 855, 856, 860, 861

*

채송화는 해바라기의 크기를 부러워하여 그 앞에서 주눅 들지 않으며, 메추라기는 공작의 화려한 날개를 시새우지 않는다. 이는 저들에게 자기를 남한테 견주어보는 '진보된 눈(文明)'이 없기 때문일 터이다. 우주의 '중심'에 서면 우주 안에 있는 모든 존재의 중심이 곧 나의 중심이다. 중심으로 갈수록 '남'이 사라지다가 드디어 최후로 남는 것은 천상천하에 홀로 존귀한 '나'뿐이다. '남'이 없는데 세상천지 누구와 다툴 것인가. (p.99)

그리스도인이 된다는 것은 사회적으로 형성된 아집에 의지해 사는 것이 아니라, '내가 하느님의 아들'이라는 깨달음에 의지해 사는 것이다. 어떠한 사회제도나 관습에 좌우되지 않고, 내 인생을 주체적으로 사는 것이다. 집착을 내려놓을수록 자유는 확대된다. 종속된 생각에서 벗어날수록 주체적 사고는 확장된다. 행복의 기준은 얼마나 소유했는가가 아니다. 내가 얼마나 주체적으로 살고 있는가로 결정된다. 나와 사회가 둘이 아니며 나의 개혁과 사회개혁이 둘이 아니라는 깨달음, 이것을 바탕으로 자리이타적自利利他的인 사회 건설에 참여할 때, 우리는 비로소 주체적으로 살게 될 것이다. 비굴하거나 교만하지 않고, 당당하되 겸손하게 살 때 우리는 진정 자유인으로 살게 될 것이다.

"어리석은 사람은 입으로 외고, 지혜로운 사람은 마음으로 행한다. 생각할 때 망상이 있으면 망상이 있으매 곧 참으로 있는 것이 아니다. 생각 생각마다 한다면 이를 일러 참으로 있다 한다. 이 법을 깨친 이는 반야법을 깨친 것이며, 반야행을 닦는 것이다. 닦지 않으면 범부요, 닦으면 법신과 부처와 같다."(迷人口念, 智者心行. 當念時 有妄 有妄卽非眞有. 念念若行, 是名眞有. 惡此法者, 惡般若法, 修般若行, 不修卽凡, 一念修行, 法身等佛.)『六祖壇經』15장

*

오늘 하루만이라도 좋다! 어떤 명분으로든 남을 비난하거나 심판하지 않겠다! 이런 결심을 단단히 하고, 한순간 정신을 놓쳐 누구를 비난하거나 심판하는 일이 없도록 조심 또 조심한다. 누구든지 마음먹으면 시도할 수 있는 일이다. 그리고 실패에 걸려 포기하지 않으면 계속할 수 있는 일이다. 이렇게 수행을 계속하다 보면, 문득 부처와 같아진 자신을 만나게 되리라는 육조六祖 혜능惠能의 가르침이다. (p.111)

자기 잣대에 사로잡혀 사물을 보고 상대방을 대하면, 욕하고 비난하고 원망하고 불평하게 된다. 이와 같이 부정적인 에너지에 휩싸이면 창조적인 에너지가 나올 수 없다. 사로잡힘에서 벗어나는 것, 내 잣대나 아집을 내려놓는 것이 성공적인 인생의 출발점이다. 건강의 비결은 바로 내 잣대를 내려놓는 데 있다. 나의 선입견, 나의 고정관념을 내려놓는 데 있다. 먼저 상대방을 변화시키겠다는 생각을 버리면 마음이 편안해진다. 감정이 상하지 않고 마음이 편안한 상태에서는 사물을 있는 그대로 바라볼 힘이 생긴다. 사물을 객관적으로 볼 수 있는 안목이 길러진다. 나와 다르게 생각하고 행동하는 상대방의 관점에서 이해하게 되고, 상대방을 인정하게 된다.

"등불을 켜서 그릇으로 덮어 두거나 침상 밑에 두는 사람이 어디 있겠느냐? 누구나 등경 위에 얹어 놓아 방에 들어오는 사람들이 그 빛을 볼 수 있게 할 것이다. 감추어 둔 것은 나타나게 마련이고, 비밀은 알려져서 세상에 드러나게 마련이다. 내 말을 명심하여 들어라. 가진 사람은 더 받을 것이고 가지지 못한 사람은 가진 줄 알고 있는 것마저 빼앗길 것이다." (누8:16~18)

*

등불을 켜서 높은 데 두는 것은 상식이다. 뻔한 상식을 새삼스레 언급하시는 동기는 세상에 영원한 '비밀'이 없다는 사실을 재확인시키려는 데 있다. 하느님께서 이미 누구도 끌 수 없는 당신의 등불을 하늘 높이 밝혀 놓으셨다. 네 눈을 감고서 세상이 어둡다고 말하지 말라. 세상은 처음부터 한결같은 대명천지大明天地다. 어둠이 있다면 세상이 아니라 네 속에 있을 뿐이다. (p.130)

등불은 어둠을 물러나게 해 그 주변을 밝히는 데 목적이 있다. 등불은 밝은 데서는 의미가 없다. 어둡기 때문에 등불이 필요하다. 불이 켜져 있지 않거나 감춰져 세상을 밝히지 못하는 등은 아무 소용이 없다. 우리는 어둠 속에 있을 때 행위 또는 언어의 잘못을 알지 못한다. 그러나 우리가 어떤 곳에서 어떻게 행위의 씨앗을 심든 그 열매는 드러난다. 이 세상 모든 일을 잠시 속일 수는 있으나 언젠가는 드러나게 마련이다. 속이는 일은 잠시 사는 일이다. 진실을 말하는 일은 오래도록 살아남는 슬기로운 방법이다. 마음에서 꺼져가는 양심이라는 등불을 켜라. 오해로 멀어져간 내 친구에게, 나를 기다리는 이웃에게 사랑의 등불을 켜는 것이다. 서로 가슴을 여는 일이다. 이 마음으로 세상을 살면 그 삶이 얼마나 환하고 좋겠는가?

"그러므로 무엇을 먹을까 무엇을 마실까, 또 무엇을 입을까 하고 걱정하지 말라. 이런 것들은 모두 이방인들이 찾는 것이다. 하늘에 계신 아버지께서는 이런 모든 것이 너희에게 있어야 할 것을 잘 알고 계신다. 너희는 먼저 하느님의 나라와 하느님께서 의롭게 여기시는 것을 구하라. 그러면 이 모든 것도 곁들여 받게 될 것이다. 그러므로 내일 일은 걱정하지 말라. 내일 걱정은 내일에 맡기라. 하루의 괴로움은 그날에 겪는 것만으로 족하다."(마6:31~34)

*

오늘 지구상의 기아 문제가 '식량 부족'에서 오는 것이 아님은 다 알고 있는 상식이다. 어떤 놈이 배터지게 먹다가 남은 것을 쓰레기로 버리느라고 보통 사람 닷새 먹을 양식을 한 끼에 해치우고 있기 때문이다. 다른 말로 하면, 인간들이 하느님께서 의롭게 여기실 만한 짓을 하지 않고 오히려 그분이 역겨워하실 짓을 골라서 하고 있기 때문이다. 문제의 원인이 여기 있는데 해답의 열쇠를 엉뚱한 저기서 찾아 어쩌자는 건가? 입을 게 너무 많아 어느 것을 골라서 입어야 할는지 외출할 때마다 옷장 앞에서 고민하는 인간들에게도 예수는 단호하게, 입을 것 걱정보다 먼저 하느님의 나라를 구하라고 말씀하신다. (p.206)

생명현상으로서의 인간은 빵을 먹어야 살지만, 정신현상으로서의 인간은 하느님의 말씀을 먹어야 산다. 인간의 영은 하느님의 말씀을 먹어야 살고 성장할 수 있다. 하느님 말씀은 무엇인가? 그것은 사랑이다. 예수의 모든 행동과 가르침, 그분의 삶과 마음은 모두 "하느님을 사랑하고 이웃을 내 몸처럼 사랑하라"는 말씀으로 요약된다. 하느님과 나, 나와 이웃, 이웃과 하느님이 한몸으로 존재한다는 것이다. 하느님을 사랑하는 것은, 나와 이웃을 사랑하는 것과 분리되지 않는다. 이웃을 사랑하는 것은 하느님과 나를 사랑하는 것과 분리되지 않는다. 이웃을 이롭게 하는 것이 곧 나를 이롭게 하는 것이요 하느님을 이롭게 하는 것이다.

> "나더러 '주님, 주님' 하고 부른다고 다 하늘나라에 들어가는 것이 아니다. 하늘에 계신 내 아버지의 뜻을 실천하는 사람이라야 들어간다." (마7:20)

*

이미 들어가 있는 자만이 들어간다! 여기서 지금 하늘나라에 살지 않는 자는 하늘나라에 못 들어간다. 그가 들어가게 될 하늘나라가 지금 여기 아닌 다른 데 따로 있지 않기 때문이다. 하늘에 계신 내 아버지의 뜻을 실천하는 것은 장차 하늘나라에 들어갈 수 있게 하는 조건이 아니라 이미 하늘나라에 살고 있는 자의 모습이다. 존재하는 것 치고 하늘나라를 벗어나있는 자는 없다. 그러나 하늘에 계신 아버지의 뜻을 실천하지 않는 자는 많다. 자기 나라에서 자신을 유배시킨 자들이다. (p.325)

예수는 내가 길이요 진리요 생명이라 했다. 문제는 예수가 누구냐가 아니라 어떻게 살았느냐에 있다. 예수의 삶을 바로 이해하지 못한다면, 길과 진리와 생명을 바로 볼 수 없다. 예수의 이름만 찬양한다면 진리를 만날 수 없다. 예수의 삶에 참여하는 것이 진리와 생명에 참여하는 것이고, 생명과 진리에 참여하는 것이 곧 예수의 삶에 참여하는 것이다. 진리와 생명은 예수 자신이지, 예수에 관한 관념이나 도그마가 아니다. 예수에 관한 신앙을 넘어 예수와 함께 하는 신앙으로 나아가야 한다. 나무는 뿌리를 땅에 박고 있지만, 머리는 항상 하늘을 향하고 있다. 그리스도인도 비록 땅에 발을 딛고 있지만, 머리는 항상 위를 향하여 신성과 교감하며 살아야 할 것이다. 그리스도인은 영과 진리의 삶 속에서 영과 진리이신 하느님을 만나는 고귀한 하느님의 자녀들이기 때문이다.

이 아무개 선생은 기독교의 성경뿐 아니라, 동양의 고전과 불경 등을 구석구석 돌아다니며 발견한 세상의 수많은 길들을 동시대 사람들에게 들려주며 함께 이 세상의 길 찾기를 제안한다. 덕분에 나도 이 책에서 영감을 많이 받았다.

사람들은 언제나 길에 대해 질문할 것이다. 길을 묻는 자는 잘 물어야 한다. 길이 잘못 안내되면 그 평생이 헛수고로 끝날 수 있기 때문이다. 또 길의 안내를 자처하는 지도자들은 위선적 언어와 행동을 삼가야 한다. 종교지도자들은 특히 자신의 가르침이 길과 진리와 생명으로 통하는 것인지 확실하게 해야 한다. 자신의 가르침이 만병통치약인 양 떠들어대는 일을 삼가야 한다.

시나브로 계절은 여름 길목이다. 이 아름다운 계절에 지금 내가 서있는 자리는 어디인가? 자기 존재의 지점을 물어보아야 할 것이다. 이제라도 버릴 것은 버리고, 바로 잡아야 할 것은 바로잡고, 돌이켜야 할 것은 돌이켜서, 더는 한눈 팔지 말고 내가 가야 할 길을 똑바로 가야겠다. 나는 시방 길을 가는 구도자求道者다. 길 위에 서있는 한 사람에 불과하다. 나는 남에게 길을 안내하기에는 미흡한 사람이다. 나부터 착실하게 생명과 진리에 이르게 하는 그 길을 찾고자 노력할 뿐이다.

한 송이 이름 없는 들꽃 같은 삶
『한 송이 이름 없는 들꽃으로』를 읽고

양재성
목사, 기독교환경운동연대 상임대표. 감리교생태목회연구소장

이현주 목사와의 인연

1982년 신학교 1학년 때 나는 『예수의 죽음』이란 책으로 이현주 목사를 알게 되었다. 그 책을 통해 하느님의 아들이었지만 철저하게 사람으로 살아가며 다시 하느님의 아들이 된 예수를 만나고, 기독교 신앙의 신비를 배웠다. 이현주 목사는 사람은 하느님이 되려다가 망했는데 정작 하느님은 사람이 되셨다고, 그러니 우리 신앙의 목표는 하느님이 되는 게 아니라 참사람이 되는 것이며, 그 길에서 바로 하느님이 되는 길을 얻게 된다고 보았다. 그동안 내가 알아온 예수와는 다른 예수에 충격을 받았지만, 예수를 이해하는 지평이 넓어지는 경험이었다. 이듬해 최완택 목사와 함께 감신대학교에 오신 이현주 목사를 직접 뵙기도 했다.

그 후 이현주 목사의 책은 다 읽었고, 나의 사상과 신학은 그분의 영향을 많이 받았다. 그리고 내 생애 중요한 시기에도 함께 해주셨다. 결혼하고 10년 만에 생긴 아이가 유산되었을 때에도 불쑥 찾아오셔서 이야기

를 듣고 기도해주셨고, '지성무식至誠無息(지극한 정성은 쉼이 없다)'이라는 글씨도 보내주셨다. '애비는 자식을 버려도 하느님은 당신의 백성을 버리지 않는다'는 시편 말씀과 연동되는 장자壯者의 말씀이었다. "각별한 경험을 한 해였고 그 경험이 소중한 길을 열기를 빈다"고도 써주셨다.

그밖에도 함양에서 목회할 때 사경회에 모시고 며칠간 둘이 지내기도 했고, 새만금싸움이나 용산참사 등의 시대적 고민이 있을 때는 내가 찾아뵙거나, 그분이 현장으로 찾아오셔서 만나기도 했다. 이현주 목사와 함께 하는 '예수살기' 모임에도 여러 번 참석했다.

『한 송이 이름 없는 들꽃으로』

이 책은 오래전에 읽고 큰 감동을 받은 책이다. 이현주 목사는 실제로 한 송이 이름 없는 들꽃처럼 사셨다. 그는 하느님 앞에서는 한 없이 작은 존재 '아무개'였다. 그저 하느님 뜻을 따라 살 수 있다면 그것으로 족했다. 하지만 세상 권력자나 배웠다고 폼 잡는 이들에겐 엄하셨고 예리하게 비판했으며 당당히 맞서셨다.

『한 송이 이름 없는 들꽃으로』는 이현주 목사의 동화, 시, 소설, 수필, 편지글 등을 모은 책으로 1984년에 출간되었다. 그는 관옥觀玉, 이오二吳로도 불리지만 자신을 '이 아무개'로 소개하기를 좋아한다. 이름이 그 존재를 잘 드러내기도 하지만 왜곡하거나 변형하기도 한다. 이현주는 목사며 동화작가, 시인, 소설가, 영성가, 사상가다. 그의 스승 변선환 박사는 제자들 중 이현주 만한 사상가가 없다고 했다. 호랑이 같던 북산 최완택 목사는 이현주 목사를 가장 존중했으며 그의 말은 하늘 같이 들었다.

이현주 목사의 동화엔 그의 신앙과 이상이 담겨있고 해학도 돋보인다. 신발을 잃어버리고 집으로 돌아오는 아들을 마중 나와 등을 내밀고 업히라는 아버지와 등에 업힌 아들의 우정이 담긴 「아버지」. 잘난 놈들만 출세하는 세상에 무관심 속에 밀려난 돌멩이가 하늬바람을 만나 자신의 존재가 더없이 소중함을 알아가는 「미운 돌멩이」. 맞은 사람은 누구를 막론하고 웃게 되지만 초상집에서 쐈다가 난처한 상황이 벌어지는 이야기인 「웃음의 총」. 전쟁을 찬성하고 반대하는 두 천사가 하느님 앞에서 겨루는 「두 천사 이야기」. 밀가루와 시멘트를 실은 트럭이 휴게소에서 뒤바뀌었지만 '알 게 뭐야!'하면서 결국 밀가루로 집 짓고 시멘트로 과자 만들었다가 양쪽 다 와장창 무너졌다는 「알 게 뭐야」 등 이 책에는 재미와 교훈이 두루 담긴 열두 편의 동화가 실렸다.

또 이 책엔 40편 가량의 시도 수록되었다. 사실 그의 시는 대부분이 기도라 할 수 있다. 「나를 둘러 당신의 옷으로 삼으소서」라는 시에는 이현주의 마음과 신앙이 잘 녹아있다. 그 외에도 남북의 애잔함을 담은 「임진강」, 오월 광주의 아픔을 달래는 마음이 담긴 「미친 바람」, 함께 하는 삶의 의미를 담은 「산등성이 올라 앉아」, 사람이 된 옛날 곰이 아니라 곰이 된 사람을 노래한 「늦봄 문익환」, 숙명 같은 기다림을 써내려간 「기다림」, 있는 그대로 보고 듣겠다는 다짐이 담긴 「이제부터는」 등이 실렸다. 그리고 이 모든 노래는 「한 송이 이름 없는 들꽃으로」에서 절정에 이른다.

　　　한 송이 이름 없는 들꽃으로
　　　피었다가 지리라
　　　바람으로 피었다가 바람으로 지리라

누가 일부러 다가와서

허리 굽혀 향기를 맡아 준다면 고맙고

황혼의 어두운 산그늘만이

찾아오는 유일한 손님이어도 또한 고맙다

홀로 있으매 향기는 더욱 맵고

외로움으로 꽃잎은 더욱 곱다

이현주 목사의 시를 통해 그의 영성적 토대를 볼 수 있다. 그의 시엔 언제나 고백과 희망이 담겨있으며, 그의 삶이 그대로 투영되어있다.

이현주 목사의 소설에는 늘 약자를 향한 애틋한 마음이 담겨있으며, 화해와 평화를 희망한다. 6·25 전쟁 통에 난리를 겪으면서 틀어진 두 마을에서 자라는 아이들이 끝내 다툼을 멈추고 새로운 길을 열어가는 이야기인 「육촌형」, 양심을 속이지 않고 정정당당하게 농구 경기에 임한 아이의 이야기를 다룬 「마지막 승리」가 인상적이다.

「출발」이라는 에세이는 갑자기 벼락부자가 된 홀츠만의 바보 행각을 소개하고 있으며, 「은을 팔아 두꺼비를 사라」도 부자에겐 기대할 것이 없다며 가난을 지향하는 이야기다. 이현주 목사의 모든 글은 가난한 자를 지향하는데, 그것이 그의 신앙이다. 그 삶은 자연스럽게 톨스토이의 「바보 이반」으로 이어지고, 「바보 왕국 탄생사」에서는 예수의 위대한 점이 낮은 곳으로 내려왔다는 사실이라고 보았다. 바보 이반의 계산법은 다른 통치자들의 계산법과는 달라 군인도 돈도 필요 없는 나라를 추구하면서 백성들을 자신과 동일한 '인격'으로 대한다.

그는 수필로 「다시 김교신이 그리운 시절」을 실었다. 김교신은 일제강

점기를 당당하게 산 시대의 단독자였고, 그가 출간하던 잡지 《성서조선》
은 어둔 밤을 밝히는 등불이었다. 처음부터 끝까지 그리스도뿐이었던 그
는 "예수 믿는 일은 직업에 불안하며 생명에 위험한 일이니, 안전을 구하
는 이는 다 배반하고 물러가고, 퇴각할 수 없는 이만 예수를 따르라. 그리
고 그가 요구하는 피를 제공하라."고 주장했다. 그밖에 「갇힌 자유의 해
방을 위하여」에서는 자유를 역설한다. 이현주 목사는 가정과 종교, 율법
과 명예, 권력과 사회적 편견으로부터 자유로웠던 예수가 인간에게 자유
를 기억하게 하려고 스스로 구속당했으며, 종교란 자유를 향한 해방의
길이고 그 길 위의 부단한 행진이라고 썼다. 「화육의 끝」에서는 추방당할
각오 없이 예수를 따를 수 없음을 분명히 했다. 「등대 오른 길」은 등대에
오르는 길이 여럿이듯 하느님께 이르는 길도 다를 수 있으니 다른 종교에
도 구원이 있다고 고백한다. 「동화작가 권정생과 강아지 똥」에서는 권정생
의 믿음을 소개하며 "권정생은 이 나라의 황량한 들판에 한 송이 민들레
를 꽃피우려는 강아지 똥"이라고 말한다. 그리고 권정생의 주문 "하느님
은 쓸데없는 물건은 하나도 만들지 않으셨어. 너도 꼭 무엇엔가 귀하게 쓰
일 거야."를 전해준다.

　책에는 생활의 단상도 몇 편 있는데, 아프리카에서 굶어 죽는 이들을
생각하며 쌀밥을 넘기기 어려워하는 이야기, 친절이 때론 독선으로 작동
할 수 있음을 지적하는 이야기, 길을 잘못 알려준 소녀에게 다시 제대로
알려주지 않고 와버린 것을 후회하는 이야기, 버스비를 내지 않고 내린
것에 내내 양심의 가책을 느끼는 이야기 등이 실려 있다. 그는 "세상이 거
꾸로 돌아가더라도 네놈에게 양심에 걸리는 짓을 할 자유는 없다"는 하
느님의 음성을 듣는다.

또한 이 책에는 서남동 선생의 설교문을 읽고 그에게 보낸 질문이 담긴 편지글도 수록되었다. 민중은 대중의 결속만이 아니라 한 사람 한 사람에 제 몫이 있으며 철저히 개인적이라는 사실, 지구가 이렇게 망가져도 지구에 기대어 살아가라는 당부가 담겼다. 지도자를 많이 만들지 말고, 오히려 민중을 기대하라는 대목에서는 가슴이 뭉클했다.

「중단된 논쟁의 의미」라는 글에서는 《월간 목회》를 통해 변선환 교수와 박아론 교수가 벌인 지상紙上 논쟁을 다뤘다. '교회 밖에도 구원이 있다'는 논쟁은 결론을 찾지 못하고 중단되었지만 파급력이 컸고, 성서와 기독교의 교리를 깊이 생각하게 하는 단초가 되었다. 성서 안에 하느님을 가둘 수 없듯이 하느님 안에 성서를 가둘 수 없다. 이현주 목사에게 하느님은 처음부터 기독교의 하느님만이 아니었다. 모든 종교에서 추구하는 진리가 예수 그리스도에게서 발견된다. 이웃종교와 더불어 사는 이 시대야말로 이웃종교에 대한 이해가 절실하다. '교회 밖에도 구원이 있다'는 메시지는 교회를 위한 메시지였다. 성서의 메시지는 해방이다. 현실적 구속뿐만 아니라 내면적 억압에서도 해방하는 것이 성서의 구원이다. 토마스 머튼Thomas Merton은 "성서는 기독교를 옹호하기 위한 기밀문서가 아니다. 성서는 기독교라는 종교가 인간을 억압하고 가두려 할 때 그 기독교를 부수기 위해 있다."고 주장한다. 종교 이후의 종교, 기독교 이후를 고민한 진정한 교회 사랑이 드러나 깊이 공감했다.

마지막으로 번역문인 「아브라함 요수아 헤셸Abraham Joshua Heschel」이 있다. 이현주 목사는 헤셸 전집을 번역했다. 대한민국에 헤셸을 소개한 것만으로도 놀랍고 감사한 일이다. 랍비이자 철학자이자 뛰어난 저술가였던 헤셸은 진실을 타협하지 않고 우상을 깨뜨렸다. 그는 고통 받는 사람들 속에 뛰어드는 것이 신앙임을 선포하며, 종교인이냐 비종교인이냐 보다는 옳음과 그름, 진실과 허위, 순수와 꾸밈을 구분하는 것이 더 중요하다고 보았다. 그리고 하느님의 형상을 지닌 인간은 하느님의 행위를 본받아 살아가는 하느님의 동역자로 여겼다.

은총이 된 인연

'이 아무개'는 이현주 목사의 필명이다. 하느님 앞에서 자신은 정말 아무것도 아니라고 보았고, 아무개로 살아도 될 만큼 내적인 힘이 충만했다. 자기 안의 신성한 빛으로 이미 하느님이 자신을 입고 사신다고 보았다. 그는 철저히 하느님의 옷으로 살고자 했다. 옷은 그 옷을 입는 사람이 없으면 아무 의미가 없는 것처럼, 이 아무개는 하느님이 없으면 아무것도 아니라고 보았다. 반면 하느님이 함께 하는데 무엇이 문제이며 걱정인가? 그에게는 걱정도 부질없는 것이었다. 물과의 대화를 통해 물격物格을 말했고, 존재하는 모든 것에서 신성을 보았다. 이미 자신 안에 존재하는 신성으로 주눅 들지 않고, 우주와 더불어 당당하게 사셨다.

뉴질랜드 신학자 로이드 기링Lloyd Geering 박사는 "기후위기 시대에 기독교가 저지른 가장 큰 범죄는 자연에서 신성을 벗겨 피안의 세계로 던져버린 것"이라고 주장했다. 역으로 기후위기 시대에 기독교가 할 수 있는 최고의 선한 일은 피안으로 던져버린 신성을 되가져와 자연에 되돌려주는 일인 셈이다. 이 일은 지금도 유효하다. 아니 지금이야말로 더욱 절실하다.

4년 전, 이현주 목사가 북산 최완택 목사의 장례 중에 나를 부르시더니 "재성아, 난 지금 무지무지 기뻐. 비로소 완택이가 바라던 자유를 얻었으니 말이야. 완택이도 정말 기쁠 거야. 이 엄중한 상황에 너랑 이 이야기를 나눌 수 있어 기쁘다."라며 환하게 웃으셨다. 그 깊이를 다 이해할 순 없었지만 두 분의 우정을 들여다본 기회였다. 사실 최완택 목사도 이현주 목사 바라기였다. 이현주 목사가 글을 보내오면 그리 기뻐했고, 다녀가면 다녀갔다고 기뻐하는 모습을 여러 차례 보았다. 두 분의 우정을 다시는 볼 수는 없지만, 기억을 소환하면 다시 느낄 수 있다.

이현주 목사의 팔순을 진심으로 축하드린다. 이 생애에서 이현주 목사를 만난 것은 나에게 놀라운 은총이요 행운이었다. 더욱 건강하시고 평안하시길 빈다.

예수와 만난 사람들을 만난 사람

『예수와 만난 사람들』을 읽으며

장용기

경기 광주 지금여기교회 목사

이 책은 이현주 목사가 월간 《생활성서》 창간호부터 '예수와 만난 사람들'이라는 제목으로 연재하던 글을 단행본으로 엮은 것이다. 제목에서 보듯이 복음서에 등장하는 여러 사람들이 예수를 만나 변화한 이야기를 저자의 상상력으로 풀어낸 글이다.

1세기 이스라엘에서 가난하고 병든 이들의 삶은 예수에게 특별한 관심의 대상이었다. 그들을 향한 연민과 자비는 예수에게서 저자로 이어진다. 세관장 자캐오부터 엠마오 제자들까지, 성경에 갇혀 있던 주인공들은 이 책을 통해 입을 얻어 노래하고, 몸을 빌려 춤추며, 날개를 달아 날아오른다.

또, 이 책은 읽는 자의 관점이 아니라 읽히는 자의 관점으로 전환을 시도하고 있다. 청자聽者와 화자話者를 뒤바꾸어 '낯설음'의 자리에 서보라고 안내한다. 그제야 인간은 자신의 자리를 이해하고, 그 이해의 깊이만큼 타인을 수용하기 때문이다. ("누가 강도 만난 사람에게 이웃이 되어주었다고

생각하느냐?"(눅10:36))

또한 타인의 시선을 의식하지 않는 1인칭, 주인공의 관점에서 예수를 만나 관계를 맺는다. 저자는 후기에 '결국 아무리 객관적인 관점을 갖고 본다 해도 우리는 이야기의 한 부분을 읽어 볼 따름'이라, '이번에는 거꾸로, 일부러 어떤 이야기를 어느 한 사람의 주관적인 관점에서 읽어 보고 싶었다'고 밝혔다.

이러한 시도는 마틴 부버Martin Buber의 '나와 너(I and Thou)', 상호존중과 이해의 바탕에서 각자의 독립성을 유지하는 동시에 서로에게 영향을 미치는 관계와 닮았다. 예를 들어, 자캐오는 모든 가치를 재물에 두었지만 자신의 눈에 비친 예수의 모습을 통해 그는 새로운 인생에 도취되기 시작한다.

> 그의 넓은 가슴에 내 머리가 닿았다. 그가 손을 내밀어 내 손을 잡았다. 그의 손은 먼지와 땀으로 지저분했지만 따뜻했다. (「세상 사는 맛; 세관장 자캐오」 중)

인간은 어떻게 가난과 고난에서 벗어날 수 있는가? 어떻게 소외와 열외에서 해방될 수 있는가? 예수와 만난 사람들은 어떻게 해방되었고 예수는 어떤 방법으로 그것을 가능케 했는가? '눈에는 눈, 이에는 이'라는 모세의 율법은 예수 시대에도 시퍼렇게 살아있었다. 율법의 준수와 율법의 해방이라는 양날의 검 앞에서 예수는 어떻게 새로운 길을 제시했는가? '세상이 나를 개로 여기면 나 또한 세상을 개로 여기면 그만'이라는 사마리아 여자에게 예수는 이렇게 말한다.

어여쁜 여자여, 하느님의 딸이여, 사람들이 그대를 개처럼 여긴다고 그대 자신까지 그대를 개처럼 여겨서는 안된다오. 사람들이 그대를 물건처럼 취급하거든 그대는 그대를 천사처럼 받들구려. 사람은 남이 만들어주는 대로 정해지는 게 아니라 자신이 만드는 대로 정해지는 법이오. 눈을 뜨고 사방을 둘러봐요! 그대에게 한 방울의 자비를 바라는 목마른 사람이 반드시 있게 마련이니, 이는 하느님이 언제나 그대 곁에서 목마르시기 때문이오. 사람이 짓는 죄 가운데서도 가장 고약한 것은 남을 버리는 것보다 자기를 버리는 것이라오. 왜냐하면 그것은 사람을 버리는 것이면서 또한 하느님을 버리는 것이니까. (「목마른 사람들; 사마리아 여자」 중)

마가복음 1장에서 요한에게 세례 받는 장면은 예수가 제시한 길을 보여준다. 그는 세례 직후 하늘의 소리를 듣는다. '너는 내 사랑하는 아들이다. 내가 너를 좋아한다.'(11절) 그리고 예수는 이 깨달음이 지혜智慧가 되었을 때 지체하지 않고 사람들에게 전한다. "때가 찼다. 하나님의 나라가 가까이 왔다. 회개하여라. 복음을 믿어라."(막1:15)

자신이 누구인지를 아는 것과 그 앎을 세상에 전하는 것이 예수의 사명이었다. 예수는 사마리아 여인을 '개 같은 여자'에서 '하느님의 딸'로 수정한다. 그리고 한 방울의 자비를 바라는 목마른 사람들을 천사처럼 대하라는 소명을 심어준다.

나의 가슴에는 그가 남겨준 샘물이 끊임없이 솟아났다. 나는 정말 새 사람이 되었다. 내가 새 사람이 되니까 세계가 따라서 새 세

계가 되었다. (「목마른 사람들; 사마리아 여자」 중)

사람은 '타인이 규정한 나'와 '자신이 규정한 나'라는 감옥에서 산다. 그곳은 타인이 꺼내줄 수 없는 고약한 곳으로, 오직 자신만이 그곳에서 벗어날 수 있다.

비록 지금은 성한 몸이라 하나, 나는 어디까지나 '문둥이였던 사람'이다. 그 꼬리표를 영원히 떼어버리지 못하는 한, 아직도 내 눈앞에는 험상궂은 장벽이 가로막혀 있는 것이다. (「그대들 의젓하고 잘생긴 사람들아; 문둥이였던 사람」 중)

구원은 이미 이루어졌지만, 아직 이루어지지 않았다. 태양은 이미 떠올랐지만 아직 커튼을 걷지 않은 것과 마찬가지다. '네 믿음이 너를 구원했다'(막10:52)는 선포처럼, 나 아닌 누구도 나를 구원할 수 없다. 스스로 자신 안에 등불을 밝히지 않으면 한 발짝도 뗄 수 없는 이치다.

나는 믿는다. 그는, 있지도 않으면서 사람을 억누르고 속박하고 가두고 분열시키는 온갖 허위의 사슬을 풀어주는 해방자다. (「당신, 낫기를 바라시오?; 38년간 누워있던 사람」 중)

성서에서 '앎'이란 머리로 이해하는 것이 아닌 경험으로 아는 것을 의미한다. 히브리어 '야다'와 헬라어 '기노스코'는 모두 경험을 통해 이해한 앎을 가리킨다. 지식의 유일한 원천은 경험이다.

그 거지는 오래전부터 버림받은 몸이었다. 내가 그를 못 본 척하고 지나쳐가기 전에도 숱한 시선들이 그를 외면했을 것이었다. 이제 와서 내가 그를 위하여 무엇을 어떻게 해줄 수 있단 말인가? 버림받은 자로 그냥 두어라! 모든 것은 전능하신 하느님의 뜻에 따라 결정된 것이 아닌가? 내가 그를 위하여 무엇을 좀 해준다 한들 무슨 의미가 있겠는가? 세상은 여전히 더러울 것이고 사람들 사는 곳에는 여전히 저주받은 나그네 거지들이 우글거릴 것이다. (「사람이 사람을 용서하지 않으면; 중풍병자」 중)

자신이 모른다는 사실을 아는 사람이 가장 현명한 자다. 자신이 현명하다고 생각하는 자는 가장 모르는 자다. 어떤 위대한 스승도 자기가 안다고 말하는 자는 가르칠 방법이 없다. 시몬은 어부로 잔뼈가 굵은 자다. 그는 밤새 고기 한 마리 잡지 못했지만 예수의 조언을 따라 그물이 찢어질 정도로 많은 고기를 잡는다. 그리고 예수 앞에 엎드려 자신은 죄인이니 떠나달라고 간청한다. "주님, 나에게서 떠나주십시오. 나는 죄인입니다."(눅5;8)

오, 그렇다. 그는 이미 모든 것을 알고 있었다! 내가 얼마나 약한 존재인가를 그는 처음부터 알고 있었다. 나 자신은 미처 눈치조차 채지 못했던 나의 나약함에 대하여 그분은 환하게 꿰뚫어 알고 있었던 것이다. (「새벽 닭 울음소리 들으며; 베드로」 중)

우리는 넘어지고 실수한다. 넘어지지 않아야 한다는 생각 때문에 넘어진다. 실수하지 않아야 한다는 강박 때문에 병이 든다. 사람들은 예수를 만나 잘하지 않아도 된다는 것을 알았다. 그리고 그들은 '잘하지 않는 것'을 잘하게 되었다.

이 말씀은 해방을 선포하는 말씀입니다. 이제 해방은 선포되었을 뿐 아니라 이루어졌습니다. 더 이상 우리는 아무데도 예속되지 않을 겁니다. 우리는 자유인입니다. 아버지께서 우리를 해방시키셨습니다. (「믿어지지가 않는군; 나자렛 사람들」 중)

인간은 자기 자리에서 과거의 알음알이를 상징하는 '신발'을 벗지 않으면 하나님을 만날 수 없다. 우리의 알음알이는 지금 펼쳐진 거룩한 세계를 가려 그곳에 임재하신 하나님을 경험하지 못하게 한다. 하나님은 모세에게 말씀하신다. "이리로 가까이 오지 말라. 네가 서있는 곳은 거룩한 땅이니, 너는 신을 벗어라."(출3:5) 또, 주님의 군대 사령관이 여호수아에게 말씀하신다. "네가 서있는 곳은 거룩한 곳이니, 너의 발에서 신을 벗어라."(수5:15) 그리고 주님은 우리에게도 말씀하신다. 우리가 '신발'을 벗으면 이곳이 거룩한 곳임을 알게 되리라고.

법과 질서에 대한 도발행위는 어떤 모양이든 결코 용납할 수 없소. 우리는 당신의 그 궤변과 웃음과 부드러운 말투와 가난한 자들에 대한 동정심의 배후에 숨어있는 무서운 폭력을 내버려두지 않을 것이오. 당신이 무너뜨리는 이 세상이 무너지기 전에 당신이 먼저 무너질 것입니다. (「우리는 왜 그를 죽여야만 했던가; 바리사이」 중)

예수가 만난 사람들은 종교지도자와 유대정부와 로마제국주의의 핍박이라는 삼중고에 시달렸다. 예수는 사회가 규정한 정체성에 과감히 매스를 댔다.

어떤 사람들은 왜 하필이면 세리나 죄인들과 어울리느냐고 나에게 항의를 합디다. 그러나 그건 모르고 하는 소리요! 의사는 건강한 사람들한테 필요한 게 아니라 앓는 사람에게 필요한 법입니다. 스스로 건강하다는 자들에게 나는 볼 일이 없어요. 하느님 아버지가 나를 세상에 보내신 것은 의인을 불러다가 끼리끼리 재미 보라는 게 아니고 죄인들을 불러 의인으로 고쳐놓으라는 분부셨습니다. 나는 그 명령을 받고 와서 지금 그대로 하는 중이외다. 자기가 의인이라고 생각하는 분들은 모두 나와 상관없으니 가서 볼일들이나 보시오. 나는 당신들이 버린 쓰레기 인생들 곁으로 가겠소, 세상이 이모양으로 불공평해서야 어디 쓰겠습니까? (「우리는 왜 그를 죽여야만 했던가; 바리사이」 중)

예수는 물어봐주는 존재다. 종교와 사회가 부여한 정체성에서 하늘이 부여한 정체성으로 옮겨가도록 '물음'이라는 선물을 안겨준다. 인간은 하느님께 '물음'이라는 특별한 선물을 받았다. 존재는 최고의 신비요, 수수께끼며 불가사의요, 경이驚異다. 물음은 새로운 존재로 거듭날 기회를 준다.

"무엇을 그리 움켜잡고 있었는가?"(자캐오), "일어나시오, 형제여. 당신 앞에 서있는 것은 사람의 아들이오. 사람의 아들을 믿겠소?"(태생 소경),

"어허, 참 딱한 여자로군! 이것 봐요. 자식들한테 줄 떡을 개한테 주는 사람이 어디 있소?"(페니키아 과부), "여러분에게 물어봅시다. 안식일에 착한 일을 하라고 했습니까, 악한 일을 하라고 했습니까? 목숨을 살리라고 했습니까, 죽이라고 했습니까?"(바리사이), "누가 나의 어머니냐?"(마리아), "이 땅에서 사람이 사람을 용서하지 않는다면 어떻게 하늘에서 하느님이 사람을 용서할 수 있단 말이오?"(중풍병자), "당신, 낫기를 바라시오?"(38년간 누워있던 사람)

그들은 물음을 통해 '세상에 살지만, 세상에 속하지 않은 존재'로 바뀌었다.(요17:16) 전에는 땅에 떨어져서 죽지 않은 밀알이었지만, 이제는 땅에 떨어져 죽어 많은 열매를 맺는 부활의 증인이 되었다. 죽음은 변화다. 새로운 관념이 생기면 낡은 관념은 죽는다. 낡은 생각이 죽지 않으면 여전히 자신을 지배하지만, 새로운 의식이 자리 잡으면 새로운 세계를 창조한다.

'세리 자캐오'가 죽자 자유인 '자캐오 형제'가 부활한다. '악령에 사로잡힌 아이'가 죽자 '나의 아들'이 살아난다. '사마리아 여인'이 죽자 '하나님의 어여쁜 딸'이 태어난다. '요한의 아들 시몬'이 십자가에서 죽자 '베드로'는 부활한다.

예수가 이 땅에 와서 가장 먼저 한 일은 하나님 나라의 임재를 선포하며 회개를 주문한 것이다.(마4:17) '회개'는 호흡을 멈추고 생각을 바라보는 것이다. 우리를 죄인으로 규정한 율법에서 돌이켜 하나님의 자녀라 칭하시는 그분의 사랑 앞에 서는 일이다.

여자와 아이를 사람으로 여기지 않으면 안됩니다. 그들을 아끼고 사랑해야 합니다. 죄인들을 추방해서는 안됩니다. 그들을 안아줘야 합니다. 거지들을 구박해서는 안됩니다. 그들과 모든 것을 나눠야 합니다. 왜냐하면 우리 모두 하느님 앞에서는 여자와 아이처럼 약한 존재요, 죄인이며 거지이기 때문입니다. 정신 차리고 내 말을 들으시오. 하느님의 나라가 바야흐로 이루어졌소! 당신들은 낡은 생활을 청산하고 새 나라의 백성답게 살아야 합니다. 모든 장벽을 무너뜨리시오! (「목마른 사람들: 사마리아 여자」 중)

자캐오는 '민족 반역자', '세리 녀석' 혹은 '난쟁이'라는 놀림을 자신으로 알고 살았다. 사마리아 여인은 자신을 개처럼 여기는 사람들의 시선을 자기 몫인 양 붙들고 살았다. 베드로는 선생을 세 번이나 부인한 제자라는 부끄러움 속으로 자신을 가뒀다. "아, 나는 비참한 사람입니다. 누가 이 죽음의 몸에서 나를 건져 주겠습니까?"(사7:24) 사도 바울의 이 몸부림과 저항은 결국 예수를 만나는 원동력이 되었다.

그날은 누구에게나 있다. 지금 혼자만의 아픔으로 가슴 졸이며 우는 사람들아, 너에게도 그날은 있다. 지금 터무니없는 비극 속에 홀로 빠져 눈부신 태양이 오히려 더욱 슬픈 사람아, 너에게도 그날은 반드시 있다. 너의 아픔이 거대한 위로의 노래가 되게 하고, 너의 슬픔이 기쁨의 분수로 솟구치는 너의 그날은 반드시 있다. (「그대들 의젓하고 잘생긴 사람들아: 문둥이였던 사람」 중)

예수가 이 세상에 오신 목적은, 자신처럼 모든 사람이 하나님의 자녀라는 진리를 전하기 위함이다.(요18:37) 인간은 누구나 내면에 하나님의 '얼(靈, 그리스도)'을 품고 있다. 예수의 얼과 우리의 얼은 다르지 않다. 유대인이 가둬놓은 '거룩한 하나님 자녀의 특권'을 회복하는 일이 예수의 사명이었다. 진정한 구원은 외부가 아닌 내면에 있다. 밖에서 찾는 것이 아니라 안에 있는 것을 발견하는 것이다. 구원은 미래형이 아니라 현재형이다. 예수는 얼(내재된 신성)을 '양'으로, '동전'으로, '아들'로 비유했다.(눅15)

> 한마디로 말한다면 그는 우리의 민족적 존재 근거를 무너뜨리고 있었다. 그것이 문제였다. 유대인을 유대인이게 하는 것, 유대인을 끝내 하느님의 선민으로 살아남게 하는 것, 우리의 신성한 바탕이자 적으로부터 지켜주는 방벽이요, 우리의 생명을 지속시켜주는 샘물인 거룩한 하느님의 법(Torah)을 그는 무너뜨리고 있었던 것이다. 그것도 감히 신성한 하느님의 이름으로! (「우리는 왜 그를 죽여야만 했던가: 바리사이」 중)

한마디로 우리는 우주적 존재 근거가 무너진 채 살고 있다. 그들을 지켜주는 하느님의 법 때문에 우주의 법인 사랑을 잃어버렸다. 감히 신성한 하나님의 이름으로 가둬놓은 방벽을 신성한 하나님의 이름으로 무너뜨려야 한다.

저자 이현주 목사는 예수와 만난 사람들을 통해 우리와 만나고 싶어한다. 예수와 만난 사람들처럼 우리도 예수와 만날 수 있다고 귀띔한다. 우리가 죄인이어도 상관없고, 건강하지 않아도 괜찮다고 하신다. 예수는 기꺼이 우리처럼 죄인이 되고, 아픈 자가 되어 찾아오실 테니 한번이라도 만난다면 그분이 얼마나 좋은 분인지 알게 되리라고.

> 버린 자는 버림받은 자를 용서할 수 없다. 살인자는 죽은 자를 용서할 수 없다. 자칭 의인은 죄인을 용서할 수 없다. 버린 자는 버림받은 자의 용서를 받아야 할 따름이요, 살인자 또한 죽은 자의 용서를 받아야 할 따름인즉, 어느 날 나의 곁으로 오시어 나를 용서해준 그 사람은 모든 버린 자들을 용서하기 위하여 버림을 받았고, 모든 살인자들을 용서하기 위하여 죽임을 당했고, 모든 의인을 용서하기 위하여 스스로 죄인이 되었던가? (「사람이 사람을 용서하지 않으면; 중풍병자」 중)

서문에 문익환 목사가 밝혔듯이 저자의 손끝에서 성경의 숨은 뜻이 따뜻한 숨결로 걸어온다. 그 숨결로 성서의 인물들은 입체적으로 살아나 큰 메아리로 울린다. 이야기는 어떤 생각을 일방적으로 강요하지 않으면서 사람을 자연스럽게 몰입시키는 힘이 있다. 그 이야기에 살을 붙이고 생동감을 불어넣어 성경읽기의 새로운 지평을 제시한 것은 저자의 숨은 공功이다. 성서 속 다양한 인물들이 우리에게 걸어오도록 옆자리를 비워두자. 거기에 따뜻한 차 한 잔을 준비한다면 더 없이 좋으리라.

이 책을 처음 접한 것은 신학교 신입생 때였다. 읽는 내내 이천년 전 예수와 증인들이 살아서 다가오는 느낌이었다. 성경이 나와 상관없는 먼 옛날 딴 세상 이야기가 아니라 살아있는 이야기로 느껴지는 책이었다. 끝으로 『예수를 만난 사람들』의 마지막 고백이 오늘 우리의 삶에서도 재현되

길 두 손 모아 기도한다.

"세계는 실로 하느님이 지으신 곳, 살아갈 만한 터다."(자캐오), "아아, 그를 포기함으로써 나는 그를 낳았고 나에게서 떨어져나감으로써 그는 나를 영원한 어미가 되게 했으니 자식을 잃은 모든 어미에게 하늘의 위로와 기쁨이 충만할진저."(마리아), "사람이 사람을 용서하는 일이야말로 하느님 나라의 문을 여는 열쇠다."(중풍병자), "내 눈이 열리자 그 순간 세상의 모습이 바뀌고 말았다. 나는 세상 모든 것을 사랑하고 싶어서 견딜 수가 없었다."(간음한 여인), "죽여봐라, 이놈들아! 안 죽는다, 이놈들아. 아무리, 아무리 죽여보아라. 그래도, 그래도 자꾸만 살아난다. 우리는 죽지 않는다! 죽지 않는다!"(예수의 제자들)

이현주의 이야기와 기도
『보는 것마다 당신』을 읽고

황현수

전남 신안 대기리교회 담임목사

이 책은 주로 아랍권의 짧은 이야기들을 모아 싣고, 거기에 저자 이현주 목사의 눈에 들어오는 숨겨진 이야기를 기도문에 틀에 담은 책입니다. '구슬이 서 말이라도 꿰어야 보배'인 것처럼 저자의 기도문은 돋보기가 되어 미망迷妄어린 제게 죽비가 되고, 현미경이 되어 감탄사를 연발하며 무릎을 치게 하였으며, 망원경이 되어 깨달음의 눈으로 나 자신을 보며 탄성을 자아내게 했습니다.

이 시대의 스승이신 이현주 목사님은 특별히 목회자들의 스승이십니다. 제가 목회하는 대기리교회가 새로운 예배당을 신축하게 되었는데, 현판의 글씨를 목사님께서 직접 써주셨습니다. 두 차례 여섯 시간에 걸쳐 지극정성으로 쓰신 글씨는 가히 국보급입니다. '평화통일 염원 대기리교회 반쪽예배당', 분단된 조국을 염두에 두고서 언젠가 통일이 되면 나머지 반쪽을 북녘 땅에 건축하자는 뜻입니다. 이현주 목사님이 글씨를 써주시고, 주명국 목사님이 백년 된 은행나무에 새겨주신 그 현판을 보려고 임자도까지 오시는 분도 있습니다.

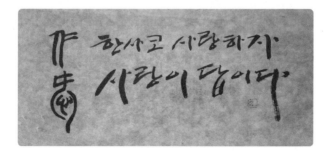

평화통일엽천데기리교회반쪽예배당

　다양한 삶의 현장과 급변하는 사회 속에서 목사의 역할도 다양해지고 있습니다. 저는 서해끝자락의 변방인 전남 신안군 임자도(2021년에 연륙됨)에서 20여 년 넘게 살아오고 있습니다. 이동과 활동에 제약이 있다 보니 주로 소통을 휴대폰 문자로 하게 됩니다. 교회 성도들과 지인들에게 매주 정해진 날짜와 시간에 단문을 보내는 일이 제겐 어느덧 신성한 일과가 되었습니다. 그렇게 시간이 흐른 뒤 어느 성도가 제가 보낸 짧은 문자가 결정적인 단초가 되어 자기 삶의 방향을 사랑으로 전환하는 계기가 되었노라고 고백했습니다. 제가 그분께 보내드린 것은 '먼저 드리는 정신'을 실험하는 무료 월간지 《풍경소리》에 동봉된 관옥 이현주 목사님의 글씨 '한사코 사랑하자, 사랑이 답이다'였습니다. 관옥 목사님의 붓글씨는 짧지만 인생의 숙제를 풀어주는 공식과도 같아 지금도 제 책상에 모시고 있습니다.

목사 일을 하다 보니 누군가를 가르치는 위치에 있는 이들을 많이 만납니다. 그이들과 이야기를 나누다보면 가끔 누군가를 '나의 제자'라고 소개하거나 자랑합니다. 그 말의 속내를 들여다보면 '나는 이런 제자를 길러낸 스승이다'라는 자화자찬이에요. 저는 그런 말을 들으면 "스승은 오직 제자들 가슴 속에서만 존재할 뿐"이라는 관옥 선생님의 말씀이 떠오릅니다. 예수님도 "너희는 선생이 되지 말라(마23;8)"고 하셨지요. 나 자신은 그런 우를 범하지 말아야겠다고 속으로 다짐합니다.

'인생이란 무엇인가요?'라는 물음에 김흥호 목사님은 "인생이란 선생을 만나는 것입니다."라고 하셨다지요. 치기어린 제 삶을 돌아보니 관옥 목사님의 말씀과 그분이 들려주신 교훈이 순간순간 제 인생의 스승이 되었음을 고백합니다.

저는 80년대 암울했던 대학시절에 만난 『한 송이 이름 없는 들꽃으로』라는 책을 통해 역사 속 예수를 따라 행동하는 신앙인으로 발돋움하게 되었습니다. 후일 『돌아보면 발자국마다 은총이었네』를 만나면서 모든 것이 연결되어있고, 모두가 한 가족임을 깨닫게 되었습니다. 불가항력적인 주님의 은총 덕에 오늘의 나와 우리가 있다고 고백하면서 감동에 젖어 한참이나 가슴에 책을 안아보았던 추억도 스쳐갑니다. 어쩌면 그 순간이 제 인생의 가장 아름다운 풍경이었다고 할 수도 있겠습니다.

『보는 것마다 당신』은 '모든 이야기 속에는 전하려는 진짜 이야기가 있고, 그것을 찾아나서는 순간 누구나 기도하는 사람이 된다'는 관옥 목사님의 고백이 담겨있습니다.

그 첫 번째 이야기와 목사님의 기도입니다.

굵은 뿌리가 드러난 늙은 나무 아래 스승이 기도를 하고 있었다. 한참 기도를 하고 있는데, 전갈 한 마리가 스승 가까이로 다가가기 시작했다.

마침, 한 소년이 그리로 지나가다 전갈을 보고 깜짝 놀라 소리쳤다.

"선생님, 어서요! 어서, 전갈을 죽이세요. 선생님을 물려고 해요!"

스승이 눈을 떠 전갈을 보고는 천천히 자리를 옮겨 피해 앉으며 소년에게 말했다.

"전갈의 본성은 독침을 쏘는 데 있고 내 본성은 생명을 살리는 데 있다. 전갈의 본성 때문에 내 본성을 바꿀 것 없잖니?"

*

아직 제 속에는 전갈이 주님과 함께 있는 것 같습니다. 마더 테레사 안에 히틀러와 간디가 공존했듯이. 어떻게 하면 오늘 하루, 전갈 아닌 주님의 본성을 좇아 살 수 있을까요? 무슨 일을 당하든지 주님을 먼저 생각하면 그럴 수 있나요? 아아, 제 안의 전갈을 등지고 주님을 좇을 수만 있다면, 그럴 수만 있다면, 더 바랄 게 없겠습니다. (p.15)

얼마 전 관옥 목사님의 오랜 친구 북산 최완택 목사님 4주기 추모식에 참여했습니다. 그 자리에서 저는 관옥 목사님께 '향아向我'라는 호號를 받은 시인을 만났습니다. '향아'라는 이름이 제겐 '시선과 청각과 관심을 자기 자신에게로 전환하라'는 뜻으로 느껴졌습니다. 누가복음 15장 '돌아온 아들 이야기'에서 둘째 아들이 아버지 집으로 돌아온 부분을 영어 성경은 'But when he came to himself.(그가 자기 자신에게, 그 본성으로 돌아왔다)'라고 번역하고 있습니다. 자기 자신에게로 돌아올 때 비로소 우리는 하나님께 나아가 본성대로 살게 되는 것이겠지요.

관옥 목사님의 '아직 제 속에는 전갈이 주님과 함께 있는 것 같습니다'라는 고백은 솔직담백하면서도 신선한 충격을 주는 기도입니다. 군더더기 없이 바로 중심에 가 닿는 기도는 들으시는 주님께도 쉽고 편할 것 같습니다. 저의 기도는 빙빙 돌아 복선까지 깔아 아뢰는 넋두리나 흥타령이었음을 깨달았습니다. 단순명료하면서도 중심에 가 닿는 기도를 하려면 그 첫 번째가 자기 자신에게, 자기 본성으로 돌아오는 것임을 어렴풋이 느낍니다.

다음은 「그가 누구든 형제나 누이로 보이면」이라는 글에 나오는 기도문입니다.

아아, 그렇군요! 지금 눈앞에 있는 사람이, 그가 누구든 간에, 형제로 누이로 보이지 않으면, 그러면 해가 중천에 떠있어도 아직 캄캄한 밤중이군요? 알겠습니다. 주님. 그러니까 지금 눈앞에 있는 사람이, 그가 누구든 간에, 형제로 누이로 보이면, 그러면 아직 캄캄한 밤중이어도 벌써 환한 대낮이군요? 밤과 낮이 저기 어디에 있지 않고 바로 제 눈에 있었군요?

그렇다면 제 머리는 벌써 아침이 밝았는데 제 가슴은 아직 어두운 밤중입니다. 도와주십시오. 주님, 제 머리의 아침이 제 가슴을 채우는 그리하여 온몸이 환하게 밝아지는 그때를 향하여 지치지 않고 걸어가도록 저를 도와주십시오. (p.23)

원망과 탓으로 점철된 인생에게 모든 것의 시작이 '나'였음을 알게 해주셔서 감사합니다. 밤과 낮이 바로 내 눈에 있었음을 진심으로 고백하는 것만으로도 엄청난 성숙이니까요. 머리로 아는 것이 가슴의 감동으로 이어져 삶에서 구현되기를 바라는 마음까지가 온전한 기도라는 것을 깨닫습니다. 그 아름다운 여정이 주님의 도움 없이는 불가능함을 고백하는 저자의 겸손과 지혜도 아울러 느껴집니다. 기도하는 사람의 올바른 모습을 가르쳐주셔서 고맙습니다.

한 순례자가 움집에 사는 스승을 방문했다가, 그토록 저명한 스승의 방에 있는 것이라고는 겨우 나무 탁자 하나에 나무 걸상 둘 그리고 책 몇 권이 전부임을 보고 깜짝 놀랐다.

"선생님, 가구들은 모두 어디에 있습니까?"

스승이 그에게 물었다. "나도 같은 질문을 하겠소. 당신 가구들은 모두 어디에 있지요?"

그가 대답했다. "없습니다. 지금 순례중이니까요?"

스승이 웃으며 말했다. "나도 그렇소."

*

지금까지 저는 너무 많은 것들을 가졌다는 생각에서, 어떻게 하면 그것들을 버릴 수 있을까에 매달려왔습니다. 하지만 아무리 버리려 해도 제가 지닌 것들은 좀처럼 줄어들지 않더군요. 이제 비로소 여태껏 잘못 생각했음을 알겠습니다.

예, 주님! 저는 제가 너무 많은 것들을 가진 줄 알았습니다만, 사실은 그 어느 하나 소유할 수 없는 존재였어요! 그림자가 어찌 등불을 가질 수 있으며, 메아리가 어찌 골짜기를 자기 것이라 주장할 수 있겠습니까? 버려야 할 것은 제가 가진 줄로 착각한 사물들이 아니라, 주마등처럼 스쳐 지나가는 것들을 잡을 수 있다는 저의 착각이었습니다.

주님, 이제부터는 가재도구들을 버리거나 줄이겠다는 생각 대신, 저라는 물건이 세상에 머무는 동안 속절없는 벌거숭이 나그네임을 순간순간 잊지 않고 살겠습니다. (p.29)

소유에 대해 더 이상 논의할 필요가 없도록 정리해주셨습니다. 모든 착각을 버리게 하소서. 나그네임을 알아차리면서 살아가게 하소서.

공동체에 속한 사람 하나가 잘못을 저질렀다. 회의가 소집되었고, 스승에게 참석을 요청했다. 스승이 거절하자 대표들을 보내 이번 안건이 매우 중요한 것임을 알렸다. 스승이 말했다.

"그렇다면, 삼십 분 안에 가겠네."

스승이 회의장에 나타났다. 그런데 물이 새는 가죽 물통을 등에 진 모습이었다. 사람들이 물었다.

"스승님, 이게 무엇입니까?"

스승이 대답했다.

"온종일 내 죄가 등 뒤에서 새어나가고 있는데도 그런 줄 모르고 있었네. 이렇게 자기 죄에 눈이 먼 나를 보고 지금 다른 형제의 잘못을 심판하라는 건가?"

아무도 더 이상 입을 열지 않았다.

주님, 다른 사람을 심판하기 전에 먼저 자신을 보게 해주십시오. 자신을 보되 변명이나 비난하는 자세로는 보지 말고, 거울이 사물을 보듯이 그냥 보게 해주십시오.

　　다른 사람은 말할 것 없고 저 자신에게도 함부로 심판하거나 단죄하는 잘못을 저지르지 않도록, 주님, 저를 붙잡아주십시오. 저의 주인이신 당신께서 저를 심판하여 단죄하시지 않는데, 제가 무슨 권리로 저를 심판, 단죄한단 말입니까? (p.128)

　다른 사람을 보는 시각은 결국 자신을 보는 데서부터 시작됩니다. 자신을 사랑덩어리로 보는 사람의 눈과 문제덩어리로 보는 사람의 눈은 천양지차天壤之差입니다. 우스갯소리로 '뭐 눈에는 뭐밖에 안 보인다'입니다. 목사님의 기도는 어떤 사건이나 문제에 직면했을 때, 그 핵심과 근원부터 돌아보도록 자연스럽게 안내해주십니다. 오목거울도 볼록거울도 아닌, 있는 그대로를 비춰주는 거울로 '그냥' 보기를 원하는 기도는 첫 단추를 다시 끼울 수 있도록 안내해주셨습니다. 가히 촌철살인寸鐵殺人입니다.

　　지독하게 경쟁하는 두 상인이 거리를 사이에 두고 마주보며 살았다. 그들의 관심은 하루에 얼마를 팔았느냐에 있지 않고, 상대방보다 얼마나 더 팔았느냐에 있었다. 손님에게 물건을 팔면 물건을 팔아서 좋다기보다 상대를 약 올리게 된 것이 더 좋았다. 둘의 라이벌 관계는 세월과 더불어 갈수록 험해졌다.

　　어느 날, 하나님이 한 상인에게 천사를 보내어 이르셨다.

"내가 너에게 선물을 주겠다. 재물? 장수? 건강? 뭐든지 원하는 대로 다 들어주마. 단 조건이 하나 있다. 네가 무엇을 받게 되든지 같은 것을 맞은 편 상인은 두 배로 받을 것이다. 네가 금화 백 냥을 받으면 그는 금화 이백 냥을 받고, 네가 유명해지면 그는 너보다 배로 유명해질 것이다."

천사가 빙그레 웃으며 말을 보탰다.

"이것이 하나님께서 사람들을 훈육하시는 방식이오."

상인이 한참을 생각한 끝에 천사에게 물었다.

"뭐든지 원하는 것을 주신다고 했지요?"

"그렇소."

"내가 하나를 받으면 저 친구는 둘로 받고요?"

"그래요."

상인이 한숨을 지으며 대답했다.

"한쪽 눈을 뽑아주시오!"

*

이 어리석고 비뚤어진 상인을 비난할 자격이 과연 저에게 있는지 모르겠습니다. 터무니없는 분노와 앙심에 눈이 멀어, 그것이 상대방을 해치기 전에 먼저 제 가슴을 망친다는 엄연한 사실을 모른 채, 좌충우돌로 살아온 지난날을 뉘우칩니다.

주님, 이제부터 이를 악물고라도, 저를 포함하여 세상에 존재하는 모든 것을 사랑은 못할망정 미워하거나 해치려는 마음만은 결코 용납하지 않겠습니다.

하지만, 제 마음을 제 맘대로 부리지 못하는 줄 잘 아시는 주님,

저를 불쌍히 여기시고 도와주십시오. 이 험한 세상, 당신처럼, 언제 어디서나 오직 사랑과 평화의 도구로만 살고 싶습니다. (p.135)

그 누구도 다른 누구를 비난할 자격이 없음을 알아차립니다. 분노와 앙심은 눈을 멀게 하고, 먼저 제 가슴을 망친다는 사실을 일깨워주셨으니 명심하겠습니다. 미워하거나 해치려는 마음의 노예가 되지 않으리라는 선언도 자율적인 인격체의 고백이라고 느껴집니다. 그와 동시에 정작 자기 마음도 맘대로 부리지 못하는 실체를 자각하고 솔직담백하게 도움을 구하는 기도를 배웠습니다. 이렇게 기도하면 들어주실 하나님을 믿고, 분노와 앙심 대신 사랑과 평화의 도구로 살기를 바라는 바람까지, 기도의 완결판을 보는 것 같습니다.

오랜 옛날, 사람들이 아직 꿈과 환상을 믿던 시절, 폴란드 시골 크라쿠프 마을에 아론의 아들 이사악이 살았다. 가난한 이사악은 먹고 살기 위해 힘든 노동을 하고, 밤이 되면 고단한 몸으로 잠에 곯아 떨어졌다.

어느 날 밤 이사악이 꿈을 꾸었다. 멀리 떨어진 도시 프라하의 어느 다리를 건너고 있는데, 물속에 보물이 있으니 자세히 들여다보라는 소리가 들렸다. 꿈이 너무나도 선명해서 깨끗한 물속에 보물 상자가 잠겨 있는 것이 그대로 보였다. 이사악은 밤마다 같은 꿈을 꾸었다.

그렇게 보름이 지났다. 결국 이사악은 사흘 길을 걸어 프라하로 가서 꿈에 보았던 그 다리를 쉽게 찾았다. 그래서 유심히 물속을 들여다보고 있는데 경찰이 오더니, 수상한 구석이 있어서 조사해봐야겠다며 경찰서로 데려갔다.

취조실에서 경찰관이 물었다.

"무슨 일로 유대인이 이방인 구역에서 강물을 들여다보고 있었나?"

이사악이 꿈에 본 보물상자를 찾고 있었다고 사실대로 말하자.

"어리석은 유대인 같으니라고! 아직도 꿈을 믿는단 말인가? 나도 지난 보름 동안 밤마다, 크라쿠프라는 시골에 사는 아론의 아들 이사악의 집 부엌 바닥에 보물이 숨겨져 있는 꿈을 꾸었다네. 하지만 나는 있지도 않은 곳으로 가서 있지도 않은 물건을 찾으려고 아까운 시간을 낭비할 만큼 바보가 아니지."

경찰관이 크게 웃고 나서 벌금으로 겉옷을 압수하고 이사악을 놓아주었다.

"집으로 돌아가라. 어리석은 꿈쟁이야!"

아론의 아들 이사악은 크라쿠프 집으로 돌아왔다. 돌아오는 길로 부엌 바닥을 파보니 거기 보물상자가 숨겨져 있었다. 이사악은 그것으로 오랫동안 행복하게 잘 살았다.

*

주님, 아무리 사소해 보이는 물건이나 사건에도, 어딘가를 가리키는 당신의 손가락이 있음을 잊지 않게 해주십시오. 뭔가 이상하고 거창한 것으로만 향하려는 제 마음의 허영을 거두시고, 평범한 일상 속에서 당신이 숨겨놓으신 보물을 찾으려는 겸손과 슬기를 저에게 주십시오.

아, 주님. 저 같은 범부가 바로 당신의 보물임을, 언제쯤에야, 머리 아닌 몸으로 확연하게 깨달을 수 있을까요? 제가 그날을 사무치게 갈망하는 줄 주님이 아십니다. (p.149)

일체만유—體萬有 속에 계신 주님을 간절히 뵙기 원합니다. 우리 마음의 허영심을 내려놓아야 일상 속 보물을 만나게 되겠지요. 그 길은 겸손이요, 슬기임을 이제 알았습니다. 자기 자신을 주님의 눈으로 본다면 저 같은 범부가 주님의 보물로 보인다는 것을 가르쳐주시는 놀라운 기도입니다. 그렇게 나와 너와 우리를 보물로 보게 하시는 주님을 찬양합니다. 주님은 우리의 보물, 우리는 주님의 보물, 세상은 보물로 가득! 아, 그래서 책 제목이 『보는 것마다 당신』이었나 봅니다. 참 고맙습니다.

이현주와
만난
사람들